ŒUVRES COMPLÈTES

DE MESDAMES

DE LA FAYETTE,

DE TENCIN ET DE FONTAINES.

TOME III.

PARIS. — IMPRIMERIE DE FAIN, RUE RACINE, N°. 4,
PLACE DE L'ODÉON.

OEUVRES COMPLÈTES

DE MESDAMES

DE LA FAYETTE,

DE TENCIN ET DE FONTAINES,

PRÉCÉDÉES

DE NOTICES HISTORIQUES ET LITTÉRAIRES,

PAR

MM. ÉTIENNE ET A. JAY.

Nouvelle Édition,

ORNÉE DES PORTRAITS DE MESDAMES DE LA FAYETTE ET DE TENCIN.

Tome Troisième.

A PARIS,

CHEZ P.-A. MOUTARDIER, LIBRAIRE,

RUE GÎT-LE-COEUR, Nº. 4,

ET LES PRINCIPAUX LIBRAIRES DE LA FRANCE ET DE L'ÉTRANGER.

1825.

MÉMOIRES

DE

LA COUR DE FRANCE,

POUR LES ANNÉES 1688 ET 1689.

SECONDE PARTIE.

La chasse, le billard et la comédie de Saint-
Cyr partageaient les plaisirs innocens du roi. Il
allait à Marly tous les quinze jours, et jouait
aux portiques, qui est un jeu de nouvelle intro-
duction, où il n'y a pas plus de finesse qu'à
croix et pile. Le roi y était pourtant très-vif.
Monseigneur donnait un peu plus dans les plaisirs de la jeunesse; car il fut trois ou quatre
fois au bal. Monseigneur en donna un; M. de
La Feuillade en fit un autre d'une magnificence
qui approchait de la profusion. Monseigneur
avait fait une partie avec la princesse de Conti
d'y aller; le roi ne l'approuva pas, disant que
jamais on n'allait à ces sortes d'endroits qu'il

n'y eût quelque conte désagréable, et que les
femmes d'un certain air n'y devaient pas aller.
Cela fit que la princesse, qui aime bien les plaisirs, s'en priva à son grand regret.

A Versailles il y en eut aussi : Monseigneur
donna le sien au public; M. le duc et M. le
prince de Conti en donnèrent aussi à Monseigneur. Il n'y eut point d'aventure remarquable :
madame la comtesse du Roure s'y trouva; mais
Monseigneur est un amant si peu dangereux,
que l'on ne parla pas seulement de lui. Il n'y
a que madame la dauphine, qui se défie de la
force de ses charmes, qui croie qu'il y ait autre chose que les lorgneries qu'elle lui voit;
ainsi la pauvre princesse ne voit que le pire
pour elle, et ne prend aucune part aux plaisirs. Elle a une fort mauvaise santé et une humeur triste, qui, jointes au peu de considération qu'elle a, lui ôtent le plaisir qu'une autre
que la princesse de Bavière sentirait de toucher
presque à la première place du monde. Le goût
de Monseigneur aux bals est de changer souvent
d'habit, par le seul plaisir de n'être pas reconnu, et de parler à des personnes indifférentes.
Les bals de la cour étaient si tristes, qu'ils ne
commençaient qu'à près de minuit, et ils étaient
toujours finis avant deux heures. La princesse
de Conti ne s'y masquait que pour un moment.

Elle a des yeux qui la font reconnaître de tout le monde, et ces yeux-là, quelque beaux qu'ils soient, s'ils lui donnaient le plaisir de les entendre admirer, faisaient éloigner les personnes qui l'auraient pu amuser, par la peur d'avoir le lendemain une affaire auprès du roi. Ainsi la pauvre princesse n'y prenait guère de plaisir, et Monseigneur était assurément celui qui s'y attachait le plus, sans prendre d'autre plaisir que celui du bal.

Les plaisirs n'étaient pas assez grands pour empêcher que l'on n'eût beaucoup d'attention aux affaires de la guerre. Vers ce temps-là, M. de Bavière vint sur le Rhin, à l'heure que l'on s'y attendait le moins, pour reconnaître un peu le pays où il devait faire la guerre l'été, et pour se montrer à ses troupes. Il vint se faire tirer du canon à toutes les places que nous tenions, et s'avança avec beaucoup d'escadrons à la portée d'Heidelberg. Il se retira après s'être montré, et laissa un poste retranché à un quart de lieue de la ville : mais il n'y demeura pas long-temps ; car Melac, qui est un vieux officier de cavalerie, sortit sur lui avec de la cavalerie, des dragons et des grenadiers en croupe. On entra très-vigoureusement dans le retranchement, et on tua beaucoup d'ennemis. Ce fut une assez jolie action.

1*

Le maréchal de Lorge partit dans ce temps-là pour s'en aller commander en Guyenne, et le maréchal d'Estrées pour s'en aller commander sur les côtes de Bretagne. On fit marcher des troupes de tous ces côtés-là, parce qu'on avait une très-grande appréhension que les Anglais, joints aux Hollandais, ne fissent des descentes; et cela était sûr, pour peu que les affaires d'Angleterre allassent au gré du prince d'Orange.

Vers les derniers temps du carnaval, lorsque les beaux jours commençaient, le roi voulut faire voir son jardin et toutes ses fontaines au roi d'Angleterre avant son départ : car le passage de ce prince en Irlande commençait à être certain. On avait déjà nommé les officiers qui y devaient passer avec lui; et, comme charité bien ordonnée commence par soi-même, ceux que l'on nomma étaient d'une habileté très-médiocre. On retira beaucoup de vieux officiers, de qui l'on croyait que l'âge avait diminué la force et le courage, des postes où ils étaient, pour en mettre de plus jeunes, en cas que les places fussent attaquées; et on les fournit généralement de ce qui était nécessaire. Calais, entre autres, fut celle pour laquelle on eut plus de peur. Aussi y fit-on travailler très-vigoureusement, et l'on y mit deux ou trois commandans pour se succéder les uns aux autres, en cas

qu'il y arrivât quelque chose. Il semblait enfin
que tout le monde attendait avec une grande
impatience de savoir sa destinée.

Mais sur quoi l'on était encore plus impatient, c'était sur les pensions qui ne se payaient
point du tout. La plupart des officiers n'avaient
pourtant que cet argent de sûr et de solide.
Cela faisait appréhender la continuation de la
guerre, quoique d'abord on l'eût souhaitée dé-
mesurément ; car il paraissait certain , que,
puisque après dix ans de paix , ou peu s'en
fallait, et le roi jouissant d'un aussi grand
revenu , on ne trouvait pas un sou dans ses
coffres , deux ans de guerre mettraient un tel
désordre dans les finances , que l'on serait obligé
de prendre le bien de tout le monde. Pour
trouver de l'argent , on commença par créer
deux charges de trésorier de l'épargne. On obligea Bremont et Brunet, qui étaient les finan-
ciers les plus à leur aise, de prendre ces charges.
C'était une taxe fort honnête : il leur en coûtait
à chacun sept cent mille livres. Ensuite on créa
six nouvelles charges de maître des requêtes ,
que l'on vendit deux cent mille francs chacune.
On rechercha les partisans, dont on tira beaucoup d'argent. M. Betan fut un des plus recher-
chés, et il paya quatre cent mille francs. Les
villes firent des présens considérables au roi ;

celle de Toulouse commença, et lui donna cent
mille écus ; celle de Paris suivit son exemple
peu de temps après, elle donna quatre cent
mille francs ; et puis celle de Rouen donna aussi
cent mille écus. Le roi reçut ceux qui lui venaient
porter la parole de ces présens avec une douceur et une humanité qui les payaient assez de
leur argent.

On avait averti, il y avait déjà quelque temps,
le maréchal de Duras qu'il fallait qu'il songeât
à partir. Les ennemis se remuaient beaucoup
sur le Rhin. Il y en arrivait tous les jours,
et l'on était dans de grandes appréhensions à
la cour, que la paix de l'Empire ne se fît avec
le Turc, et que tous les efforts ne tombassent
de ce côté-là. Le maréchal sut profiter de l'occasion : il remplissait la plus grande place de
l'état, et il n'avait jamais roulé sur M. le prince
et sur M. de Turenne d'aussi grandes affaires
qu'il en allait rouler sur lui. De plus, il souhaitait passionnément l'établissement de sa famille avant sa mort, sans quoi, son fils demeurait un très-médiocre gentilhomme de quinze
mille livres de rente au plus. Mademoiselle de
La Marck, qui était le plus grand parti de France,
était déjà trop âgée pour une fille, car elle avait
passé trente ans ; mais l'incertitude de sa mère
en était cause. Il y avait eu des propositions

très-avancées, entre autres son mariage avait presque été fait l'année précédente avec le duc d'Estrées. Rien n'était plus sortable, et cependant cela fut rompu tout d'un coup. Tout nouvellement son mariage avait presque été conclu avec le comte de Brione, fils aîné de M. Le Grand, que la naissance et les établissemens de son père rendaient le parti de France le plus considérable. L'affaire avait été si avancée, que les deux partis l'avaient publiée faite ; mais cela s'était rompu, et même avec beaucoup d'aigreur des deux côtés. On proposa donc au maréchal de Duras de faire épouser mademoiselle de La Marck à son fils, s'il pouvait avoir le duché passé au parlement. Il se servit de la conjoncture ; il obtint du roi le duché à cause du mariage, et la fille à cause du duché ; ainsi, quelque disproportion d'âge qu'il y eût, car le fils de M. de Duras n'avait que dix-sept ans, le mariage se fit, au grand contentement du maréchal de Duras, de voir son fils si bien établi ; et à celui de la fille, d'être mariée et d'avoir pour mari un aussi joli garçon que le petit Duras : c'était de tous les jeunes gens le plus joli et le mieux fait.

Vers la fin du carnaval (il n'en restait plus que trois jours, qui étaient destinés à passer en cérémonie, c'est-à-dire un jour un grand sou-

per dans l'appartement du roi, et le mardi-gras
un grand bal, en masque, dans le grand appartement), l'on apprit la mort de la reine
d'Espagne, fille de Monsieur. Toute la cour en
fut affligée, et cela retrancha les plaisirs sérieux
dont je viens de parler. La nouvelle en vint
le soir assez tard. M. de Louvois, qui est toujours mieux informé de tout que M. de Croissi,
quoique celui-ci ait les affaires étrangères, vint
l'apprendre au roi, une demi-heure avant que
M. de Croissi eût reçu son courrier. Le roi n'en
voulut rien dire à Monsieur, le soir, et ne le
dit à personne; mais le lendemain, à son lever,
il le dit tout haut; et, quand il fut habillé, il
se transporta à l'appartement de Monsieur, le
fit éveiller, et lui apprit cette triste nouvelle.
Monsieur en fut affligé autant qu'il est capable
de l'être. Dans le premier mouvement, ce furent des transports, et quatre ou cinq jours
après tout fut calme. Monsieur l'aimait naturellement; mais il était encore plus flatté de
voir sa fille reine, et d'un aussi grand royaume
que l'Espagne. A la vérité, la manière dont elle
mourut ajoutait quelque chose à la douleur de
Monsieur; car elle mourut empoisonnée. Elle
en avait toujours eu du soupçon, et le mandait
presque tous les ordinaires à Monsieur. Enfin,
Monsieur lui avait envoyé du contre-poison, qui

arriva le lendemain de sa mort. Le roi d'Espagne aimait passionnément la reine; mais elle
avait conservé pour sa patrie un amour trop
violent pour une personne d'esprit. Le conseil
d'Espagne, qui voyait qu'elle gouvernait son
mari, et qu'apparemment, si elle ne le mettait
pas dans les intérêts de la France, tout au moins
l'empêcherait-elle d'être dans des intérêts contraires ; ce conseil, dis-je, ne pouvant souffrir
cet empire, prévint par le poison l'alliance qui
paraissait devoir se faire. La reine fut empoisonnée, à ce que l'on a jugé, par une tasse de
chocolat. Quand on vint dire à l'ambassadeur
qu'elle était malade, il se transporta au palais;
mais on lui dit que ce n'était pas la coutume
que les ambassadeurs vissent les reines au lit.
Il fallut qu'il se retirât, et le lendemain on l'envoya querir dans le temps qu'elle commençait à
n'en pouvoir plus. La reine pria l'ambassadeur
d'assurer Monsieur qu'elle ne songeait qu'à lui
en mourant, et lui redit une infinité de fois
qu'elle mourait de sa mort naturelle. Cette précaution qu'elle prenait augmenta beaucoup les
soupçons, au lieu de les diminuer. Elle mourut
plus âgée de six mois que feue Madame, qui était
sa mère, et qui mourut de la même mort, et
eut, à peu près, les mêmes accidens. Cette
princesse laissa, par son testament, au roi son

mari, tout ce qu'elle lui put laisser, donna à la duchesse de Savoie, sa sœur, ce qu'elle avait de pierreries, avec une garniture entière de toutes pièces, et à M. de Chartres et à Mademoiselle ce qu'elle avait apporté de France.

Dans le temps que la reine d'Espagne mourut, on assurait qu'il allait se faire un échange de places considérables de Flandre, qui nous étaient nécessaires, contre les places de Catalogne. Cet échange ne devait pas être à perpétuité; mais il servait de gage de fidélité entre les deux rois. Tout cela fut démanché par la mort de la reine. On envoya ordre à l'ambassadeur de se retirer le plus tôt qu'il pourrait.

Pendant ce temps-là, le roi d'Angleterre songeait à son départ pour l'Irlande. M. de Tirconel, qui en était le vice-roi, lui manda qu'il croyait que sa présence était nécessaire. Cela fut fort débattu dans le conseil. Enfin, on jugea à propos que Sa Majesté britannique s'y en allât incessamment. Elle fit partir le duc de Berwick, un de ses enfans naturels, avec ce qu'il y avait ici d'Anglais, d'Écossais et d'Irlandais, pour se rendre à Brest, où ils devaient s'embarquer. Les officiers généraux que l'on avait nommés pour servir avec lui s'y rendirent aussi. M. de Lausun avait envie d'y suivre le roi d'Angleterre; mais il voulait faire ses conditions bonnes. Les ministres n'étaient point fâchés de le voir partir ; ils appréhendaient toujours le goût naturel que le roi avait eu pour lui. Ils opinèrent fort à ce qu'il suivît le roi d'Angleterre ; mais, quand il fut question de partir, il demanda qu'on le fît duc, et en fit la première proposition à M. de Seignelay, pour la porter au roi. M. de Seignelay lui dit de bien songer à ce qu'il faisait. Le roi reçut très-mal cette proposition, et, quand Lausun parla au roi, Sa Majesté lui répondit très-rudement. Lausun s'excusa, en disant que le roi d'Angleterre lui avait dit de le faire, et prévint le roi et la reine d'Angleterre, afin qu'ils dissent la même chose au roi ; ce qu'ils ne manquèrent pas de faire l'un et l'autre. M. de Lausun s'étant vu refusé, ne voulut plus aller en Irlande, et trouva que ce voyage ne lui convenait plus. On nomma Rosen pour y aller en qualité de lieutenant général. Les autres officiers que l'on y avait envoyés étaient Maumont, capitaine aux gardes, pour maréchal de camp ; Pusignan, colonel du régiment de Languedoc, pour brigadier d'infanterie ; Lesy-Girardin, brigadier de cavalerie ; et Boeslo, capitaine aux gardes, pour major général. Ils étaient tous fort honnêtes gens, mais des plus médiocres officiers des troupes du roi. Le seul Rosen, qui est Allemand, était celui sur

qui l'on pouvait se confier pour faire tenter
quelque chose par lui. Avec cela, l'on envoya
cent capitaines et cent lieutenans des corps qui
n'étaient pas destinés à servir en campagne, et
deux cents cadets. Cela ne laissait pas d'être
considérable, et pouvait en peu de temps servir
à discipliner des troupes. On travailla à l'équipage du roi d'Angleterre. Le roi lui fit tenir
prêt tout ce qui lui était nécessaire, et avec
profusion, meubles, selles, housses; enfin,
tout ce que l'on peut s'imaginer au monde : le
roi lui donna même sa cuirasse.

Le roi d'Angleterre voulut, avant que de partir, laisser quelque marque à M. de Lausun de
sa reconnaissance. Sa Majesté britannique vint
à Paris faire ses dévotions à Notre-Dame, et y
donna à M. de Lausun l'ordre de la Jarretière.
En le lui donnant, il mit à son ruban bleu une
médaille de Saint-Georges enrichie de diamans,
qui était la même que le roi d'Angleterre, qui
eut le cou coupé, avait donnée à son fils le feu
roi, en se séparant de lui : les diamans en
étaient très-considérables. Comme il n'y a que
vingt-cinq personnes qui aient cet ordre, il n'y
en avait qu'un de vacant, qui était celui de l'é-
lecteur de Brandebourg : le roi le donna ici à
M. de Lausun, et le prince d'Orange le donna
en Angleterre à M. de Schomberg, à quoi il

ajouta vingt mille écus de pension, avec la charge de grand-maître de l'artillerie du royaume. Il dispensa beaucoup d'autres grâces à ceux qui l'avaient suivi.

Le roi d'Angleterre, après avoir donné l'ordre à M. de Lausun, alla dîner chez lui avec le nonce du pape, qui résidait à sa cour, M. l'archevêque de Paris et beaucoup d'autres gens. Ses amis les jésuites y vinrent lui dire adieu. Ensuite il alla chez des religieuses anglaises, où il toucha des écrouelles, qu'il ne touche, et dont il ne prétend guérir qu'en qualité de roi de France. Il vint ensuite voir Mademoiselle au Luxembourg, qui n'allait point à la cour, parce qu'elle était fort mécontente du roi, sur le sujet de M. de Lausun. Elle prenait le prétexte de la mort de madame de La Menuille, qui était morte de la petite vérole, dans sa maison de la ville à Versailles. Il est vrai qu'elle en était tombée malade dans le château au sortir de chez Mademoiselle. Le roi d'Angleterre alla aussi aux filles de la Visitation de Chaillot, qui étaient ses amies du temps qu'il avait demeuré en France, parce que la reine d'Angleterre, sa mère, y faisait d'assez longs séjours, et il repassa ensuite par Saint-Cloud, pour faire compliment à Monsieur sur la mort de la reine sa fille, et pour voir Saint-Cloud, qu'il n'avait jamais vu. De là, il alla à

Versailles dire adieu au roi, et s'en retourna à Saint-Germain, où il faisait son séjour ordinaire. Le lendemain, le roi lui alla aussi dire adieu à Saint-Germain. Leur séparation fut fort tendre. Le roi dit au roi d'Angleterre, que tout ce qu'il pouvait lui souhaiter de meilleur, était de ne le jamais revoir. Il nomma M. d'Avaux pour le suivre comme ambassadeur, et le comte de Mailly, qui avait épousé une nièce de madame de Maintenon, pour l'accompagner jusqu'à Brest, où il s'embarquait. La reine d'Angleterre demeura avec son fils, le prince de Galles, à Saint-Germain, et pria qu'on ne lui allât faire sa cour que les lundis, trouvant qu'il ne lui était pas convenable de se livrer beaucoup au public, dans le temps que, selon les apparences, son mari allait essuyer de grands périls.

Le roi d'Angleterre alla en chaise jusqu'à Brest; mais sa chaise se rompit à Orléans; les gens superstitieux trouvèrent cela de mauvais augure. Il arriva un autre malheur à son équipage, qui s'était embarqué. Il y eut un bateau qui se rompit contre les arches du pont de Cé, et un de ses valets de garde-robe, nommé la Bastie, qui était celui qui l'avait toujours suivi fidèlement, se noya. Il prit, à sa place, un des valets de chambre de Mailly. Sa Majesté britannique arriva à Brest, sans avoir souffert d'autre

accident. Elle y trouva une escadre de treize
vaisseaux toute prête à la transporter ; mais le
temps fut si mauvais, qu'il fallut demeurer un
assez long-temps à Brest. Le vent ayant tourné,
le roi s'embarqua ; mais à peine l'était-il que,
dans le moment, il changea si bien, qu'il fallut
rentrer dans le port. Comme il y rentrait, un
autre vaisseau, qui sortait à pleines voiles, vint
donner sur celui du roi d'Angleterre, et ce
prince courut grand risque, sans l'habileté du
capitaine, qui, dans le moment, fit faire une
manœuvre excellente, et le vaisseau du roi en
fut quitte pour le mât de beaupré qui fut rompu.

Après que le grand deuil de la reine d'Espagne fut passé, on recommença les comédies,
et l'on croyait que les appartemens recommen-
ceraient aussi ; mais le roi retrancha ses plaisirs, et dit qu'il avait beaucoup d'affaires, que
l'heure des appartemens était celle qui lui convenait le plus pour travailler, et qu'il aimait
mieux employer le beau temps à aller à la
chasse. Ainsi ce fut là une occupation de moins
pour les courtisans. M. de Duras partit alors
avec Chanlay, pour se rendre sur les bords du
Rhin, et prendre toutes les mesures pour la
campagne. Il y avait de temps en temps de petites escarmouches entre les troupes du roi et
celles des Allemands, et le plus souvent nous

n'y trouvions pas notre avantage. On jugea que l'on ne pourrait pas soutenir les places du pays de Cologne, qui étaient Nuits, Kayserswerd, Lintz et Rhinberg : le roi avait besoin de ses troupes, et ne les voulait pas exposer sans en tirer quelque avantage, outre que les places étaient si mauvaises, que la prise en était sûre.

Le départ du roi d'Angleterre pour l'Irlande ne laissa pas une grande espérance au roi de le voir remonter sur le trône. Il n'avait pas été long-temps en France sans qu'on le connût tel qu'il était : c'est-à-dire, un homme entêté de sa religion, abandonné d'une manière extraordinaire aux jésuites. Ce n'eût pas été pourtant son plus grand défaut à l'égard de la cour ; mais il était faible, et supportait plutôt ses malheurs par insensibilité que par courage, quoiqu'il fût né avec une extrême valeur, soutenue du mépris de la mort, si commun aux Anglais. Cependant c'était quelque chose qu'il eût pris ce parti-là. On en était défait en France ; et, selon les apparences, les troupes que le prince d'Orange s'était engagé d'envoyer sur les côtes pour faire une diversion, allaient passer en Irlande. On donna donc à Sa Majesté britannique une escadre de dix vaisseaux, et il arriva enfin heureusement en Irlande avec beaucoup d'officiers français, et avec tous les Anglais et Irlandais qui l'étaient venus trouver, ou qui avaient demeuré en France. Le roi les fit conduire tous à Brest par différentes routes, à ses frais, et ils y firent un désordre épouvantable. Le roi d'Angleterre, qui avait été homme de mer, étant duc d'Yorck, ne fut pas content de la marine, et le manda au roi : cela donna des vapeurs à M. de Seignelay. Il y eut des ordres pour faire conduire à Brest toutes les choses nécessaires pour l'Irlande : elles y furent expédiées avec promptitude et en grande quantité, parce que M. de Louvois s'en mêla. On y envoya aussi tout ce qui était nécessaire pour un corps raisonnable de cavalerie, et pour armer l'infanterie. L'armée du roi d'Angleterre produisit une grande joie en Irlande dans l'esprit des peuples : il y avait un temps infini qu'ils n'en avaient vu, et ils étaient comme les esclaves des Anglais. Le roi leur conserva leurs priviléges, les augmenta même, et confisqua aux catholiques les biens que l'on avait autrefois confisqués aux grands seigneurs de la religion anglicane. Il fit Tirconel duc, pour le récompenser du soin qu'il avait pris de lui conserver cette île, et de sa fidélité personnelle.

La mort de la reine d'Espagne avait entièrement indisposé la cour du Roi Catholique contre la France. La passion que ce prince avait pour

son épouse l'avait empêché de se déclarer contre
nous, malgré les menées de la cour de l'empereur,
qui tenait auprès du Roi Catholique l'homme
d'Allemagne qui avait le plus d'esprit : c'était
M. de Mansfeld, qui avait épousé mademoiselle
d'Aspremont, veuve du duc de Lorraine, et qui
était maître de l'esprit du conseil d'Espagne. On
sut à la cour à quoi l'on devait s'attendre des
Espagnols, et l'on prévint leurs desseins en
leur déclarant la guerre. On ordonna à Rebenac,
ambassadeur en Espagne, de revenir incessamment, et tout fut fini de ce côté-là.

La cour était fort occupée pour les affaires de
la guerre. Il y avait peu d'argent ; il en fallait
beaucoup ; et le contrôleur général était homme
peu capable et peu stylé à son emploi. Il fallait
que M. de Louvois, qui l'avait porté à cette
place, l'y soutînt, et travaillât pour lui ; et lui-
même avait déjà tant d'affaires, qu'il était
étonnant comment il n'y succombait pas. Cependant il n'y avait point à reculer ; il fallait
cheminer, quoi qu'il en fût ; car les ennemis
se préparaient très-fortement. On fit la desti-
nation des armées : il y en devait avoir une
en Allemagne, commandée par M. de Duras ;
une en Flandre, par le maréchal d'Humières ;
une en Roussillon, par M. de Noailles, gouverneur de la province ; et une au milieu de la

France, pour prévenir les désordres dont on était menacé par les gens de la religion, et aussi pour qu'elle pût être transportée en quelque endroit que ce fût, en cas que les ennemis fussent assez forts pour faire une descente. Pour le roi, il demeurait à Versailles, afin d'être toujours dans le milieu du royaume, et, de là, pouvoir plus aisément donner ses ordres partout. On envoya M. le maréchal de Lorge commander en Guyenne; M. le maréchal d'Estrées, dans les deux évêchés de Saint-Pol et de Cornouailles en Bretagne, où les ennemis pouvaient plus aisément faire des descentes; M. de Chaulnes dans le reste de la Bretagne, qui était son gouvernement; M. de La Trousse, en Poitou et pays d'Aunis, quoique Gacé, qui était gouverneur de la province, y fût actuellement; mais, afin de lui faire supporter plus patiemment ce désagrément, on le fit maréchal de camp. On laissa le commandement de la Normandie aux lieutenans généraux de la province, Beuvron et Matignon, gens de qualité, et honnêtes gens, mais fort peu capables pour la guerre. Beuvron était frère de madame d'Arpajon, que madame de Maintenon avait faite dame d'honneur de madame la dauphine. Les Beuvron s'étaient attachés à madame de Maintenon; cela suffisait pour ne point recevoir de

2*

désagrément, et l'on ne pouvait pas bien traiter
l'un sans faire le même traitement à l'autre.
Beuvron, dont je parle, était beau-frère de
M. de Seignelay, et faisait fort bien sa charge
quand il n'y avait rien à faire. On lui donna La
Hoguette, officier des mousquetaires, pour maréchal de camp, qui était celui sur lequel rou-
laient les affaires de la guerre. On mit, pour
commander en Languedoc, Broglio, lieutenant
général, parce qu'il se trouvait beau-frère de
l'intendant, qui était homme d'esprit, et en
qui la cour avait beaucoup de confiance. On
laissa en Provence Grignan, lieutenant du roi
de la province, qui y avait toujours bien fait ce
qu'il avait à faire. En Dauphiné, l'on y mit
Lassai, maréchal de camp, qui était d'une famille de robe, mais qui avait toujours eu la
réputation de bon officier. En Béarn, on envoya
le duc de Grammont, pour représenter seulement; car l'on savait bien qu'il n'y avait rien
à faire. Telle était la disposition des comman-
demens. On changea beaucoup de gouverneurs
de villes particulières, parce qu'ils étaient trop
vieux, et que les affaires présentes demandaient
des gens un peu plus actifs qu'ils ne pouvaient
être. On fit faire le tour du royaume à M. de
Vauban, pour visiter les places maritimes, qui
étaient en fort mauvais état, parce qu'elles n'é-

taient pas du district de M. de Louvois; outre
que, tandis que la France n'avait point d'affaire
avec l'Angleterre, il ne pouvait rien arriver de
mauvais de ce côté-là. Cependant l'on y fit travailler très-vigoureusement. La Rochelle fut en
fort peu de temps mise en bon état : on travailla
à Bordeaux, et Brest fut mis en représentation
de défense; car la place vaut si peu de chose
par sa situation, que rien ne la peut rendre
bonne. M. de Vauban ordonna aussi des redou-
tes le long des côtes, dans les endroits où l'on
pouvait faire des descentes, et fit planter des
palissades, en manière de cheval de frise, le
long des rivages de la mer. On posta beaucoup
de pièces de canon, selon la situation des endroits, pour battre les bâtimens qui pourraient
tenter la descente. Enfin, toutes les côtes furent, au mois de mai, en état de défense. On
déclara la guerre au prince d'Orange et aux Anglais qui l'avaient suivi, et qui avaient contribué à chasser leur prince naturel; on fit marcher des troupes aux endroits de France où l'on
croyait en avoir le plus de besoin : tout en four-
millait, depuis le Béarn jusqu'à la Normandie.

Cependant chacun, à la cour, songeait à son
départ. Le prince de Conti, qui n'était pas encore
rentré dans les bonnes grâces du roi, lui avait
demandé, dans le commencement de l'hiver, et

avec instance, un régiment : le régiment lui
fut refusé. Il demanda ensuite d'être brigadier,
croyant qu'un régiment tirait à conséquence,
parce que l'on s'y fait des créatures : sa demande
lui fut aussi refusée. Enfin, il demanda d'aller
volontaire dans l'armée d'Allemagne : on ne
lui put refuser ; et il se prépara à y aller avec
M. le duc, qui fut prêt à n'y avoir non plus
aucun commandement ; car l'on mit son régiment d'infanterie dans Bonn, et celui de cavalerie aussi ; et, quand il s'en plaignit, on dit
que c'était la faute de M. de Sourdis, à qui
l'on avait mandé d'y mettre un régiment de
dragons, et qu'il avait lu *Bourbon*. On crut que
l'on ne pourrait pas aisément tirer le régiment
de Bourbon de Bonn, on lui donna un brevet
pour commander le régiment de Condé. Cependant, à la fin, on l'en tira, et il servit à la tête
de son régiment. M. du Maine, qui devait aussi
servir en Allemagne, n'y fut pourtant pas employé. On fit venir son régiment en Flandre ;
mais, en entrant en campagne, on lui donna
une brigade à commander, pendant que les princes du sang avaient à peine la simple permission de servir : encore fût-ce beaucoup, que l'on
leur épargnât le désagrément d'être dans la
même armée.

Vers ce temps-là, il ne se passa rien de con-

sidérable à la cour, que le combat du comte
de Brionne avec Hautefort - Saint - Chamand,
qui était exempt des gardes du corps, honnête
garçon, et assez bien traité de tout le monde.
Il avait, chez madame la princesse de Conti,
la fille du roi, une sœur qui était fort laide ;
cependant, elle se fit aimer du comte de
Brionne, et cette passion dura fort long-temps.
Ils se brouillèrent et se raccommodèrent plus
d'une fois, comme il arrive dans toutes les
passions. Enfin, la demoiselle, que l'exemple
de la comtesse de Soissons avait gâtée, comme
bien d'autres qui croyaient que l'on ne les aimait
que pour les épouser, parla de mariage. Je
crois que le comte de Brionne le sut : il s'en
moqua. Le frère, en sortant du coucher de
Monseigneur, attaqua le comte de Brionne de
conversation. Ils allèrent sur le bord de l'étang
auprès de l'hôtel de Soissons, qui était un chemin peu passant, surtout à l'heure qu'il était,
et ils s'y battirent. Hautefort fut blessé d'abord ;
mais il donna un coup d'épée dans la cuisse du
comte de Brionne, et lui laissa son épée. Le
coup de Hautefort ne l'empêcha pas de paraître
encore le soir ; mais le lendemain tout se sut.
Le grand prevôt fit des informations. Hautefort
s'écarta, et fut cassé ; on fit si bien, que cela
ne passa pas pour duel. Le parlement en prit

connaissance, et on les mit tous deux en prison, le comte de Brionne à la Bastille, et l'autre
à la Conciergerie. La demoiselle alla, du château
où elle demeurait, à l'hôtel de Conti. Elle fut
trois semaines ou un mois sans paraître ; ensuite elle revint, et voulut faire comme auparavant. On lui dit de se retirer. Elle se mit
dans le Port-Royal.

Il partit, dans ce temps-là, un secours considérable pour l'Irlande. Il y eut une escadre
de vingt-deux ou vingt-trois vaisseaux, com-
mandés par le comte de Château-Regnault, qui
sortirent de Brest avec beaucoup de bâtimens
de charge, tous chargés de ce que l'on avait
pu assembler, depuis trois ou quatre mois, de
choses nécessaires à une armée. Le prince d'O-
range avait aussi mis une flotte en mer, infé-
rieure de deux ou trois vaisseaux à celle du roi.
Cette flotte était commandée par Herbert, dont
la réputation et la capacité étaient beaucoup
supérieures à celle de M. de Château-Regnault.
On voulait aller débarquer à Kinsale, petit
port d'Irlande, où le roi d'Angleterre avait
descendu quand il était arrivé dans l'île ; mais
l'on apprit que les ennemis étaient postés à
portée de là. On tint conseil de guerre : on
trouva le hasard trop grand de faire un débarquement à la vue des ennemis ; on prit donc

le parti d'aller chercher un autre port à l'occident de l'Irlande ; on le trouva propre , et on travailla avec beaucoup de vitesse au débarquement à la baie de Bantry. Comme il n'y avait plus que deux brûlots à décharger , les ennemis parurent : on appareilla pour aller au-devant d'eux ; on se canonna beaucoup , mais on ne s'approcha guère. Enfin , les ennemis prirent le large , et voilà ce que l'on appela un combat gagné. Herbert s'y trouva blessé, et les ennemis confessèrent que , si l'on avait voulu , ou aurait mis leur flotte hors d'état de servir, et qu'on leur aurait pris quelques vaisseaux , quoique les Anglais soient beaucoup meilleurs voiliers que les nôtres. M. de Château-Regnault se contenta d'avoir fait heureusement son débarquement , et d'avoir par devers lui l'idée ou la représentation d'une bataille gagnée. Il s'en revint content avec un bon vent à Brest , ayant fort peu de monde de tué , et un seul de ses vaisseaux incommodé, qui était celui qu'avait Coëtlogon, dont la dunette et la galerie avaient sauté en l'air. Quand le comte de Château - Regnault fut arrivé , il envoya son neveu à la cour. D'abord , la joie y fut grande ; mais deux ou trois jours après , que chaque officier général , et les plus éveillés des particuliers eurent envoyé des relations , on ne

fut plus du tout content. Ils se jetaient la faute
les uns sur les autres, de ce que l'on n'avait pas
davantage battu les ennemis ; aussi en eurent-
ils tous des réprimandes de la cour.

Cependant, on travaillait dans les ports avec
une grande activité à mettre une grosse flotte
en mer ; on travaillait aussi à Toulon, où l'on
devait mettre vingt-deux vaisseaux, à ce que
l'on disait, pour la Méditerranée. A Brest et à
Rochefort, on en devait mettre plus de quarante. On envoyait courriers sur courriers à
Brest, pour faire avancer ; et cependant cela
allait avec une lenteur extraordinaire. M. de
Seignelay faisait marcher Bonrepos, son premier ministre, et tout manquait.

Malgré cela, il y avait déjà quelque temps
que M. de Duras avait eu ordre de partir pour
se rendre en Allemagne, sur ce que les troupes
de l'empereur et celles de l'électeur de Bavière
avaie nt marché sur le Rhin. Elles s'étaient
déjà saisies des postes que les troupes du roi
avaient abandonnés de l'autre côté, et commençaient à se retrancher dans une ile dans le
Rhin, entre Philisbourg et le Fort-Louis, qui
en ôtait la communication. Ils nous eussent trop
incommodés, s'ils s'y fussent établis. Ils avaient
encore un poste fort considérable à portée de
là, qui était Hausen, où le prince Eugène de

Savoie avait pris poste avec beaucoup de troupes. Le reste de leurs troupes s'étendait dans
le Wirtemberg, et dans le petit état de M. de
Bade-Dourlac jusqu'à Huningue. On avait grand
peur qu'ils n'attaquassent cette place, qui est
fort voisine des Suisses ; et l'on n'était pas encore trop sûr de leur amitié. Le parti des ennemis y était très-puissant ; la religion mettait entièrement contre nous les cantons protestans. Le
nonce du pape affectait de persuader aux catholiques que cette affaire-ci n'était point une affaire de religion, et se servait de toutes sortes
de raisons pour les mettre contre nous. De plus,
nous avions déjà souvent abusé de leur bonne
foi. Enfin, tout les portait à nous devenir contraires ; et, quoique les levées eussent été faites
l'hiver, comme nous les souhaitions, cependant nous étions peu certains de leur amitié. On
avait fait revenir Tamboneau, qui y était ambassadeur, il y avait déjà quelque temps, parce qu'il
parlait beaucoup, et ne faisait que peu de chose.
A sa place, on y avait envoyé M. Amelot, qui
n'était pas un homme tout-à-fait consommé dans
les négociations ; mais aussi, il avait un esprit
plus posé, plus froid, et par conséquent plus
convenable à l'humeur et au naturel des Suisses.
Peu de temps après qu'il y fut, il renvoya le
traité ratifié, et scellé de tous les cantons. Si

nous eussions encore eu les Suisses contre nous,
il eût été bien difficile de résister, parce que
c'est l'entrée de France la moins fortifiée. Nous
n'avions plus alors dans l'Europe que le Dane-
marck, qui fût notre allié ; mais il était trop séparé de nous, pour se pouvoir soutenir l'un
l'autre. Tous ses voisins étaient ligués contre lui,
et parce qu'il était allié de la France, et parce
qu'il s'était saisi des états du duc de Holstein-
Gottorp, par droit de bienséance. Mais ce seul
allié, nous le pouvions perdre encore : les intérêts
de son frère, le prince Georges, qui naturellement devait succéder au prince d'Orange, parce
qu'il avait épousé la seconde fille du roi d'Angleterre, et que le prince d'Orange n'avait point
d'enfant, le pouvaient détacher en peu de temps
de l'alliance qu'il avait avec le roi.

Le projet de la campagne fut très-sage. Les
ministres supposaient que tant de différens
princes ne pouvaient pas demeurer long-temps
unis. La plus grande partie de ceux d'Allemagne sont très-pauvres, et ne peuvent subsister, quand ils ont des troupes, que par les
quartiers d'hiver qu'ils prennent, ou dans le
pays ennemi, ou les uns sur les autres. Le roi
était bien sûr qu'en ne hasardant rien, les ennemis ne pouvaient pas prendre de quartiers
dans son pays. En Allemagne, il y avait les

pays des princes ecclésiastiques, qui, d'ordinaire, fournissent les quartiers aux princes
protestans : nous tenions la plus grande partie
des trois électorats; le roi avait Mayence et
toutes les petites villes qui en dépendent en-
deçà du Rhin; le pays de Trèves était au moins
partagé, car le Mont-Royal d'un côté, et Bonn de
l'autre, nous laissaient un grand terrain à notre
disposition. A la vérité, les ennemis avaient
Coblentz, que l'on avait manqué l'hiver dernier. Pour celui de Cologne, nous étions maîtres des quatre places fortifiées de l'électeur,
qui étaient Bonn, Rhinberg, Nuits et Kayserswerd. On avait abandonné Nuits au commencement de l'hiver; et ce fut en se retirant que
les ennemis battirent la garnison, et que M. de
Sourdis, qui commandait dans tout ce pays, la
laissa battre, et s'enfuit. Kayserswerd demeura
sous le commandement de Marconié : c'était
une mauvaise place, d'où l'on retira toute la
garnison française, pour y en laisser une allemande. M. de Furstemberg avait mis dans
Rhinberg un Allemand, domestique de feu
M. l'électeur de Cologne, en qui il avait beaucoup de confiance; mais l'Allemand le trahit,
et, avant le commencement de la campagne,
prêta serment à M. le prince Clément, concur-
rent de M. de Furstemberg pour l'électorat de

Cologne, et appuyé par les bulles du Saint Père.
Dans Bonn, on avait mis huit bataillons de campagne, un régiment de cavalerie, et un de dragons : Asfeld commandait, et on lui avait donné
de bons officiers subalternes. Mayence était
garni à foison; on y avait mis le marquis
d'Huxelles pour y commander. M. d'Huxelles
était l'officier d'infanterie à la mode, et la créature de M. de Louvois. On dit qu'on lui avait
donné quatre cents milliers de poudre, avec
douze bataillons des meilleurs qui fussent en
France, le régiment des bombardiers, la compagnie des mineurs, un régiment de cavalerie, un de dragons, M. de Choisi, habile in-
génieur, et qui avait défendu Maestricht sous
M. de Caylus, pour commander sous lui, et
trois ou quatre autres bons officiers, en cas
qu'il mésarrivât aux premiers. La place n'était
pas excellente; mais on y avait travaillé tout
l'hiver, et on l'avait assez bien raccommodée.
Le Mont-Royal, qui était encore une place pour
laquelle il y avait beaucoup à craindre, d'autant
plus qu'elle n'était pas encore achevée, était
fournie de même, et avait M. de Montal pour
y commander. Philisbourg et Landau étaient
encore pourvus de la même manière. Outre cela, le roi avait beaucoup de troupes répandues
dans le Palatinat, pays qu'on avait juré de rui-

ner entièrement, parce qu'il était trop voisin
de l'Alsace, et que celui qui avait le plus de
part à la guerre était M. l'électeur palatin.
Quoiqu'on l'appelât alors le *Nestor germanique*,
sa prudence s'était bien endormie d'aigrir le
roi au point qu'il l'avait aigri : il devait se reconnaître trop petit prince, et trop sous la cou-
levrine de la France, pour ne pas s'accommoder au temps. Toutes les places du Palatin
étaient garnies des troupes du roi, et pendant
l'hiver on avait tiré tout l'argent qu'on avait
pu du pays. D'abandonner ces places, et de les
laisser dans leur entier, c'était presque mettre
les ennemis du roi dans son pays. On commença
par évacuer la plus avancée, qui était Heidelberg, capitale du Palatinat. On fit sauter la
moitié du château, qui avait l'air grand et méritait des égards. On brûla la moitié de la ville,
avec des excès qu'une guerre moins vindicative
aurait empêchés. Ensuite, on évacua Manheim ;
on rasa la ville et la citadelle, en sorte qu'il n'y
resta pas une maison, et les ruines mêmes en
furent jetées dans le Rhin et dans le Necker.
On brûla Worms, qui était une petite république sur le Rhin. On en fit autant à Spire, ville
appartenant à l'électeur de Trèves, comme évêque de Spire, parce qu'on trouvait qu'elle pressait trop l'Alsace. Pour Franckendal, il fut rasé

seulement, parce que, comme l'on avait Mayence, il était difficile à nos ennemis de s'en rendre les maîtres. On fit un pareil traitement à
un grand nombre de petits mauvais châteaux,
que les troupes du roi avaient occupés pendant
l'hiver, et qui pouvaient servir de postes aux
ennemis. M. de Duras alla s'établir à Stras-
bourg, pour attendre le commencement de la
campagne. Les Allemands ne s'y mettent jamais
de bonne heure ; mais nous ne pouvions rien
faire pour les prévenir : il fallait voir à quoi ils
s'attacheraient. Il y avait deux places qui n'é-
taient point achevées, qui étaient Bedfort et
Landau. On y travaillait à force ; ainsi il fallait
laisser les troupes, et surtout l'infanterie, tout
le plus long-temps que l'on pouvait, dans les
places. A l'égard de la cavalerie, il n'était pas
bon non plus qu'elle campât de trop bonne
heure, parce qu'il y en avait beaucoup de nouvelle, et que, même dans la vieille, on avait
été obligé d'y fourrer beaucoup de compagnies
qui venaient d'être tout fraîchement faites. Ainsi
tout demeura dans les places ou dans des quartiers, jusqu'à ce que les Allemands commencèrent à paraître du côté de la Flandre. M. le
maréchal d'Humières, qui était à Lille, eut ordre de s'en aller à Philippeville, pour mettre de
bonne heure l'armée en campagne. Il eut ordre

de l'assembler auprès de Maubeuge, et le fit au commencement de mai, que les ennemis n'avaient pas encore songé à assembler leurs troupes. Il reprit quelques châteaux, dont les ennemis s'étaient saisis pendant l'hiver, et les fit raser. Il eut le même ordre qu'ont tous les généraux en France : ce fut de ne pas combattre. M. de Valdec, informé de cet ordre, assembla son armée, l'assembla faible, et donna au maréchal d'Humières de fort belles occasions de le battre. Même le peu de précaution qu'il prenait, allait ou à la malhabileté ou à l'insolence. Cependant le maréchal, suivant son ordre aveuglément, n'en profita point.

Le premier exploit qui se passa, fut en Catalogne, où M. de Noailles, qui commandait l'armée, composée de deux ou trois vieux régimens d'infanterie, avec quelque cavalerie nouvelle, des dragons de même, et le reste des milices de la province, se saisit de Campredon, mauvais village, et d'une tour qui était à deux lieues de là. Comme c'était là son premier exploit, il envoya un courrier en porter la nouvelle à la cour, et l'on y parla de cette conquête comme de quelque chose de fort considérable. Le poste était pourtant de lui-même fort mauvais; il y avait peu de gens à le défendre; point d'armée à le secourir, les Espagnols n'étant pas assez puissans pour mettre deux mille hommes ensemble dans leur pays.

On espérait toujours en France que l'humeur hautaine du prince d'Orange deviendrait insupportable aux Anglais, et, comme nous nous flattons très-volontiers, on ne doutait point de voir, en très-peu de temps, une révolte en Angleterre. Cependant, le prince d'Orange avait été couronné roi d'Angleterre, avec de très-grands applaudissemens. La convention d'Écosse lui avait aussi envoyé la couronne, quoique le roi eût encore des partis fort puissans dans le nord de l'Écosse. Le prince d'Orange avait fait assembler le parlement, qui lui avait accordé généralement tout ce qu'il lui avait demandé; c'est-à-dire, de l'argent pour payer les troupes hollandaises, et pour rembourser les avances que lui avait faites la Hollande pour son dessein, de l'argent pour sa subsistance, et les moyens d'en tirer pour faire la guerre à la France. Tout cela s'était fait avec une tranquillité étonnante. Londres, qui n'était point accoutumée à avoir des troupes, en était remplie, sans oser souffler, et le prince d'Orange, en deux mois, était devenu plus maître de l'Angleterre, qu'aucun roi ne l'avait jamais été. Les Anglais, qui avaient chassé leur roi, sous prétexte de défendre et conserver leur religion, la voyaient changer entièrement; car le prince d'Orange, tout en faisant semblant d'accommoder les deux religions, c'est-à-dire l'anglicane et la sienne, prétendue réformée, laissait les ministres de la dernière entièrement les maîtres, et professait publiquement son calvinisme, à quoi tous les Anglais applaudissaient.

Le prince d'Orange faisait travailler avec un grand soin à l'armement de la flotte anglaise, pour la joindre avec celle des Hollandais. On ne pouvait pas s'imaginer, dans ce pays-là, qu'après les dépenses que le roi avait faites, il fût en état de mettre sur pied une flotte assez considérable pour leur opposer, et ils comptaient d'être entièrement les maîtres de la mer. Dans les combats particuliers, qui s'étaient donnés de vaisseau à vaisseau, les Français avaient presque toujours eu l'avantage, et on avait fait plus de prises aux ennemis, qu'ils ne nous en avaient fait. Ils ne comptaient pas que l'on laissât la Méditerranée entièrement abandonnée, et gardée seulement par les galères. Ils savaient que nous avions la guerre contre les corsaires d'Alger, et jugeaient que cette guerre suffisait pour occuper un nombre assez considérable de vaisseaux : on traitait pourtant de la paix ; mais, en traitant, nous continuions dans cette hauteur à quoi nous sommes si bien accoutumés, et depuis si long-temps. Quoique nous ne vissions que des ennemis autour de nous, nous

5*

voulions que les Algériens se contentassent
d'une trêve, parce qu'il y avait un grand nombre de leurs gens qui étaient esclaves sur nos
galères, qui nous servaient bien, et que par la
trêve on ne rendrait pas; mais les Algériens n'y
voulurent point consentir.

Le prince d'Orange comptait donc que l'armée de mer n'apporterait aucun obstacle à ses
desseins; et, par-là, il regardait l'affaire d'Irlande comme une très-petite affaire. Ceux qui,
dans le commencement, y avaient tenu son parti, avaient été battus, et tous s'étaient réfugiés
dans une place assez bien fortifiée pour une
province comme l'Irlande, où il n'y en a aucune. Les Anglais l'avaient fait bâtir pour la
sûreté du commerce avec l'Irlande : elle s'appelait Derri ; et comme c'étaient les marchands de
Londres qui l'avaient fait bâtir, ils y avaient
ajouté *London*, qui, en anglais, veut dire Londres, de manière qu'elle s'appelait Londonderri.
Tous les partisans du prince d'Orange s'étaient
jetés dedans, et en cédèrent le commandement
à un Anglais qui avait été ministre. Le roi d'Angleterre donna ses ordres pour la faire investir,
sans pourtant quitter Dublin. Sa Majesté britannique avait deux officiers d'infanterie français, que le roi lui avait donnés pour aller avec
lui, qui étaient Maumont, capitaine aux gardes

et maréchal de camp, et Pusignan, colonel d'infanterie et brigadier. Il y avait long-temps qu'ils servaient tous deux ; mais, avec cela, ils étaient au nombre des officiers de médiocre capacité ; cependant, ils pouvaient passer pour bons en Irlande, où il n'y en avait point de meilleurs. Les troupes qu'ils commandaient étaient fort mal disciplinées : celles qui étaient dans Londonderri l'étaient tout aussi mal ; mais les Anglais ont pour la nation irlandaise un mépris qui leur donnait un air de supériorité. Maumont fut tué en allant reconnaître la place ; et l'autre, peu de jours après, voyant une sortie que les ennemis faisaient assez en désordre, crut qu'il n'y avait qu'à les pousser avec le peu de gens qu'il avait. Il ne s'aperçut pas d'une embuscade que l'on avait dressée. Il fut coupé, et il y périt avec beaucoup de gens. Il ne restait plus d'officiers sur qui l'on pût faire rouler le siége ; car Rosen, qui était le meilleur que le roi eût envoyé en Irlande, était un Allemand, très-bon officier de cavalerie, mais qui, en sa vie, n'avait rien su qui regardât l'infanterie. On se contenta de tenir bloqué Londonderri, dans l'espérance qu'il serait obligé de se rendre, parce que la quantité de gens qui s'étaient retirés dedans ne pouvaient subsister long-temps ; et l'on comptait aussi

qu'ils ne seraient pas secourus. On prit deux
petits forts qui gardaient la rivière par où l'on
y pouvait jeter du secours : on fit faire ensuite
une estacade, pour empêcher les bâtimens de
passer de nuit, et l'on employa le peu d'atillerie
qu'il y avait pour la défendre.

Tous les jours, il nous venait de fausses nouvelles de ce pays-là. Il y eut des vaisseaux anglais qui, après le combat de Bantry, se déta-
chèrent ; le bruit fut d'abord qu'ils s'étaient
venus rendre au roi ; mais il se trouva qu'ils
étaient allés pour tenter le secours de Londonderri, qu'ils tentèrent d'abord fort inutilement,
mais, dans la suite, ils trouvèrent moyen de
rompre l'estacade, et de porter dans la ville un
secours considérable, qui fit qu'on leva le blo-
cus, et qu'on ne songea plus au siége de cette
place. Il y eut même des révoltés qui se saisi-
rent encore d'une autre petite place dans les
marais ; mais le roi d'Angleterre y envoya Hamilton, qui était lieutenant-général de ses armées, et qui avait été long-temps colonel d'infanterie en France. On l'avait chassé de la cour,
parce qu'il s'était rendu amoureux de la princesse de Conti, fille du roi, et qu'il paraissait
qu'elle aimait bien mieux lui parler qu'à un
autre. Hamilton défit ces révoltés, qui étaient
en fort petit nombre.

Cependant, la reine d'Angleterre était à Saint-Germain, dans une tristesse et un abattement épouvantables. Ses larmes ne tarissaient pas. Le roi, qui a l'âme bonne, et une tendresse extraordinaire, surtout pour les femmes, était touché des malheurs de cette princesse, et les adoucissait par tout ce qu'il pouvait imaginer. Il lui faisait des présens, et, parce qu'elle était aussi dévote que malheureuse, c'étaient des présens qui convenaient à la dévotion. Il avait aussi pour elle toutes les complaisances qu'elle méritait : il la faisait venir à Trianon et à Marly, aux fêtes qu'il y donnait; enfin, il avait des manières pour elle si agréables et si engageantes, que le monde jugea qu'il était amoureux d'elle. La chose paraissait assez probable. Les gens qui ne voyaient pas cela de fort près, assuraient que madame de Maintenon, quoiqu'elle ne passât que pour amie, regardait les manières du roi pour la reine d'Angleterre avec une furieuse inquiétude. Ce n'était pas sans raison; car il n'y a point de maîtresse qui ne terrasse bientôt une amie. Cependant, le bruit de cet amour ne fut que l'effet d'un discours du public, fondé sur les airs honnêtes que le roi ne pouvait s'empêcher d'avoir pour une personne dont le mérite était aussi avoué de tout le monde que celui de la reine d'Angleterre, quand même elle n'eût été que particulière.

M. de Lausun était le seul Français considérable qui eût eu part à l'affaire d'Angleterre, parce qu'il était le seul qui y fût.

Cependant, Sa Majesté britannique crut lui avoir des obligations infinies, et le laissa, en partant, dans la confidence de la reine. A proprement parler, M. de Lausun était le ministre d'Angleterre en France. Il n'avait jamais été aimé de M. de Louvois ; mais il faisait tout ce qu'il pouvait pour gagner les bonnes grâces de madame de Maintenon. Il savait bien qu'il n'y avait que ces deux côtés pour pouvoir approcher le roi, et peut-être comptait-il celui de madame de Maintenon comme le plus sûr. Il jugeait, avec tout le monde, que madame de Maintenon ne regardait point M. de Louvois comme son ami : au contraire, elle ne le regardait que comme un ministre utile au roi, un ministre qui était bien avec son maître, sans qu'elle y eût contribué, et qui était bien dans son esprit avant elle. Mais M. de Seignelay, elle le regardait comme sa créature : quoiqu'elle ne fût pas liée de droit fil avec lui, elle l'était par ses sœurs, madame de Beauvilliers et madame de Chevreuse. M. de Lausun crut donc qu'il ferait un grand coup pour lui, et qui plairait fort à madame de Maintenon, de tirer l'affaire d'Irlande des mains de M. de Louvois, pour la mettre dans celles de M. de Seignelay. Il persuada si bien la reine d'Angleterre, que cela fut fait, et peut-être au grand contentement de M. de Louvois, qui ne pouvait pas être généralement chargé de tout. Sa santé n'était pas aussi robuste qu'elle paraissait; il n'était jamais long-temps sans avoir des accès de fièvre, et ne savait ce que c'était que de se ménager dans un temps comme celui-ci. M. de Seignelay avait la marine, et il paraissait probable que, comme tous les passages d'Irlande dépendaient de lui, le roi d'Angleterre serait mieux servi. Ce n'est pas que, sous la direction de M. de Louvois, qui fut, à la vérité, pendant peu de temps, il n'y eût une grande profusion de toutes les choses nécessaires, et cela était allé si loin, qu'elles ne purent pas toutes passer avec le roi d'Angleterre, ni avec la flotte qui suivit : il en demeura même encore quantité à Brest.

Il y avait déjà long-temps que la dauphine était malade, et qu'elle ne voyait presque personne. On n'avait aucune foi à son mal; cependant, elle était enflée et maigrissait fort. Les médecins ne lui faisaient rien du tout. A la fin de l'hiver, elle s'était mise entre les mains d'une femme, qui lui avait donné d'abord quelque soulagement, et qui, en effet, l'avait fait désenfler; mais cela était revenu : ensuite, elle s'é-

tait remise encore une fois entre les mains des
médecins. Enfin, ils avouèrent leur ignorance.
Madame la dauphine voulut tàter des empiri-
ques : on en consulta beaucoup. Enfin, elle demanda au roi la permission de se mettre entre
les mains d'un prêtre normand, dont le maréchal de Bellefond était entêté, et qui se donnait pour un homme à divers secrets. Son
premier métier avait été, demeurant au col-
lége de Navarre, d'apprendre à siffler à des
linottes. Un de ses amis, souffleur de sa profession, lui laissa en mourant tous ses secrets,
et le prêtre s'en servit heureusement : cela établit sa réputation. Il se trouva, en Normandie,
auprès de chez le maréchal, qui est homme à
s'entêter fort aisément. Il vanta le prêtre, et,
enfin, lui établit une réputation d'habileté qu'il
ne méritait nullement. Ce fut l'homme dont
madame la dauphine se servit. Elle s'en trouva
bien dans le commencement, et redevint ensuite
dans le même état. Peu de gens se souciaient de
cette princesse, parce qu'elle ne contribuait,
ni à la fortune des personnes, ni aux plaisirs
de la cour. Il y avait un temps assez considérable que M. de La Trémouille faisait l'amoureux d'elle publiquement. Il était à la vérité
parfaitement bien fait, mais d'une laideur cho-
quante, et, l'on peut dire, non commune. On

l'accusait d'avoir l'esprit à l'avenant. On était si accoutumé à le voir lorgner, que personne n'y faisait la moindre attention, et l'on ne s'avisait pas de faire le tort à madame la dauphine de croire qu'elle l'aimât. Cependant, quelques gens osèrent à la fin le penser. Madame la dauphine lui parlait, même plus souvent qu'à un autre, parce qu'il se présentait plus souvent à elle. On n'a pu savoir si M. de La Trémouille avait pris la liberté de lui découvrir sa passion un peu plus évidemment que par des lorgneries ; mais, enfin, la dauphine lui fit dire par la d'Arpajon, sa dame d'honneur, de ne se plus présenter devant elle.

Cela se serait passé entre eux trois et peut-être Monseigneur, à qui madame la dauphine pouvait l'avoir dit, si M. de La Trémouille ne se fût avisé d'en aller porter sa plainte au roi, qui lui répondit que madame la dauphine était sage, qu'elle avait ses raisons pour cette défense, et que, peut-être, le tort qu'elle avait eu, c'était de ne l'avoir pas faite plus tôt.

Dans ce temps-là, il se passa une autre scène assez considérable, à l'égard de madame la duchesse.

Elle était des plus jeunes et des plus éveillées, et rassemblait chez elle ce qu'il y avait de plus jeunes femmes, à la tête desquelles était madame de Valentinois, fille de M. d'Armagnac, plus coquette, elle toute seule, que toutes les femmes du royaume ensemble.

Dès l'hiver, il y avait eu une grande affaire : M. de Marsan, de qui madame la duchesse s'était moquée, pendant qu'il était amoureux de la cadette Grammont, s'avisa de lorgner madame la duchesse, à ce qu'on dit, pour se venger d'elle, et pour en faire un sacrifice à sa maîtresse. Madame la duchesse répondit aux lorgneries. M. de Marsan écrivit; madame la duchesse fit réponse. Ces sortes de vengeances, avec une aussi jolie personne, et du rang de madame la duchesse, retombent bien souvent sur les maîtresses. Je crois que cela fût arrivé; car les deux meilleurs amis de M. de Marsan, qui étaient Comminge et Mailly, étaient amoureux chacun d'une fille de madame la duchesse; le premier, d'une mademoiselle de Doré, qu'il y avait long-temps qui faisait l'amour, et qui l'avait fait avec le prince d'Harcourt, avant que d'entrer chez madame la duchesse; l'autre, d'une mademoiselle de La Roche-Aïnard. Elles étaient toutes deux favorites de madame la duchesse, et lièrent ce commerce. Il fut découvert. M. le prince s'en plaignit au roi. Le roi lui dit qu'il n'avait qu'à faire ce qu'il voudrait, qu'il ne se mêlait plus de la conduite

de madame la duchesse. Madame la duchesse
fut bien grondée. Le roi ne voulut pas lui en
parler ; mais il dit à madame de Maintenon de
le faire. Madame de Maintenon en parla à madame la duchesse, qui se mit à lui rire au
nez, et dit qu'elle n'avait écrit que pour se moquer de M. de Marsan.

A cette affaire, se mêla un autre incident.
M. le prince qui, quand il veut savoir quelque
chose, y prend tous les soins imaginables, mit
des gens en campagne pour savoir ce qui se passait chez madame la duchesse. On lui vint rapporter que l'on avait vu sortir de chez elle un
homme qui se cachait. M. le prince envoya
querir madame de Mareuil, qui était la dame
d'honneur, pour savoir qui était cet homme ;
madame de Mareuil jura qu'il n'en était point entré, et que madame la duchesse avait demeuré,
tout le jour, seule dans son cabinet avec madame de Valentinois. On fit de grandes perqui-
sitions ; enfin, on trouva que c'était un peintre
que madame de Valentinois avait fait venir,
pour avoir un portrait en petit à donner, à ce
qu'on dit, à M. de Barbesieux, qui était son
amant. Elles furent grondées au dernier point.
Elles en fondirent en larmes, et l'on inter-
dit à madame la duchesse tout commerce
avec madame de Valentinois ; mais elles se re-

joignirent bientôt, et puis il n'en fut plus parlé.

Tout cela demeura pendant quelque temps dans une assez bonne intelligence; mais, peu après le départ de M. le duc pour l'armée, il y eut une nouvelle scène, ou plutôt une continuation de la première. M. le prince en reparla au roi, mais avec plus de chaleur. Enfin, les filles furent chassées. Mesdemoiselles de Doré et de La Roche-Ainard allèrent dans des couvens; mademoiselle de Paulmi demeura chez madame la princesse, et se maria peu de temps après. Le roi ordonna que madame la duchesse serait toujours avec madame la princesse; que, quand elle irait à Chantilly, elle ne recevrait pas de visite dans son appartement. Rien de tout cela ne fut exécuté, hormis qu'elle n'eut plus la compagnie de ses filles.

Les armées étaient en campagne : celle de M. le maréchal d'Humières dans le pays ennemi; M. de Duras, dans le pays de Mayence, avec de la cavalerie seulement, ayant laissé toute son infanterie dans les places, et surtout à Landau. La disposition de celle des ennemis était que M. de Bavière devait être à la tête du haut Rhin : on donna de ce côté-là un corps de cavalerie à commander au comte de Choiseul; M. de Lorraine devait occuper le Palatinat et

l'électorat de Mayence; M. de Saxe devait être
dans le pays de Trèves, et joindre M. de Lorraine quand il en aurait besoin; et M. de
Brandebourg, avec les troupes de Munster et
des troupes de Hollande, dans l'électorat de Cologne. L'empereur avait laissé M. de Bade en
Hongrie, pour faire tête aux Turcs avec une
armée médiocre.

L'électeur de Brandebourg fut le premier qui
attaqua quelque chose. Il s'était déjà saisi de
Nuits, quand les troupes du roi l'avaient abandonné. On avait aussi retiré toutes les troupes
françaises de Kayserswerd, et l'on y avait laissé
une garnison allemande. Ce fut à cette place,
qui était mauvaise, que s'attacha M. l'électeur
de Brandebourg. Il ne fut que trois jours devant; le quatrième, la garnison allemande obligea Marconié, qui en était gouverneur, et qui
était Français, de se rendre. Le roi n'avait
plus de place où il y eût de ses troupes, que
Bonn. M. le cardinal de Furstemberg en était
parti, quand il avait vu les troupes de M. l'é-
lecteur s'approcher du pays de Cologne, et était
venu demeurer à Metz. Cependant, M. l'électeur de Brandebourg, n'osant pas attaquer Bonn
dans les règles avec son armée, se contenta de
l'investir, et, peu de temps après, se résolut de
la bombarder. M. de Lorraine était arrivé à

Francfort, et tous les princes dont les troupes
composaient l'armée qui devait agir de ce côté-
là s'y étaient rendus. On y tenait force conseils
de guerre, où l'on ne décidait rien; chacun parlait selon son intérêt : tous voulaient que l'on
attaquât une place; mais chacun voulait que ce
fût celle qui était la plus près de ses états, et,
par conséquent celle qui les pouvait le plus incommoder. La ville de Francfort voulait absolument Mayence, et offrait une somme considérable, et de fournir tout ce qui serait nécessaire pour les frais du siége. Cela était tentant;
mais M. de Lorraine n'y opinait pas, parce
qu'il avait peur de risquer sa réputation; il savait la quantité de troupes qu'il y avait dans la
place. Le marquis d'Huxelles avait de la réputation, parce que M. de Louvois l'avait élevé en
très-peu de temps. M. de Duras était en Alsace
avec une armée considérable : tout cela faisait
douter du succès du siége.

L'Espagne avait une envie démesurée de voir
des enfans à son roi. Peu de jours après que la
reine fut morte, on proposa au Roi Catholique
de se remarier, et on lui fit voir les portraits
de l'infante de Portugal, de la princesse de Tos-
cane, et de la troisième fille de l'électeur palatin, dont l'aînée avait épousé l'empereur, et la
seconde, le roi de Portugal. On ne sait si ce

fut le goût, dont il n'avait guère, qui prévalut,
ou les conseils de ses ministres, qui étaient l'é-
cho de M. de Mansfeld ; mais il choisit la fille de
l'électeur palatin, qui était des trois la moins
belle. On demanda des vaisseaux au roi de Portugal, pour l'aller chercher. Le ministre du
roi obligea le roi de Portugal à n'en point donner. M. de Mansfeld fut choisi par le roi d'Espagne, pour l'aller épouser. Il s'embarqua sur
un vaisseau portugais, passa en Angleterre, vit
le prince d'Orange comme roi, ce qu'avait déjà
fait l'ambassadeur d'Espagne et l'envoyé de
l'empereur, prit des ordres du prince d'Orange,
pour qu'on lui fournît, en Hollande, tous les
vaisseaux qui seraient nécessaires pour la sûreté
du passage de la reine, et s'en alla à la cour de
l'empereur.

La flotte de la Méditerranée se mit en mer,
sous le commandement du chevalier de Tourville ; l'on publiait que ce n'était que pour la
Méditerranée : cependant il ouvrit ses ordres
secrets, et trouva que c'était pour passer dans
l'Océan, et venir à Brest joindre le reste de l'armée navale. Elle était composée de vingt-deux
vaisseaux de guerre. Il y en avait beaucoup
parmi qui ne pouvaient soutenir ni un combat,
ni l'effort d'une tourmente. On n'avait voulu
que paraître, et mettre beaucoup de vaisseaux

sur mer. La flotte fut long-temps à passer. On
pressait extrêmement l'armement de Brest ; on
envoyait courriers sur courriers au maréchal
d'Estrées, qui était vice-amiral, et qui comptait de commander toute cette flotte. Jamais la
France n'en avait mis une si nombreuse sur
pied, et jamais elle n'avait paru plus nécessaire. On savait la jonction de beaucoup de vaisseaux hollandais avec les Anglais, et qu'ainsi ils
ne manqueraient pas de mettre les premiers en
mer. On avait beau presser pour les nôtres ;
cela était inutile, parce qu'il manquait une infinité de choses qu'il fallait qui vinssent de
différens endroits, et l'on n'allait pas commodé-
ment des ports de la Manche à ceux de l'O-
céan, de manière que les Anglais nous tenaient
une infinité de choses bloquées. On attendait
un gros vaisseau de Dunkerque, qu'on n'osa
faire joindre. Nos matelots n'étaient pas en
grand nombre ; la religion en avait fait évader
une infinité, et des meilleurs ; et il en fallait
un furieux nombre. On fut donc obligé de prendre des bateliers de la rivière de Loire pour les
remplacer ; mais il fallait les dresser, tout cela
demandait du temps ; et à la cour on n'en voulait pas donner. M. de Seignelay donna ses ordres
pour que tout ce qui était nécessaire tâchât au
moins d'arriver, et il partit de Versailles pour

se rendre à Brest, où le maréchal d'Estrées le
reçut fort bien, quoique, dans le fond du cœur,
ils ne fussent nullement amis. Ils eurent une
conférence sur la marine; et, dans la conférence, M. de Seignelay lui donna une lettre du
roi, qui lui marquait, qu'étant informé des desseins des ennemis, il le croyait plus nécessaire
à commander le long des côtes les troupes qu'il
avait, qu'à commander l'armée navale. La lettre
était fort douce; mais il n'y avait miel qui pût
faire avaler un tel poison. Le maréchal sentit le
dégoût de celui-ci aussi vivement qu'on le peut
sentir. On lui avait fait toujours, et dans tous
les temps, commander les flottes; il avait toute
l'expérience que l'on peut avoir; il était revêtu
d'une grande dignité, et on lui ôtait sa fonction
dans le temps qu'elle était la plus brillante, sous
un fort mauvais prétexte, pour la donner à un
homme, dont la dignité, le mérite et la naissance étaient fort inférieurs au maréchal; mais
celui à qui on la donnait était un homme sou-
mis, qui, de tout temps, avait été des plaisirs
de M. de Seignelay, et qui était le seul homme
de la marine, pour qui il eût une sorte de confiance et d'amitié. Le maréchal soutint ce coup
avec douleur, mais sans bassesse, et partit pour
aller donner ses ordres où le roi lui ordonnait.
M. de Seignelay cependant trancha du maître

4*

dans la marine , comme font tous les ministres
du roi chacun dans leur district, donna des ordres signés Louis, et plus bas *Colbert*. Il était
enfin général en tout, hors qu'il ne donnait pas
le mot, et même il en avait et les habits et la
mine. Dans sa pénible fonction, il parla d'aller
attaquer les ennemis jusque dans leurs ports,
exagéra le peu de cas que le roi faisait des combats de mer qui s'étaient donnés jusqu'à lui,
et dit qu'il prétendait que ces combats fussent
dorénavant plus décisifs , et que l'on allât d'a-
bord à l'abordage. Il s'embarqua , demeura quelque temps embarqué , et fit faire de grandes pro-
visions. En un mot, il n'y eut personne qui
n'eût cru qu'il allait tout de bon commander
l'armée. Quand on sut cette nouvelle à la cour,
elle parut fort extraordinaire. Tout le monde,
grands et petits, s'y trouvaient intéressés, et il
n'y avait personne qui ne songeât que, puisque
l'on faisait un aussi grand tort à un homme de
la dignité du maréchal d'Estrées , on devait s'attendre à pis. M. de Seignelay s'ennuya bientôt
sur son vaisseau. On n'avait nulle nouvelle de
la flotte de la Méditerranée ; cependant les ennemis parurent à la hauteur d'Ouessant, qui est
une petite île à huit lieues de Brest, et parurent
au nombre de soixante vaisseaux. On avait de
petits bâtimens de garde , qui en vinrent avertir.

Le maréchal d'Estrées s'en revint incessamment
à Brest, parce que c'était la grande affaire.
M. de Seignelay, qui n'avait plus d'affaires,
songea à ses plaisirs, joua gros jeu, fit l'amour
aux dames de Brest, conserva peu le *decorum*
de ministre, laissa promener les ennemis huit
ou dix jours le long des côtes, et souffrit qu'il
vint une escadre de dix-huit ou vingt vaisseaux
à demi-lieue de la côte, et à quatre de Brest.
Pendant ce temps-là pourtant, le convoi qu'il
attendait des ports de la Manche, arriva fort
heureusement : il lui vint aussi des vaisseaux
de Rochefort, chargés de ce qui manquait pour
la flotte; il lui vint des matelots de tous côtés :
enfin cette flotte, à qui tout manquait huit
jours avant qu'il arrivât, mais à un tel point
que les officiers ne voulaient pas même monter
sur leurs vaisseaux, fut pourvue de tout au
delà de ce qu'il fallait.

Malgré cette heureuse réussite et les plaisirs
que prenait M. de Seignelay, il ne laissait pas
d'avoir ses heures de chagrin. La flotte de Provence n'arrivait pas; on avait nouvelle qu'elle
avait passé à Cadix, il y avait bien du temps.
Celle des ennemis était justement au passage
pour arriver à Brest; on avait envoyé au-devant
des vaisseaux qui ne revenaient pas. On lui rendait aussi compte de l'inquiétude du roi : elle

augmentait la sienne, d'autant plus qu'il avait
emporté l'armement du roi à lui, et que tous les
autres ministres n'en avaient point été d'avis. Il
se lassa enfin de voir continuellement cette escadre des ennemis s'avancer du côté de Brest ; il
en fit sortir une de dix vaisseaux de la rade,
pour donner la chasse aux ennemis quand ils
paraîtraient : cela leur fit tenir un peu bride
en main. Le vent avait toujours été assez bon
aux ennemis ; il changea un soir, et fut si violent qu'il les obligea de quitter Ouessant, et
de se retirer aux côtes d'Angleterre. Ce vent,
qui leur était contraire, était bon à l'armée
de Provence. Tourville, qui, il y avait deux
jours, était à vingt lieues de Brest, et qui
avait su, par un petit bâtiment anglais qu'il
avait pris, que l'armée des ennemis était à la
hauteur d'Ouessant, jugeant qu'ils n'avaient
pas pu demeurer en cet endroit, fit donner
toutes les voiles, et arriva dans l'endroit où
se tenait ordinairement leur escadre. Il y avait
vingt-quatre heures qu'ils s'en étaient retirés ;
ainsi son arrivée fut due à un coup du ciel ;
car il eût été obligé de s'en retourner, ou d'aller à Rochefort, si les ennemis eussent encore
demeuré long-temps là. La joie de son arrivée
fut grande à Brest, et encore plus grande à
la cour, où l'on commençait d'en désespérer.

On avait déjà commencé à faire marcher en Flandre les troupes de Guyenne; le maréchal de Lorge avait eu aussi avis qu'on l'en tirerait bientôt. Il n'y avait plus d'autres troupes qu'en Bretagne et en Normandie. Elles eurent aussi ordre de marcher en Flandre, aussitôt que le courrier eut apporté la nouvelle de l'arrivée de M. de Tourville.

La chose du monde que l'on souhaitait le plus en France, et qui nous était la plus importante dans la conjoncture présente, était la mort du pape. On apprit qu'il était malade à l'extrémité. Lavardin, qui avait été envoyé ambassadeur à Rome, parce qu'on n'en avait pas pu trouver d'autre qui y voulût aller, dans l'assurance où l'on était à peu près de ne pas réussir à une si pénible négociation, avait été rappelé. Ce ministre s'était fort mal gouverné avec le cardinal d'Estrées, et avait pris des engagemens tout contraires aux siens et à tous ceux que la France avait. Avant que de partir de Paris, il avait commencé à prendre des liaisons avec l'abbé Servien, qui avait été envoyé par le pape pour apporter la barrette aux cardinaux nommés. L'abbé Servien était ennemi particulier du cardinal. Il était Français, mais établi à Rome depuis long-temps avec une charge chez le pape, et voulait faire sa fortune indépendamment de la France,

Cet abbé donna à Lavardin des vues toutes contraires à celles qu'il devait prendre ; d'autant
plus que l'intention du roi et de M. de Croissi,
secrétaire d'état des étrangers, était que l'ambassadeur ne fît rien que de concert avec le cardinal, qui était un homme d'un esprit supé-
rieur ; qui, depuis long-temps, était à Rome ;
qui, outre cela, y avait fait beaucoup de voya-
ges, et, par conséquent, connaissait beaucoup
mieux cette cour qu'un homme qui n'y faisait
que d'arriver. Dans toutes les affaires qui se ren-
contrèrent pendant l'ambassade de Lavardin, il
jetait la faute sur le cardinal d'Estrées ; mais lui,
plus sage et plus posé, ne donnait des coups à
Lavardin que quand ils pouvaient bien porter.
On avait donné à l'ambassadeur beaucoup d'officiers de marine et des gardes pour l'accompagner
à Rome, afin qu'il ne lui arrivât rien. Il rendit tous ces gens-là mal contens de ses manières, de sa mauvaise chère, de son peu d'ap-
parat ; au lieu que le cardinal d'Estrées gagnait
le cœur à tous par ses manières honnêtes et par
sa magnificence. Enfin, pendant deux ans et
demi que Lavardin fut ambassadeur à Rome,
il ne s'attira que beaucoup de brocards, dé-
pensa bien de l'argent, ne parut guère, et ne
réussit à aucune de ses négociations. Cela n'é-
tait pas bien étonnant, vu l'obstination du

pape et la haine qu'il portait au roi et à la
nation, haine qui n'a que trop paru, par la
manière dont il a engagé toute l'Europe contre
nous, et par le peu de secours qu'il voulut accorder au roi d'Angleterre, qui perdait son
royaume parce qu'il était trop zélé catholique.
Ce roi, en partant de France, avait envoyé
M. Porter, homme de beaucoup d'esprit, pour
tâcher de tirer du secours de Sa Sainteté, qui
ne lui donna, pour tout réconfort, que des
chapelets et des indulgences, choses fort peu
nécessaires à d'autres qu'à des dévots consom-
més, et qui n'étaient d'aucune utilité pour re-
conquérir un royaume. Porter s'en revint fort
peu édifié de Sa Sainteté, qui disait envoyer à
l'empereur, pour faire la guerre contre les
Turcs, un argent que l'empereur employait
contre le roi.

Quand on vit le peu de succès de l'ambassadeur dans ces affaires, la dépense furieuse qu'il
faisait au roi, et le besoin qu'on avait d'officiers, on lui envoya ordre de revenir. Le pape
ne se portait pas bien. La reine de Suède, qui
ne nous aimait pas, et le cardinal Azolin, qui
était ennemi déclaré de la France, et avait part
à la confiance du pape, étaient morts à peu de
temps l'un de l'autre. Il y avait eu, disait-on,
une prédiction sur leur mort, et l'on y joi-

gnait aussi celle du pape. Sa mauvaise santé et son âge, qui passait quatre-vingts ans, étaient la plus sûre prédiction. Quelques gens ont cru que sa mort, que l'on prévoyait prochaine, eut plus de part au rappel de Lavardin, que son peu de progrès dans les négociations.

Dans toutes les petites affaires qui se passèrent en Flandre, les troupes du roi, quoiqu'il y en eût beaucoup de nouvelles dans l'armée, avaient l'avantage sur celles des ennemis; mais ils en avaient un autre, qui était qu'il en désertait un nombre infini des nôtres, et que des leurs il n'en désertait point. L'affaire la plus considérable qu'il y eut, fut un détachement où Saint-Gelais commandait. On tomba sur une partie des gardes à cheval du roi d'Espagne aux Pays-Bas. Ils témoignèrent une bravoure extraordinaire, et revinrent jusqu'à cinq fois à la charge : ils furent pourtant tous tués ou faits prisonniers. Comme la cavalerie des Espagnols n'était pas montée, les gouverneurs des places faisaient ce qu'ils pouvaient pour la monter à nos dépens, et envoyaient beaucoup de partis pour prendre des chevaux au fourrage. Il y en eut un d'assez insolent pour venir se mettre entre les gardes, pour prendre des chevaux, dès le soir, à l'abreuvoir, et il fut assez indiscret pour tirer. Rien ne le pouvait mieux faire découvrir : aussi le fut-il; et le bruit en vint aussitôt au quartier général, que les gardes étaient attaquées. Tous les jeunes gens qui y étaient montèrent à cheval, et poussèrent sans savoir ce que c'était; le prince de Rohan, fils de M. de Soubise, eut le genou cassé; Nogaret, un cheval tué sous lui, et le bras un peu égratigné. Tout le parti fut sacrifié; il ne s'en sauva pas un seul. C'étaient là les grandes affaires du maréchal d'Humières, à cause des ordres qu'il avait. Pour ce qui regardait l'armée de M. de Duras, on n'y avait point encore vu d'ennemis, et il n'y avait eu que de la cavalerie rassemblée.

M. de Lorraine avait envoyé à l'empereur pour savoir s'il voulait absolument que l'on assiégeât Mayence, et lui en remontrer les inconvéniens. Il en reçut l'ordre et s'y disposa. La nouvelle vint à Versailles de cette résolution. La joie en fut grande; le roi même et M. de Louvois dirent que, si les ennemis avaient pris un conseil d'eux, ils n'auraient pas fait autre chose. Il y eut beaucoup de paris à la cour qu'ils l'attaqueraient ou qu'ils ne l'attaqueraient pas. Le maréchal de Bellefond, qui tient de l'extraordinaire en tout, paria encore, trois jours après que la nouvelle fut venue de l'ouverture de la tranchée, qu'ils ne l'attaqueraient pas. Mayence était un si grand événement, que tout le monde avait les yeux attachés dessus.

L'empereur s'avança à Neubourg pour le mariage de la reine d'Espagne. Il devait venir ensuite à Ausbourg, pour tâcher de faire déclarer son fils roi des Romains, qui était déjà roi de Hongrie. Jamais il ne pouvait prendre une plus belle occasion : toute l'Allemagne était dans ses intérêts, et protestans et catholiques; et c'était peut-être la seule fois que cela s'était ainsi rencontré, et, s'il y avait un temps où le roi ne pût lui apporter d'obstacle, c'était celui-là.

M. de Bavière se rendit à Mayence. M. de Lorraine y disposa ses attaques, et en fit trois, qui furent celle de l'Empire, celle des Saxons, et celle des Bavarois. L'armée n'était composée que de quarante mille hommes : la quantité de troupes qu'il y avait dans Mayence, faisait qu'ils étaient obligés de monter une tranchée très-forte, et leurs troupes en étaient fort fatiguées. Quand M. de Duras vit le siége en train, il commença à rassembler son armée, fit joindre la cavalerie et l'infanterie, passa le Rhin à Philisbourg, entra dans le Palatinat, et voulut occuper les postes que remplissaient des troupes de M. l'électeur de Bavière, commandées par M. de Sérini, qui était son général. On en reprit d'abord quelques-uns, et l'on fut à Heidelberg,

qui était l'endroit où il y en avait davantage,
ne doutant point que l'on ne l'emportât ; mais
cela ne réussit pas comme l'on avait espéré.
M. de Sérini jeta beaucoup de troupes dedans,
et se retira dans les bois avec le reste. On voulut faire attaquer Heidelberg; mais l'on y trouva trop de résistance. M. de Duras jeta la faute
de la réussite sur Tessé, maréchal de camp,
qui avait eu l'ordre de l'évacuer et de le raser,
disant qu'il l'avait assuré que cette place ne pourrait être en un moindre état de défense. Il fallut
s'en revenir avec sa courte honte. On prit et
brûla un assez gros bourg, où il y avait beaucoup de troupes, et tous les châteaux qui étaient
à portée d'incommoder l'Alsace pendant l'hiver.
On fit environ quatre mille prisonniers dans
toutes ces places, et on les envoya en France,
où ils furent dispersés dans les villes.

Dans le temps que l'on commença à parler
du siége de Mayence par l'armée d'Allemagne,
on eut peur que celle de Flandre n'attaquât
Dinant, qui était une place de la dernière importance pour le roi. On fit partir Guiscard,
colonel de Normandie et brigadier, pour aller
se jeter dedans avec ses deux bataillons. Il était
très-brave garçon, et avait beaucoup de mérite ;
mais, six mois auparavant, on ne le croyait pas
seulement digne d'être colonel de Normandie,

et on lui avait donné tous les dégoûts imaginables. Il paraissait à la cour que l'on avait envie
de secourir Mayence. On en parlait beaucoup;
on disait aussi que le roi avait permis à M. le
maréchal d'Humières de donner bataille, de
manière que tout le monde était fort éveillé sur
les événemens. On ne doutait point aussi de
voir un combat naval, de manière que tout
était aussi en mouvement sur cela. On fut quelques jours à raccommoder les vaisseaux, et à
faire prendre de l'eau à ceux de Provence, en
attendant que le vent fût bon pour sortir de
Brest. Il y avait des officiers qui devaient passer en Irlande. Gacé, qui était gouverneur du
pays d'Aunis et de la Rochelle, avait eu le dégoût que l'on y avait envoyé, à la fin de l'hiver, La Trousse pour y commander. La Trousse
se trouva extrêmement mal, et par conséquent
dans l'impossibilité de servir. On y envoya
Saint-Rhut prendre sa place : ce dégoût-là fut
plus violent pour Gacé que le premier. Il demanda à aller servir en Irlande, et il fut lieutenant général du roi d'Angleterre. Outre lui,
le roi envoya encore le marquis d'Escars, vieux
brigadier, avec MM. d'Hocquincourt, d'Amanse
et de Saint-Pater, qui étaient de jeunes colonels.
On fit appareiller un vaisseau pour les porter,
et, quand le vent fut bon, la flotte mit à la

voile. Le vaisseau destiné pour l'Irlande et une grande flûte, destinée à porter les équipages, se séparèrent de l'armée navale pour aller en Irlande; mais la flotte, sur laquelle était M. de Seignelay, s'en alla descendre à Belle-Isle. Le vaisseau, dont je viens de parler, destiné pour l'Irlande, fut attaqué par les Anglais, à son retour à Belle-Isle, et le capitaine en fut tué. Voilà à quoi se termina, pour lors, l'exploit de la plus formidable armée que le roi eût jusqu'à présent mise sur mer.

FIN DES MÉMOIRES DE LA COUR DE FRANCE.

HISTOIRE

DE MADAME

HENRIETTE D'ANGLETERRE,

PREMIÈRE FEMME

DE PHILIPPE DE FRANCE,

DUC D'ORLÉANS.

PRÉFACE.

HENRIETTE DE FRANCE, veuve de Charles Ier., roi d'Angleterre, avait été obligée par ses malheurs de se retirer en France, et avait choisi pour sa retraite ordinaire le couvent de Sainte-Marie de Chaillot. Elle y était attirée par la beauté du lieu, et plus encore par l'amitié qu'elle avait pour la mère Angélique [1], supérieure de cette maison. Cette personne était venue fort jeune à la cour, fille d'honneur d'Anne d'Autriche, femme de Louis XIII.

Ce prince, dont les passions étaient pleines d'innocence, en était devenu amoureux, et elle avait répondu à sa passion par une amitié fort tendre, et par une si grande fidélité pour la confiance dont il l'honorait, qu'elle avait été à l'épreuve de

---

[1] Mademoiselle de La Fayette, fille d'honneur d'Anne d'Autriche, reine de France.

5*

tous les avantages que le cardinal de Ri-
chelieu lui avait fait envisager.

Comme ce ministre vit qu'il ne la pouvait gagner, il crut, avec quelque apparence, qu'elle était gouvernée par l'évêque
de Limoges, son oncle, attaché à la reine
par madame de Seneçay [1]. Dans cette vue,
il résolut de la perdre, et de l'obliger à se
retirer de la cour : il gagna le premier valet
de chambre du roi, qui avait leur confiance entière, et l'obligea à rapporter de
part et d'autre des choses entièrement op-
posées à la vérité. Elle était jeune et sans
expérience, et crut ce qu'on lui dit : elle
s'imagina qu'on l'allait abandonner, et se
jeta dans les filles de Sainte-Marie. Le roi
fit tous ses efforts pour l'en tirer : il lui
montra clairement son erreur et la fausseté de ce qu'elle avait cru ; mais elle ré-
sista à tout, et se fit religieuse quand le
temps le lui put permettre.

Le roi conserva pour elle beaucoup d'a-
mitié, et lui donna sa confiance : ainsi,

---

[1] Dame d'honneur d'Anne d'Autriche.

quoique religieuse, elle était très-considé-
rée, et elle le méritait. J'épousai son frère
quelques années avant sa profession; et,
comme j'allais souvent dans son cloître, j'y
vis la jeune princesse d'Angleterre, dont
l'esprit et le mérite me charmèrent. Cette
connaissance me donna depuis l'honneur
de sa familiarité, en sorte que, quand elle
fut mariée, j'eus toutes les entrées particulières chez elle; et, quoique je fusse plus
âgée de dix ans qu'elle, elle me témoigna jusqu'à la mort beaucoup de bonté, et
eut beaucoup d'égards pour moi.

Je n'avais aucune part à sa confidence
sur de certaines affaires; mais, quand elles
étaient passées, et presque rendues publiques, elle prenait plaisir à me les raconter.

L'année 1664, le comte de Guiches ¹ fut
exilé. Un jour qu'elle me faisait le récit
de quelques circonstances assez extraordinaires de sa passion pour elle : Ne trou-
vez-vous pas, me dit-elle, que, si tout ce

---

¹ Fils aîné du maréchal de Grammont.

qui m'est arrivé et les choses qui y ont relation étaient écrits, cela composerait une
jolie histoire? Vous écrivez bien, ajouta-
t-elle; écrivez, je vous fournirai de bons
mémoires.

J'entrai avec plaisir dans cette pensée, et
nous fîmes ce plan de notre histoire, telle
qu'on la trouvera ici.

Pendant quelque temps, lorsque je la
trouvais seule, elle me contait des choses
particulières que j'ignorais; mais cette fantaisie lui passa bientôt, et ce que j'avais
commencé demeura quatre ou cinq années sans qu'elle s'en souvînt.

En 1669, le roi alla à Chambord : elle
était à Saint-Cloud, où elle faisait ses couches de la duchesse de Savoie, aujourd'hui
régnante; j'étais auprès d'elle; il y avait
peu de monde; elle se souvint du projet
de cette histoire, et me dit qu'il fallait la
reprendre. Elle me conta la suite des choses qu'elle avait commencé à me dire : je
me remis à les écrire; je lui montrais le
matin ce que j'avais fait sur ce qu'elle m'a-
vait dit le soir; elle en était très-contente :

c'était un ouvrage assez difficile que de
tourner la vérité, en de certains endroits,
d'une manière qui la fît connaître, et qui
ne fût pas néanmoins offensante ni désagréable à la princesse. Elle badinait avec
moi sur les endroits qui me donnaient le
plus de peine, et elle prit tant de goût à ce
que j'écrivais, que, pendant un voyage de
deux jours que je fis à Paris, elle écrivit
elle-même ce que j'ai marqué pour être de
sa main, et que j'ai encore.

Le roi revint : elle quitta Saint-Cloud,
et notre ouvrage fut abandonné. L'année
suivante, elle fut en Angleterre; et, peu de
jours après son retour, cette princesse,
étant à Saint-Cloud, perdit la vie d'une
manière qui fera toujours l'étonnement
de ceux qui liront cette histoire. J'avais
l'honneur d'être auprès d'elle, lorsque
cet accident funeste arriva; je sentis tout
ce que l'on peut sentir de plus doulou-
reux, en voyant expirer la plus aimable
princesse qui fut jamais, et qui m'avait honorée de ses bonnes grâces; cette perte est
de celles dont on ne se console jamais, et

qui laissent une amertume répandue dans tout le reste de la vie.

La mort de cette princesse ne me laissa ni le dessein ni le goût de continuer cette histoire, et j'écrivis seulement les circonstances de sa mort dont je fus témoin.

FIN DE LA PRÉFACE.

HISTOIRE

DE MADAME

HENRIETTE D'ANGLETERRE,

PREMIÈRE FEMME

DE PHILIPPE DE FRANCE,

DUC D'ORLÉANS.

PREMIÈRE PARTIE.

La paix était faite entre la France et l'Espagne ; le mariage du roi était achevé après beaucoup de difficultés ; et le cardinal Mazarin, tout glorieux d'avoir donné la paix à la France, semblait n'avoir plus qu'à jouir de cette grande fortune où son bonheur l'avait élevé : jamais ministre n'avait gouverné avec une puissance si absolue ; et jamais ministre ne s'était si bien servi de sa puissance pour l'établissement de sa grandeur.

La reine-mère [1], pendant sa régence, lui
avait laissé toute l'autorité royale, comme un
fardeau trop pesant pour un naturel aussi pa-
resseux que le sien. Le roi [2], à sa majorité,
lui avait trouvé cette autorité entre les mains,
et n'avait eu ni la force, ni peut-être même l'envie de la lui ôter. On lui représentait les troubles que la mauvaise conduite de ce cardinal
avait excités, comme un effet de la haine des
princes pour un ministre qui avait voulu donner
des bornes à leur ambition; on lui faisait considérer le ministre comme un homme qui seul
avait tenu le timon de l'état pendant l'orage
qui l'avait agité, et dont la bonne conduite en
avait peut-être empêché la perte.

Cette considération, jointe à une soumission
sucée avec le lait, rendit le cardinal plus absolu
sur l'esprit du roi, qu'il ne l'avait été sur celui de la reine. L'étoile qui lui donnait une autorité si entière s'étendit même jusqu'à l'amour.
Le roi n'avait pu porter son cœur hors de la famille de cet heureux ministre; il l'avait donné,
dès sa plus tendre jeunesse, à la troisième de
ses nièces, mademoiselle de Mancini [3]; et, s'il

---

[1] Anne d'Autriche.
[2] Louis XIV.
[3] Depuis madame de Soissons.

le retira quand il fut dans un âge plus avancé, ce ne fut que pour le donner entièrement à une quatrième nièce, qui portait le même nom de Mancini ¹, à laquelle il se soumit si absolument, que l'on peut dire qu'elle fut la maîtresse d'un prince que nous avons vu depuis maître de sa maîtresse et de son amour.

Cette même étoile du cardinal produisait seule un effet si extraordinaire. Elle avait étouffé dans la France tous les restes de cabale et de dissension ; la paix générale avait fini toutes les guerres étrangères ; le cardinal avait satisfait en partie aux obligations qu'il avait à la reine, par le mariage du roi qu'elle avait si ardemment souhaité, et qu'il avait fait, bien qu'il le crût contraire à ses intérêts.

Ce mariage lui était même favorable, et l'esprit doux et paisible de la reine ne lui pouvait laisser lieu de craindre qu'elle entreprît de lui ôter le gouvernement de l'état ; enfin, on ne pouvait ajouter à son bonheur que la durée, mais ce fut ce qui lui manqua.

La mort interrompit une félicité si parfaite ; et, peu de temps après que l'on fut de retour du voyage où la paix et le mariage s'étaient achevés, il mourut au bois de Vincennes, avec

---

¹ Depuis madame Colonne.

une fermeté beaucoup plus philosophique que chrétienne.

Il laissa par sa mort un amas infini de richesses. Il choisit le fils du maréchal de La Meilleraie [1] pour l'héritier de son nom et de ses trésors : il lui fit épouser Hortense [2], la plus belle de ses nièces, et disposa en sa faveur de tous les établissemens qui dépendaient du roi, de la même manière qu'il disposait de son propre bien.

Le roi en agréa néanmoins la disposition, aussi-bien que celle qu'il fit, en mourant, de toutes les charges et de tous les bénéfices qui étaient pour lors à donner. Enfin, après sa mort, son ombre était encore la maîtresse de toutes choses, et il paraissait que le roi ne pensait à se conduire que par les sentimens qu'il lui avait inspirés.

Cette mort donnait de grandes espérances à ceux qui pouvaient prétendre au ministère ; ils croyaient, avec apparence, qu'un roi qui venait de se laisser gouverner entièrement, tant pour les choses qui regardaient son état que pour celles qui regardaient sa personne, s'abandonnerait à la conduite d'un ministre qui ne voudrait se mêler que des affaires publiques, et qui ne

---

[1] Depuis duc de Mazarin.
[2] Depuis madame de Mazarin.

prendrait point connaissance de ses actions particulières.

Il ne pouvait tomber dans leur imagination
qu'un homme pût être si dissemblable de lui-
même, et qu'ayant toujours laissé l'autorité de
roi entre les mains de son premier ministre, il
voulût reprendre à la fois et l'autorité de roi et
les fonctions de premier ministre.

Ainsi beaucoup de gens espéraient quelque
part aux affaires, et beaucoup de dames, par
des raisons à peu près semblables, espéraient
beaucoup de part aux bonnes grâces du roi.
Elles avaient vu qu'il avait passionnément aimé
mademoiselle de Mancini, et qu'elle avait paru
avoir sur lui le plus absolu pouvoir qu'une maîtresse ait jamais eu sur le cœur d'un amant ;
elles espéraient qu'ayant plus de charmes, elles
auraient pour le moins autant de crédit ; et il
y en avait déjà beaucoup qui prenaient pour
modèle de leur fortune celui de la duchesse de
Beaufort [1].

Mais, pour faire mieux comprendre l'état de
la cour après la mort du cardinal Mazarin, et
la suite des choses dont nous avons à parler, il
faut dépeindre en peu de mots les personnes de
la maison royale, les ministres qui pouvaient pré-

---

[1] Gabrielle d'Estrées, maîtresse de Henri IV.

tendre au gouvernement de l'état, et les dames qui pouvaient aspirer aux bonnes grâces du roi.

La reine-mère, par son rang, tenait la première place dans la maison royale ; et, selon les apparences, elle devait la tenir par son crédit ; mais le même naturel qui lui avait rendu l'autorité royale un pesant fardeau, pendant qu'elle était toute entière entre ses mains, l'empêchait de songer à en reprendre une partie, lorsqu'elle n'y était plus. Son esprit avait paru inquiet et porté aux affaires pendant la vie du roi son mari ; mais, dès qu'elle avait été maîtresse et d'elle-même et du royaume, elle n'avait pensé qu'à mener une vie douce, à s'occuper à ses exercices de dévotion, et avait témoigné une assez grande indifférence pour toutes choses. Elle était sensible néanmoins à l'amitié de ses enfans : elle les avait élevés auprès d'elle avec une tendresse qui lui donnait quelque jalousie des personnes avec lesquelles ils cherchaient leurs plaisirs ; ainsi elle était contente, pourvu qu'ils eussent l'attention de la voir, et elle était incapable de se donner la peine de prendre sur eux une véritable autorité.

La jeune reine était une personne de vingt-deux ans, bien faite de sa personne, et qu'on pouvait appeler belle, quoiqu'elle ne fût pas agréable. Le peu de séjour qu'elle avait fait en

France, et les impressions qu'on en avait données avant qu'elle y arrivât, étaient cause qu'on
ne la connaissait quasi pas, ou que du moins
on croyait ne la pas connaître, en la trouvant
d'un esprit fort éloigné de ces desseins ambi-
tieux dont on avait tant parlé. On la voyait tout
occupée d'une violente passion pour le roi, attachée dans tout le reste de ses actions à la
reine sa belle-mère, sans distinction de personnes, ni de divertissemens, et sujette à beaucoup de chagrin, à cause de l'extrême jalousie
qu'elle avait du roi.

Monsieur, frère unique du roi, n'était pas
moins attaché à la reine sa mère. Ses inclinations étaient aussi conformes aux occupations des
femmes, que celles du roi en étaient éloignées.
Il était beau et bien fait; mais d'une beauté et
d'une taille plus convenables à une princesse
qu'à un prince : aussi avait-il plus songé à faire
admirer sa beauté de tout le monde, qu'à s'en
servir pour se faire aimer des femmes, quoiqu'il
fût continuellement avec elles; son amour-propre semblait ne le rendre capable que d'attachement pour lui-même.

Madame de Thianges [1], fille aînée du duc de

---

[1] Mademoiselle de Rochechouart, sœur aînée de madame
de Montespan.

Mortemart, avait paru lui plaire plus que les autres; mais leur commerce était plutôt une confidence libertine qu'une véritable galanterie. L'esprit du prince était naturellement doux, bienfaisant et civil, capable d'être prévenu, et si susceptible d'impressions, que les personnes qui l'approchaient pouvaient quasi répondre de s'en rendre maîtres, en le prenant par son faible. La jalousie dominait en lui, mais cette jalousie le faisait plus souffrir que personne, la douceur de son humeur le rendant incapable des actions violentes que la grandeur de son rang aurait pu lui permettre.

Il est aisé de juger, par ce que nous venons de dire, qu'il n'avait nulle part aux affaires, puisque sa jeunesse, ses inclinations et la domination absolue du cardinal étaient autant d'obstacles qui l'en éloignaient.

Il semble qu'en voulant décrire la maison royale, je devais commencer par celui qui en est le chef : mais on ne saurait le dépeindre que par ses actions; et celles que nous avons vues jusqu'au temps dont nous venons de parler étaient si éloignées de celles que nous avons vues depuis, qu'elles ne pourraient guère servir à le faire connaître. On en pourra juger par ce que nous avons à dire : on le trouvera sans doute un des plus grands rois qui aient jamais été, un des plus honnêtes hommes de son royaume, et l'on pourrait dire le plus parfait, s'il n'était point si avare de l'esprit que le ciel lui a donné, et qu'il voulût le laisser paraître tout entier, sans le renfermer si fort dans la majesté de son rang.

Voilà quelles étaient les personnes qui composaient la maison royale. Pour le ministère, il était douteux entre M. Fouquet, surintendant des finances, M. Le Tellier, secrétaire d'état, et M. Colbert [1]. Ce troisième avait eu, dans les derniers temps, toute la confiance du cardinal Mazarin : on savait que le roi n'agissait encore que selon les sentimens et les mémoires de ce ministre; mais l'on ne savait pas précisément quels étaient les sentimens et les mémoires qu'il avait donnés à Sa Majesté. On ne doutait pas qu'il n'eût ruiné la reine-mère dans l'esprit du roi, aussi-bien que beaucoup d'autres personnes; mais on ignorait celles qu'il y avait établies.

M. Fouquet, peu de temps avant la mort du cardinal, avait été quasi perdu auprès de lui pour s'être brouillé avec M. Colbert. Ce surintendant était un homme d'une étendue d'esprit et d'une ambition sans bornes, civil, obligeant

---

[1] Depuis contrôleur général des finances.

pour tous les gens de qualité, et qui se servait des finances pour les acquérir et pour les embarquer dans ses intrigues, dont les desseins étaient infinis pour les affaires, aussi-bien que pour la galanterie.

M. Le Tellier paraissait plus sage et plus modéré, attaché à ses seuls intérêts, et à des intérêts solides, sans être capable de s'éblouir du faste et de l'éclat comme M. Fouquet.

M. Colbert était peu connu par diverses raisons, et l'on savait seulement qu'il avait gagné la confiance du cardinal par son habileté et son économie.

Le roi n'appelait au conseil que ces trois personnes, et l'on attendait à voir qui l'emporterait sur les autres, sachant bien qu'ils n'étaient pas unis, et que, quand ils l'auraient été, il était impossible qu'ils le demeurassent.

Il nous reste à parler des dames qui étaient alors le plus avant à la cour, et qui pouvaient aspirer aux bonnes grâces du roi.

La comtesse de Soissons aurait pu y prétendre, par la grande habitude qu'elle avait conservée avec lui, et pour avoir été sa première inclination. C'était une personne qu'on ne pouvait pas appeler belle, et qui néanmoins était capable de plaire. Son esprit n'avait rien d'extraordinaire, ni de fort poli; mais il était naturel et agréable avec les personnes qu'elle connaissait. La grande fortune de son oncle l'autorisait à n'avoir pas besoin de se contraindre. Cette liberté qu'elle avait prise, jointe à un esprit vif et à un naturel ardent, l'avait rendue si attachée à ses propres volontés, qu'elle était incapable de s'assujettir qu'à ce qui lui était agréable. Elle avait naturellement de l'ambition, et, dans le temps où le roi l'avait aimée, le trône ne lui avait point paru trop au-dessus d'elle, pour n'oser y aspirer. Son oncle, qui l'aimait fort, n'avait pas été éloigné du dessein de l'y faire monter; mais tous les faiseurs d'horoscopes l'avaient tellement assuré qu'elle ne pourrait y parvenir, qu'il en avait perdu la pensée, et l'avait mariée au comte de Soissons. Elle avait pourtant toujours conservé quelque crédit auprès du roi, et une certaine liberté de lui parler plus hardiment que les autres; ce qui faisait soupçonner assez souvent que, dans certains momens, la galanterie trouvait encore place dans leur conversation.

Cependant il paraissait impossible que le roi lui redonnât son cœur. Ce prince était plus sensible en quelque manière à l'attachement qu'on avait pour lui, qu'à l'agrément et au mérite des personnes. Il avait aimé la comtesse de Soissons avant qu'elle fût mariée; il avait cessé

6·

de l'aimer, par l'opinion qu'il avait que Ville-
quier [1] ne lui était pas désagréable; peut-être
l'avait-il cru sans fondement; et il y a même
assez d'apparence qu'il se trompait, puisque
étant si peu capable de se contraindre, si elle
l'eût aimé, elle l'eût bientôt fait paraître. Mais
enfin, puisqu'il l'avait quittée sur le simple
soupçon qu'un autre en était aimé, il n'avait
garde de retourner à elle, lorsqu'il croyait avoir
une certitude entière qu'elle aimait le marquis
de Vardes [2].

Mademoiselle de Mancini était encore à la
cour, quand son oncle mourut. Pendant sa vie,
il avait conclu son mariage avec le connétable
Colonne; et l'on n'attendait plus que celui qui
devait l'épouser au nom de ce connétable, pour
la faire partir de France. Il était difficile de démêler quels étaient ses sentimens pour le roi,
et quels sentimens le roi avait pour elle. Il
l'avait passionnément aimée, comme nous
l'avons déjà dit; et, pour faire comprendre jusqu'où cette passion l'avait mené, nous dirons
en peu de mots ce qui s'était passé à la mort
du cardinal.

---

[1] Depuis duc d'Aumont.
[2] Dubec Crepin, marquis de Vardes, capitaine des cent-
suisses.

Cet attachement avait commencé pendant le voyage de Calais, et la reconnaissance l'avait fait naître plutôt que la beauté : mademoiselle de Mancini n'en avait aucune ; il n'y avait nul charme dans sa personne, et très-peu dans son esprit, quoiqu'elle en eût infiniment : elle l'avait hardi, résolu, emporté, libertin, et éloigné de toute sorte de civilité et de politesse.

Pendant une dangereuse maladie [1] que le roi avait eue à Calais, elle avait témoigné une affliction si violente de son mal, et l'avait si peu cachée, que, lorsqu'il commença à se mieux porter, tout le monde lui parla de la douleur de mademoiselle de Mancini ; peut-être, dans la suite, lui en parla-t-elle elle-même. Enfin, elle lui fit paraître tant de passion, et rompit si entièrement toutes les contraintes où la reine-mère et le cardinal la tenaient, que l'on peut dire qu'elle contraignit le roi à l'aimer.

Le cardinal ne s'opposa pas d'abord à cette passion ; il crut qu'elle ne pouvait être que conforme à ses intérêts : mais, comme il vit dans la suite que sa nièce ne lui rendait aucun compte de ses conversations avec le roi, et qu'elle prenait sur son esprit tout le crédit

---

[1] La petite vérole.

qui lui était possible, il commença à craindre
qu'elle n'y en prît trop, et voulut apporter
quelque diminution à cet attachement. Il vit
bientôt qu'il s'en était avisé trop tard : le roi
était entièrement abandonné à sa passion ; et
l'opposition qu'il fit paraître ne servit qu'à aigrir contre lui l'esprit de sa nièce, et à la
porter à lui rendre toute sorte de mauvais services.

Elle n'en rendit pas moins à la reine dans
l'esprit du roi, soit en lui décriant sa conduite
pendant la régence, ou en lui apprenant tout ce
que la médisance avait inventé contre elle. Enfin, elle éloignait si bien de l'esprit du roi
tous ceux qui pouvaient lui nuire, et s'en rendit maîtresse si absolue, que, pendant le temps
que l'on commençait à traiter la paix et le mariage, il demanda au cardinal la permission de
l'épouser, et témoigna ensuite, par toutes ses
actions, qu'il le souhaitait.

Le cardinal, qui savait que la reine ne pourrait entendre sans horreur la proposition de ce
mariage, et que l'exécution en eût été très-
hasardeuse pour lui, se voulut faire un mérite
envers la reine et envers l'état d'une chose qu'il
croyait contraire à ses propres intérêts.

Il déclara au roi qu'il ne consentirait jamais
à lui laisser faire une alliance si dispropor-

tionnée; et que, s'il la faisait de son autorité
absolue, il lui demanderait à l'heure même la
permission de se retirer hors de France.

La résistance du cardinal étonna le roi, et
lui fit peut-être faire des réflexions qui ralen-
tirent la violence de son amour. L'on continua
de traiter la paix et le mariage; et le cardinal,
avant que de partir pour aller régler les arti-
cles de l'un et de l'autre, ne voulut pas laisser
sa nièce à la cour : il résolut de l'envoyer à
Brouage. Le roi en fut aussi affligé que le peut
être un amant à qui l'on ôte sa maîtresse; mais
mademoiselle de Mancini, qui ne se contentait
pas des mouvemens de son cœur, et qui aurait
voulu qu'il eût témoigné son amour par des
actions d'autorité, lui reprocha, en lui voyant
répandre des larmes, lorsqu'elle monta en carrosse, qu'il pleurait et qu'il était le maître. Ces
reproches ne l'obligèrent pas à le vouloir être :
il la laissa partir, quelque affligé qu'il fût,
lui promettant néanmoins qu'il ne consentirait
jamais au mariage d'Espagne, et qu'il n'abandonnerait pas le dessein de l'épouser.

Toute la cour partit quelque temps après pour
aller à Bordeaux, afin d'être plus près du lieu
où l'on traitait la paix.

Le roi vit mademoiselle de Mancini à Saint-
Jean-d'Angely : il en parut plus amoureux que

jamais, dans le peu de momens qu'il eut à être
avec elle, et lui promit toujours la même fidélité. Le temps, l'absence et la raison le firent
enfin manquer à sa promesse; et, quand le
traité fut achevé, il l'alla signer à l'ile de la
Conférence, et prendre l'infante d'Espagne, des
mains du roi son père, pour la faire reine de
France dès le lendemain.

La cour revint ensuite à Paris. Le cardinal,
qui ne craignait plus rien, y fit aussi revenir
ses nièces.

Mademoiselle de Mancini était outrée de rage
et de désespoir : elle trouvait qu'elle avait perdu
en même temps un amant fort aimable, et la
plus belle couronne de l'univers. Un esprit plus
modéré que le sien aurait eu de la peine à ne
pas s'emporter dans une semblable occasion ;
aussi s'était-elle abandonnée à la rage et à la
colère.

Le roi n'avait plus la même passion pour elle :
la possession d'une princesse belle et jeune,
comme la reine sa femme, l'occupait agréablement. Néanmoins, comme l'attachement d'une
femme est rarement un obstacle à l'amour qu'on
a pour une maîtresse, le roi serait peut-être
revenu à mademoiselle de Mancini, s'il n'eût
connu qu'entre tous les partis qui se présen-
taient alors pour l'épouser, elle souhaitait ar-

demment le duc Charles, neveu du duc de Lorraine, et s'il n'avait été persuadé que ce prince
avait su toucher son cœur.

Le mariage ne s'en put faire par plusieurs
raisons : le cardinal conclut celui du connétable
Colonne, et mourut, comme nous avons dit,
avant qu'il fût achevé.

Mademoiselle de Mancini avait une si horrible répugnance pour ce mariage, que, voulant
l'éviter, si elle eût vu quelque apparence de
regagner le cœur du roi, malgré tout son dépit,
elle y aurait travaillé de toute sa puissance.

Le public ignorait le secret dépit qu'avait eu
le roi du penchant qu'elle avait témoigné pour
le mariage du neveu du duc de Lorraine ; et,
comme on le voyait souvent aller au palais Mazarin, où elle logeait avec madame Mazarin,
sa sœur, on ne savait si le roi y était conduit
par les restes de son ancienne flamme, ou par
les étincelles d'une nouvelle, que les yeux de
madame Mazarin étaient bien capables d'allumer.

C'était, comme nous avons dit, non-seulement la plus belle des nièces du cardinal, mais
aussi une des plus parfaites beautés de la cour.
Il ne lui manquait que de l'esprit pour être ac-
complie, et pour lui donner la vivacité qu'elle
n'avait pas : ce défaut même n'en était pas un

pour tout le monde , et beaucoup de gens trouvaient son air languissant et sa négligence capables de se faire aimer.

Ainsi les opinions se portaient aisément à
croire que le roi lui en voulait, et que l'ascen-
dant du cardinal garderait encore son cœur dans
sa famille. Il est vrai que cette opinion n'était
pas sans fondement : l'habitude que le roi avait
prise avec les nièces du cardinal lui donnait plus
de dispositions à leur parler qu'à toutes les autres femmes ; et la beauté de madame Mazarin ,
jointe à l'avantage que donne un mari qui n'est
guère aimable à un roi qui l'est beaucoup, l'eût
aisément porté à l'aimer, si M. de Mazarin n'a-
vait eu ce même soin que nous lui avons vu
depuis, d'éloigner sa femme des lieux où était
le roi.

Il y avait encore à la cour un grand nombre
de belles dames, sur qui le roi aurait pu jeter
les yeux.

Madame d'Armagnac , fille du maréchal de
Villeroi , était d'une beauté à attirer ceux de
tout le monde. Pendant qu'elle était fille , elle
avait donné beaucoup d'espérance à tous ceux
qui l'avaient aimée , qu'elle souffrirait aisément
de l'être, lorsque le mariage l'aurait mise dans
une condition plus libre. Cependant , sitôt
qu'elle eût épousé M. d'Armagnac , soit qu'elle

eût de la passion pour lui, ou que l'âge l'eût rendue plus circonspecte, elle s'était entièrement retirée dans sa famille.

La seconde fille du duc de Mortemart [1], qu'on appelait mademoiselle de Tonnay-Charente, était encore une beauté très-achevée, quoiqu'elle ne fût pas parfaitement agréable. Elle avait beaucoup d'esprit, et une sorte d'esprit plaisant et naturel, comme tous ceux de sa maison.

Le reste des belles personnes qui étaient à la cour ont trop peu de part à ce que nous avons à dire, pour m'obliger d'en parler; et nous ferons seulement mention de celles qui s'y trouveront mêlées, selon que la suite nous y engagera.

---

[1] Madame de Montespan.

FIN DE LA PREMIÈRE PARTIE.

HISTOIRE

DE MADAME

HENRIETTE D'ANGLETERRE,

PREMIÈRE FEMME

DE PHILIPPE DE FRANCE,

DUC D'ORLÉANS.

———◦◦◦———

SECONDE PARTIE.

La cour était revenue à Paris aussitôt après
la mort du cardinal. Le roi s'appliquait à prendre une connaissance exacte des affaires : il donnait à cette occupation la plus grande partie de
son temps, et partageait le reste avec la reine
sa femme.

Celui qui devait épouser mademoiselle de
Mancini au nom du connétable Colonne arriva à
Paris, et elle eut la douleur de se voir chassée
de France par le roi : ce fut à la vérité avec
tous les honneurs imaginables. Le roi la traita
dans son mariage, et dans tout le reste, comme

si son oncle eût encore vécu ; mais enfin on la maria, et on la fit partir avec assez de précipitation.

Elle soutint sa douleur avec beaucoup de constance, et même avec assez de fierté; mais, au premier lieu où elle coucha en sortant de Paris, elle se trouva si pressée de sa douleur, et si accablée de l'extrême violence qu'elle s'était faite, qu'elle pensa y demeurer ; enfin elle continua son chemin, et s'en alla en Italie, avec la consolation de n'être plus sujette d'un roi dont elle avait cru devoir être la femme.

La première chose considérable qui se fit après la mort du cardinal, ce fut le mariage de Monsieur avec la princesse d'Angleterre. Il avait été résolu par le cardinal ; et, quoique cette alliance semblât contraire à toutes les règles de la politique, il avait cru qu'on devait être si assuré de la douceur du naturel de Monsieur, et de son attachement pour le roi, qu'on ne devait point craindre de lui donner un roi d'Angleterre pour beau-frère.

L'histoire de notre siècle est si remplie des grandes révolutions de ce royaume, et le malheur qui fit perdre la vie au meilleur roi [1] du monde,

---

[1] Charles Ier., qui eut la tête tranchée à Londres le 9 février 1649.

sur un échafaud, par les mains de ses sujets,
et qui contraignit la reine sa femme à venir
chercher un asile dans le royaume de ses pères,
est un exemple de l'inconstance de la fortune
qui est su de toute la terre.

Le changement funeste de cette maison royale
fut favorable en quelque chose à la princesse
d'Angleterre. Elle était encore entre les bras de
sa nourrice, et fut la seule de tous les enfans de
la reine sa mère [1], qui se trouva auprès d'elle
pendant sa disgrâce. Cette reine s'appliquait
toute entière au soin de son éducation; et, le
malheur de ses affaires la faisant plutôt vivre en
personne privée qu'en souveraine, cette jeune
princesse prit toutes les lumières, toute la civilité et toute l'humanité des conditions ordinaires, et conserva dans son cœur et dans sa
personne toutes les grandeurs de sa naissance
royale.

Aussitôt que cette princesse commença à sortir
de l'enfance, on lui trouva un agrément extraordinaire. La reine-mère témoigna beaucoup
d'inclination pour elle; et, comme il n'y avait
nulle apparence que le roi pût épouser l'infante
sa nièce, elle parut souhaiter qu'il épousât cette
princesse. Le roi, au contraire, témoigna de

---

[1] Henriette de France, fille de Henri IV.

l'aversion pour ce mariage, et même pour sa
personne; il la trouvait trop jeune pour lui, et
il avouait enfin qu'elle ne lui plaisait pas, quoiqu'il n'en pût dire la raison. Aussi eût-il été
difficile d'en trouver : c'était principalement ce
que la princesse d'Angleterre possédait au souverain degré que le don de plaire et ce qu'on
appelle grâces; et les charmes étaient répandus
en toute sa personne, dans ses actions et dans
son esprit, et jamais princesse n'a été si également capable de se faire aimer des hommes et
adorer des femmes.

En croissant, sa beauté augmenta aussi, en
sorte que, quand le mariage du roi fut achevé, celui de Monsieur et d'elle fut résolu. Il
n'y avait rien à la cour qu'on pût lui com-
parer.

En ce même temps, le roi ¹ son frère fut rétabli sur le trône par une révolution presque
aussi prompte que celle qui l'en avait chassé.
Sa mère voulut aller jouir du plaisir de le voir
paisible possesseur de son royaume; et, avant
que d'achever le mariage de la princesse sa fille,
elle la mena avec elle en Angleterre. Ce fut dans
ce voyage que la princesse commença à reconnaître la puissance de ses charmes. Le duc de

---

¹ Qui fut rétabli en 1660, Charles II.

Buckingham, fils de celui qui fut décapité [1], jeune et bien fait, était alors fortement attaché à la princesse royale [2] sa sœur, qui était à Londres. Quelque grand que fût cet attachement, il ne put tenir contre la princesse d'Angleterre ; et ce duc devint si passionnément amoureux d'elle, qu'on peut dire qu'il en perdit la raison.

La reine d'Angleterre était tous les jours pressée par les lettres de Monsieur de s'en retourner en France, pour achever son mariage qu'il témoignait souhaiter avec impatience ; ainsi, elle fut obligée de partir, quoique la saison fût fort rude et fort fâcheuse.

Le roi son fils l'accompagna jusqu'à une journée de Londres. Le duc de Buckingham la suivit, comme tout le reste de la cour ; mais, au lieu de s'en retourner de même, il ne put se résoudre à abandonner la princesse d'Angleterre, et demanda au roi la permission de passer en France ; de sorte que, sans équipage et sans toutes les choses nécessaires pour un pareil voyage, il s'embarqua à Portsmouth avec la reine.

Le vent fut favorable le premier jour ; mais, le lendemain, il fut si contraire, que le vais-

---

[1] Il ne fut pas décapité ; mais il fut assassiné par Felton.
[2] Depuis femme de l'électeur Palatin.

seau de la reine se trouva ensablé, et en danger
de périr. L'épouvante fut grande dans tout le
navire; et le duc de Buckingham, qui craignait
pour plus d'une vie, parut dans un désespoir
inconcevable.

Enfin on tira le vaisseau du péril où il
était; mais il fallut relâcher au port.

Madame la princesse d'Angleterre fut atta-
quée d'une fièvre très-violente. Elle eut pourtant le courage de vouloir se rembarquer dès
que le vent fut favorable; mais, sitôt qu'elle fut
dans le vaisseau, la rougeole sortit; de sorte
qu'on ne put abandonner la terre, et qu'on ne
put aussi songer à débarquer, de peur de hasarder sa vie par cette agitation.

Sa maladie fut très-dangereuse. Le duc de
Buckingham parut comme un fou et un désespéré, dans les momens où il la crut en péril.
Enfin, lorsqu'elle se porta assez bien pour
souffrir la mer et pour aborder au Havre, il
eut des jalousies si extravagantes des soins que
l'amiral d'Angleterre prenait pour cette princesse, qu'il le querella sans aucune sorte de
raison; et la reine, craignant qu'il n'en arrivât du désordre, ordonna au duc de Buckingham de s'en aller à Paris, pendant qu'elle
séjournerait quelque temps au Havre, pour laisser reprendre des forces à la princesse sa fille.

Lorsqu'elle fut entièrement rétablie, elle revint à Paris. Monsieur alla au-devant d'elle avec tous les empressemens imaginables, et continua jusqu'à son mariage à lui rendre des devoirs auxquels il ne manquait que de l'amour ; mais le miracle d'enflammer le cœur de ce prince n'était réservé à aucune femme du monde.

Le comte de Guiches était en ce temps-là son favori. C'était le jeune homme de la cour le plus beau et le mieux fait, aimable de sa personne, galant, hardi, brave, rempli de grandeur et d'élévation. La vanité que tant de bonnes qualités lui donnaient, et un air méprisant répandu dans toutes ses actions, ternissaient un peu tout ce mérite ; mais il faut pourtant avouer qu'aucun homme de la cour n'en avait autant que lui. Monsieur l'avait fort aimé dès l'enfance, et avait toujours conservé avec lui un grand commerce, et aussi étroit qu'il y en peut avoir entre de jeunes gens.

Le comte était alors amoureux de madame de Chalais, fille du duc de Marmoutiers : elle était très-aimable, sans être fort belle : il la cherchait partout ; il la suivait en tous lieux ; enfin c'était une passion si publique et si déclarée, qu'on doutait qu'elle fût approuvée de celle qui la causait ; et l'on s'imaginait que,

s'il y avait eu quelque intelligence entre eux,
elle lui aurait fait prendre des chemins plus cachés. Cependant il est certain que, s'il n'en
était pas tout-à-fait aimé, il n'en était pas
haï, et qu'elle voyait son amour sans colère.
Le duc de Buckingham fut le premier qui se
douta qu'elle n'avait pas assez de charmes pour
retenir un homme qui serait tous les jours exposé à ceux de madame la princesse d'Angleterre. Un soir qu'il était venu chez elle, madame de Chalais y vint aussi. La princesse lui
dit, en anglais, que c'était la maîtresse du
comte de Guiches, et lui demanda s'il ne la
trouvait pas fort aimable. Non, lui répondit-il,
je ne trouve pas qu'elle le soit assez pour lui,
qui me parait, malgré que j'en aie, le plus
honnête homme de toute la cour, et je souhaite,
madame, que tout le monde ne soit pas de mon
avis. La princesse ne fit pas réflexion à ce discours, et le regarda comme un effet de la passion de ce duc, dont il lui donnait tous les
jours quelque preuve, et qu'il ne laissait que
trop voir à tout le monde.

Monsieur s'en aperçut bientôt, et ce fut en
cette occasion que madame la princesse d'Angleterre découvrit pour la première fois cette jalousie naturelle dont il lui donna depuis tant de
marques. Elle vit donc son chagrin; et, comme

elle ne se souciait pas du duc de Buckingham, qui, quoique fort aimable, a eu souvent le malheur de n'être pas aimé, elle en parla à la reine, sa mère, qui prit soin de remettre l'esprit de Monsieur, et de lui faire concevoir que la passion du duc était regardée comme une chose ridicule.

Cela ne déplut point à Monsieur, mais il n'en fut pas entièrement satisfait : il s'en ouvrit à la reine, sa mère [1], qui eut de l'indulgence pour la passion du duc, en faveur de celle que son père lui avait autrefois témoignée. Elle ne voulut pas qu'on fît du bruit ; mais elle fut d'avis qu'on lui fît entendre, lorsqu'il aurait fait encore quelque séjour en France, que son retour était nécessaire en Angleterre : ce qui fut exécuté dans la suite.

Enfin le mariage de Monsieur s'acheva, et fut fait en carême, sans cérémonie, dans la chapelle du palais. Toute la cour rendit ses devoirs à madame la princesse d'Angleterre, que nous appellerons dorénavant Madame.

Il n'y eut personne qui ne fût surpris de son agrément, de sa civilité et de son esprit. Comme la reine-mère la tenait fort près de sa personne, on ne la voyait jamais que chez elle, où elle ne

---

[1] Anne d'Autriche.

parlait quasi point. Ce fut une nouvelle découverte de lui trouver l'esprit aussi aimable que
tout le reste. On ne parlait que d'elle, et
tout le monde s'empressait de lui donner des
louanges.

Quelque temps après son mariage, elle vint
loger chez Monsieur, aux Tuileries; le roi et la
reine allèrent à Fontainebleau. Monsieur et Madame demeurèrent encore quelque temps à Paris : ce fut alors que toute la France se trouva
chez elle : tous les hommes ne pensaient qu'à lui
faire leur cour, et toutes les femmes qu'à lui
plaire.

Madame de Valentinois [1], sœur du comte de
Guiches, que Monsieur aimait fort, à cause de
son frère et à cause d'elle-même (car il avait
pour elle toute l'inclination dont il était capable), fut une de celles qu'elle choisit pour être
dans ses plaisirs; mesdemoiselles de Créqui, et
de Châtillon [2], et mademoiselle de Tonnay-Charente [3], avaient l'honneur de la voir souvent,
aussi-bien que d'autres personnes à qui elle
avait témoigné de la bonté avant qu'elle fût
mariée.

---

[1] Depuis madame de Monaco.
[2] Depuis duchesse de Mekelbourg
[3] Depuis madame de Montespan.

Mademoiselle de La Trimouille et madame de La Fayette étaient de ce nombre. La première lui plaisait par sa bonté, et par une certaine ingénuité à conter tout ce qu'elle avait dans le cœur, qui ressentait la simplicité des premiers siècles. L'autre lui avait été agréable par son bonheur; car, bien qu'on lui trouvât du mérite, c'était une sorte de mérite si sérieux en apparence, qu'il ne semblait pas qu'il dût plaire à une princesse aussi jeune que Madame. Cependant, elle lui avait été agréable; et elle avait été si touchée du mérite et de l'esprit de Madame, qu'elle lui dut plaire dans la suite par l'attachement qu'elle eut pour elle.

Toutes ces personnes passaient les après-dînées chez Madame. Elles avaient l'honneur de la suivre au cours; au retour de la promenade, on soupait chez Monsieur; après le souper, tous les hommes de la cour s'y rendaient, et on passait le soir parmi les plaisirs de la comédie, du jeu et des violons; enfin, on s'y divertissait avec tout l'agrément imaginable, et sans aucun mélange de chagrin. Mademoiselle de Chalais y venait assez souvent; le comte de Guiches ne manquait pas de s'y rendre; la familiarité qu'il avait chez Monsieur lui donnait l'entrée chez ce prince aux heures les plus particulières. Il voyait Madame à tous momens avec tous ses

charmes. Monsieur prenait même le soin de les
lui faire admirer; enfin, il l'exposait à un péril
qu'il était presque impossible d'éviter.

Après quelque séjour à Paris, Monsieur et
Madame s'en allèrent à Fontainebleau. Madame
y porta la joie et les plaisirs. Le roi connut, en
la voyant de plus près, combien il avait été injuste en ne la trouvant pas la plus belle personne
du monde. Il s'attacha fort à elle, et lui témoigna une complaisance extrême. Elle disposait
de toutes les parties de divertissement : elles
se faisaient toutes pour elle, et il paraissait
que le roi n'y avait de plaisir que par celui
qu'elle en recevait. C'était dans le milieu de
l'été : Madame s'allait baigner tous les jours;
elle partait en carrosse, à cause de la chaleur,
et revenait à cheval, suivie de toutes les dames habillées galamment, avec mille plumes
sur leur tête, accompagnées du roi et de la
jeunesse de la cour; après souper, on montait
dans des calèches, et, au bruit des violons, on
s'allait promener une partie de la nuit autour
du canal.

L'attachement que le roi avait pour Madame
commença bientôt à faire du bruit, et à être in-
terprété diversement. La reine-mère en eut d'a-
bord beaucoup de chagrin : il lui parut que
Madame lui ôtait absolument le roi, et qu'il lui

donnait toutes les heures qui avaient accoutumé
d'être pour elle. La grande jeunesse de Madame
lui persuada qu'il serait facile d'y remédier, et
que, lui faisant parler par l'abbé de Montaigu,
et par quelques personnes qui devaient avoir
quelque crédit sur son esprit, elle l'obligerait à
se tenir plus attachée à sa personne, et de n'attirer pas le roi dans des divertissemens qui en
étaient éloignés.

Madame était lasse de l'ennui et de la contrainte qu'elle avait essuyés auprès de la reine,
sa mère. Elle crut que la reine, sa belle-mère,
voulait prendre sur elle une pareille autorité;
elle fut occupée de la joie d'avoir ramené le roi
à elle, et de savoir, par lui-même, que la reine-
mère tâchait de l'en éloigner. Toutes ces choses
la détournèrent tellement des mesures qu'on voulait lui faire prendre, que même elle n'en garda
plus aucune. Elle se lia d'une manière étroite
avec la comtesse de Soissons, qui était alors l'objet de la jalousie de la reine et de l'aversion
de la reine-mère, et ne pensa plus qu'à plaire
au roi comme belle-sœur. Je crois qu'elle lui
plut d'une autre manière; je crois aussi qu'elle
pensa qu'il ne lui plaisait que comme un beau-
frère, quoiqu'il lui plût peut-être davantage;
mais, enfin, comme ils étaient tous deux infiniment aimables, et tous deux nés avec des dis-

positions galantes; qu'ils se voyaient tous les jours au milieu des plaisirs et des divertisse-mens, il parut aux yeux de tout le monde qu'ils avaient l'un pour l'autre cet agrément qui pré-cède d'ordinaire les grandes passions.

Cela fit bientôt beaucoup de bruit à la cour. La reine-mère fut ravie de trouver un prétexte si spécieux de bienséance et de dévotion, pour s'opposer à l'attachement que le roi avait pour Madame. Elle n'eut pas de peine à faire entrer Monsieur dans ses sentimens : il était jaloux par lui-même, et il le devenait encore davan-tage par l'humeur de Madame, qu'il ne trou-vait pas aussi éloignée de la galanterie qu'il l'aurait souhaité.

L'aigreur s'augmentait tous les jours entre la reine-mère et elle. Le roi donnait toutes les espérances à Madame ; mais il se ménageait néanmoins avec la reine-mère, en sorte que, lorsqu'elle redisait à Monsieur ce que le roi lui avait dit, Monsieur trouvait assez de matière pour vouloir persuader à Madame que le roi n'avait pas pour elle autant de considération qu'il lui en témoignait : tout cela faisait un cer-cle de redites et de démêlés qui ne donnait pas un moment de repos ni aux uns ni aux autres. Cependant, le roi et Madame, sans s'expliquer entre eux de ce qu'ils sentaient l'un pour l'autre, continuèrent de vivre d'une manière qui ne laissait douter à personne qu'il n'y eût entre eux plus que de l'amitié.

Le bruit s'en augmenta fort; et la reine-mère et Monsieur en parlèrent si fortement au roi et à Madame, qu'ils commencèrent à ouvrir les yeux et à faire peut-être des réflexions qu'ils n'avaient point encore faites; enfin, ils résolurent de faire cesser ce grand bruit, et, par quelque motif que ce pût être, ils convinrent entre eux que le roi serait l'amoureux de quelque personne de la cour. Ils jetèrent les yeux sur celles qui paraissaient les plus propres à ce dessein, et choisirent, entre autres, mademoiselle de Pon [1], parente du maréchal d'Albret, et qui, pour être nouvellement venue de province, n'avait pas toute l'habileté imaginable; ils jetèrent aussi les yeux sur Chimerault [2], une des filles de la reine, fort coquette, et sur La Vallière, qui était une fille de Madame, fort jolie, fort douce et fort naïve. La fortune de cette fille était médiocre : sa mère s'était remariée à Saint-Remi, premier maître d'hôtel de M. le duc d'Orléans; ainsi, elle avait presque toujours été à Orléans ou à Blois. Elle se trouvait très-

---

[1] Depuis madame d'Hudicour.
[2] Depuis madame de La Basinière.

heureuse d'être auprès de Madame. Tout le monde la trouvait jolie : plusieurs jeunes gens avaient pensé à s'en faire aimer; le comte de Guiches s'y était attaché plus que les autres; il y paraissait encore tout occupé, lorsque le roi la choisit pour une de celles dont il voulait éblouir le public. De concert avec Madame, il commença, non-seulement à faire l'amoureux d'une des trois qu'ils avaient choisies, mais de toutes les trois ensemble. Il ne fut pas long-temps sans prendre parti : son cœur se détermina en faveur de La Vallière; et, quoiqu'il ne laissât pas de dire des douceurs aux autres, et d'avoir même un commerce assez réglé avec Chimerault, La Vallière eut tous ses soins et toutes ses assiduités.

Le comte de Guiches, qui n'était pas assez amoureux pour s'opiniâtrer contre un rival si redoutable, l'abandonna et se brouilla avec elle, en lui disant des choses assez désagréables.

Madame vit avec quelque chagrin que le roi s'attachait véritablement à La Vallière; ce n'est peut-être pas qu'elle en eût ce qu'on pourrait appeler de la jalousie, mais elle eût été bien aise qu'il n'eût pas eu de véritable passion, et qu'il eût conservé pour elle une sorte d'attachement qui, sans avoir la violence de l'amour, en eût eu la complaisance et l'agrément.

Long-temps avant qu'elle fût mariée, on
avait prédit que le comte de Guiches serait
amoureux d'elle; et, sitôt qu'il eut quitté La
Vallière, on commença à dire qu'il aimait Madame, et peut-être même qu'on le dit avant
qu'il en eût la pensée; mais ce bruit ne fut
pas désagréable à sa vanité; et, comme son inclination s'y trouva peut-être disposée, il ne
prit pas de grands soins pour s'empêcher de devenir amoureux, ni pour empêcher qu'on ne le
soupçonnât de l'être. L'on répétait alors à Fontainebleau un ballet que le roi et Madame dan-
sèrent, et qui fut le plus agréable qui ait jamais
été, soit par le lieu où il se dansait, qui était
le bord de l'étang, ou par l'invention qu'on
avait trouvée, de faire venir du bout d'une
allée le théâtre tout entier, chargé d'une infinité de personnes, qui s'approchaient insensiblement, et qui faisaient une entrée, en dan-
sant devant le théâtre.

Pendant la répétition de ce ballet, le comte
de Guiches était très-souvent avec Madame,
parce qu'il dansait dans la même entrée : il n'o-
sait encore lui rien dire de ses sentimens, mais,
par une certaine familiarité qu'il avait acquise
auprès d'elle, il prenait la liberté de lui demander des nouvelles de son cœur, et si rien
ne l'avait jamais touchée : elle lui répondait

avec beaucoup de bonté et d'agrément, et il
s'émancipait quelquefois à crier, en s'enfuyant
d'auprès d'elle, qu'il était en grand péril.

Madame regardait tout cela comme des choses
galantes, sans y faire une plus grande attention : le public y vit plus clair qu'elle-même.
Le comte de Guiches laissait voir, comme on a
déjà dit, ce qu'il avait dans le cœur, en sorte
que le bruit s'en répandit aussitôt. La grande
amitié que Madame avait pour la duchesse de
Valentinois contribua beaucoup à faire croire
qu'il y avait de l'intelligence entre eux, et l'on
regardait Monsieur, qui paraissait amoureux de
madame de Valentinois, comme la dupe du
frère et de la sœur. Il est vrai, néanmoins,
qu'elle se mêla très-peu de cette galanterie; et,
quoique son frère ne lui cachât point sa passion
pour Madame, elle ne commença pas les liaisons qui ont paru depuis.

Cependant, l'attachement du roi pour La
Vallière augmentait toujours; il faisait beaucoup de progrès auprès d'elle ; ils gardaient
beaucoup de mesures ; il ne la voyait pas chez
Madame et dans les promenades du jour ; mais,
à la promenade du soir, il sortait de la calèche
de Madame, et s'allait mettre près de celle
de La Vallière, dont la portière était abattue ;
et, comme c'était dans l'obscurité de la nuit,

il lui parlait avec beaucoup de commodité.

La reine-mère et Madame n'en furent pas moins mal ensemble. Lorsqu'on vit que le roi n'en était point amoureux, puisqu'il l'était de La Vallière, et que Madame ne s'opposait pas aux soins que le roi rendait à cette fille, la reine-mère en fut aigrie; elle tourna l'esprit de Monsieur, qui s'en aigrit, et qui prit au point d'honneur que le roi fût amoureux d'une fille de Madame. Madame, de son côté, manquait, en beaucoup de choses, aux égards qu'elle devait à la reine-mère et même à ceux qu'elle devait à Monsieur; en sorte que l'aigreur était grande de toutes parts.

Dans ce même temps, le bruit fut grand de la passion du comte de Guiches. Monsieur en fut bientôt instruit, et lui fit très-mauvaise mine. Le comte de Guiches, soit par son naturel fier, soit par chagrin de voir Monsieur instruit d'une chose qu'il lui était commode qu'il ignorât, eut avec Monsieur un éclaircissement fort audacieux, et rompit avec lui, comme s'il eût été son égal : cela éclata publiquement, et le comte de Guiches se retira de la cour.

Le jour que ce bruit arriva, Madame gardait la chambre et ne voyait personne : elle ordonna qu'on laissât seulement entrer ceux qui répétaient avec elle, dont le comte de Guiches était du nombre, ne sachant point ce qui venait de se passer. Comme le roi vint chez elle, elle lui dit les ordres qu'elle avait donnés; le roi lui répondit, en souriant, qu'elle ne connaissait pas mal ceux qui devaient être exemptés, et lui conta ensuite ce qui venait de se passer entre Monsieur et le comte de Guiches. La chose fut sue de tout le monde, et le maréchal de Grammont, père du comte de Guiches, renvoya son fils à Paris, et lui défendit de revenir à Fontainebleau.

Pendant ce temps-là, les affaires du ministère n'étaient pas plus tranquilles que celles de l'amour; et, quoique M. Fouquet, depuis la mort du cardinal, eût demandé pardon au roi de toutes les choses passées, quoique le roi le lui eût accordé, et qu'il parût l'emporter sur les autres ministres, néanmoins on travaillait fortement à sa perte, et elle était résolue.

Madame de Chevreuse, qui avait toujours conservé quelque chose de ce grand crédit qu'elle avait eu sur la reine-mère, entreprit de la porter à perdre M. Fouquet.

M. de Laigue, marié en secret, à ce que l'on a cru, avec madame de Chevreuse, était mal content de ce surintendant; il gouvernait madame de Chevreuse; M. Le Tellier et M. Colbert se joignirent à eux; la reine-mère fit un

voyage à Dampierre, et là la perte de M. Fouquet fut conclue, et on y fit ensuite consentir
le roi. On résolut d'arrêter ce surintendant ;
mais les ministres, craignant, quoique sans sujet, le nombre d'amis qu'il avait dans le royaume, portèrent le roi à aller à Nantes, afin d'être
près de Belle-Isle, que M. Fouquet venait d'a-
cheter, et de s'en rendre maître.

Ce voyage fut long-temps résolu sans qu'on
en fît la proposition ; mais enfin, sur des pré-
textes qu'ils trouvèrent, on commença à en
parler. M. Fouquet, bien éloigné de penser que
sa perte fût l'objet de ce voyage, se croyait tout-
à-fait assuré de sa fortune ; et le roi, de concert
avec les autres ministres, pour lui ôter toute
sorte de défiance, le traitait avec de si grandes
distinctions, que personne ne doutait qu'il ne
gouvernât.

Il y avait long-temps que le roi avait dit
qu'il voulait aller à Vaux, maison superbe de
ce surintendant ; et, quoique la prudence dût
l'empêcher de faire voir au roi une chose qui
marquait si fort le mauvais usage des finances,
et qu'aussi la bonté du roi dût le retenir d'aller
chez un homme qu'il allait perdre, néanmoins
ni l'un ni l'autre n'y firent aucune réflexion.

Toute la cour alla à Vaux, et M. Fouquet
joignit à la magnificence de sa maison toute

celle qui peut être imaginée pour la beauté des
divertissemens et la grandeur de la réception.
Le roi en arrivant en fut étonné, et M. Fouquet le fut de remarquer que le roi l'était;
néanmoins ils se remirent l'un et l'autre. La
fête fut la plus complète qui ait jamais été. Le
roi était alors dans la première ardeur de la
possession de La Vallière : l'on a cru que ce fut
là qu'il la vit pour la première fois en particulier ; mais il y avait déjà quelque temps qu'il
la voyait dans la chambre du comte de Saint-
Aignan ', qui était le confident de cette intrigue.

Peu de jours après la fête de Vaux, on partit
pour Nantes ; et ce voyage, auquel on ne voyait
aucune nécessité, paraissait la fantaisie d'un
jeune roi.

M. Fouquet, quoique avec la fièvre quarte,
suivit la cour, et fut arrêté à Nantes. Ce changement surprit le monde, comme on peut se
l'imaginer, et étourdit tellement les parens et
les amis de M. Fouquet, qu'ils ne songèrent
pas à mettre à couvert ses papiers, quoiqu'ils
en eussent eu le loisir. On le prit dans sa maison, sans aucune formalité; on l'envoya à An-
gers, et le roi revint à Fontainebleau.

' Depuis duc de Saint-Aignan.

Tous les amis de M. Fouquet furent chassés et éloignés des affaires. Le conseil des trois autres ministres [1] se forma entièrement. M. Colbert eut les finances, quoique l'on en donnât quelque apparence au maréchal de Villeroi, et M. Colbert commença à prendre auprès du roi ce crédit qui le rendit depuis le premier homme de l'état.

L'on trouva dans les cassettes de M. Fouquet plus de lettres de galanterie que de papiers d'importance; et, comme il s'y en rencontra de quelques femmes qu'on n'avait jamais soupçonnées d'avoir de commerce avec lui, ce fondement donna lieu de dire qu'il y en avait de toutes les plus honnêtes femmes de France : la seule qui fut convaincue, ce fut Mesneville, une des filles de la reine, et une des plus belles personnes, que le duc d'Anville [2] avait voulu épouser; elle fut chassée, et se retira dans un couvent.

---

[1] De Lionne, Le Tellier, Colbert.
[2] Ci-devant comte de Brionne.

FIN DE LA SECONDE PARTIE.

HISTOIRE

DE MADAME

HENRIETTE D'ANGLETERRE,

PREMIÈRE FEMME

DE PHILIPPE DE FRANCE,

DUC D'ORLÉANS.

TROISIÈME PARTIE.

Le comte de Guiches n'avait point suivi le roi au voyage de Nantes. Avant qu'on partit pour y aller, Madame avait appris de certains discours qu'il avait tenus à Paris, et qui semblaient vouloir persuader au public que l'on ne se trompait pas de le croire amoureux d'elle. Cela lui avait déplu, d'autant plus que madame de Valentinois, qu'il avait priée de parler à Madame en sa faveur, bien loin de le faire, lui avait toujours dit que son frère ne pensait pas à lever les yeux jusqu'à elle, et qu'elle la priait de ne point ajouter foi à tout ce que des gens qui voudraient

s'entremettre pourraient lui dire de sa part :
ainsi Madame ne trouva qu'une vanité offensante pour elle dans les discours du comte de
Guiches. Quoiqu'elle fût fort jeune, et que son
peu d'expérience augmentât les défauts qui sui-
vent la jeunesse, elle résolut de prier le roi
d'ordonner au comte de Guiches de ne le point
suivre à Nantes ; mais la reine-mère avait déjà
prévenu cette prière, ainsi la sienne ne parut
pas.

Madame de Valentinois partit, pendant le
voyage de Nantes, pour aller à Monaco. Monsieur était toujours amoureux d'elle, c'est-à-
dire, autant qu'il pouvait l'être. Elle était adorée dès son enfance par Pequilin [1], cadet de la
maison de Lausun : la parenté qui était entre
eux lui avait donné une familiarité entière dans
l'hôtel de Grammont, de sorte que, s'étant trou-
vés tous deux très-propres à avoir de violentes
passions, rien n'était comparable à celle qu'ils
avaient eue l'un pour l'autre. Elle avait été mariée depuis un an, contre son gré, au prince
de Monaco ; mais, comme son mari n'était pas
assez aimable pour lui faire rompre avec son
amant, elle l'aimait toujours passionnément ;
ainsi elle le quittait avec une douleur sensible ;

---

[1] Depuis duc de Lausun.

et lui, pour la voir encore, la suivait déguisé, tantôt en marchand, tantôt en postillon, enfin de toutes les manières qui le pouvaient rendre méconnaissable à ceux qui étaient à elle. En partant, elle voulut engager Monsieur à ne point croire tout ce qu'on lui dirait de son frère, au sujet de Madame, et elle voulut qu'il lui promît qu'il ne le chasserait point de la cour. Monsieur, qui avait déjà de la jalousie du comte de Gui-ches, et qui ressentait l'aigreur qu'on a pour ceux qu'on a fort aimés, et dont l'on croit avoir sujet de se plaindre, ne parut pas disposé à accorder ce qu'elle lui demanda; elle s'en fâ-cha, et ils se séparèrent mal.

La comtesse de Soissons, que le roi avait ai-mée, et qui aimait alors le marquis de Vardes, ne laissait pas d'avoir beaucoup de chagrin : le grand attachement que le roi prenait pour La Vallière en était cause, et d'autant plus que cette jeune personne, se gouvernant entière-ment par les sentimens du roi, ne rendait compte ni à Madame ni à la comtesse de Soissons des choses qui se passaient entre le roi et elle; ainsi la comtesse de Soissons, qui avait toujours vu le roi chercher les plaisirs chez elle, voyait bien que cette galanterie l'en allait éloigner. Cela ne la rendit pas favorable à La Vallière : elle s'en aperçut, et la jalousie

qu'on a d'ordinaire de celles qui ont été aimées
de ceux qui nous aiment se joignant au ressentiment des mauvais offices qu'elle lui rendait,
lui donna une haine fort vive pour la comtesse
de Soissons.

Quoique le roi désirât que La Vallière n'eût
pas de confidente, il était impossible qu'une
jeune personne d'une capacité médiocre pût
contenir en elle-même une aussi grande affaire
que celle d'être aimée du roi.

Madame avait une fille appelée Montalais :
c'était une personne qui avait naturellement
beaucoup d'esprit, un esprit d'intrigue et d'in-
sinuation; et il s'en fallait beaucoup que le bon
sens et la raison réglassent sa conduite. Elle
n'avait jamais vu de cour, que celle de Madame
douairière [1] à Blois, dont elle avait été fille
d'honneur. Ce peu d'expérience du monde, et
beaucoup de galanterie, la rendaient toute propre à devenir confidente. Elle l'avait déjà été
de La Vallière, pendant qu'elle était à Blois,
où un nommé Bragelone en avait été amoureux : il y avait eu quelques lettres; madame
de Saint-Remi s'en était aperçue; enfin, ce
n'était pas une chose qui eût été loin; cependant, le roi en prit de grandes jalousies.

---

[1] Madame de Lorraine.

La Vallière trouvant donc, dans la même chambre où elle était, une fille à qui elle s'é-tait déjà fiée, s'y fia encore entièrement ; et, comme Montalais avait beaucoup plus d'esprit qu'elle, elle y trouva un grand plaisir et un grand soulagement. Montalais ne se contenta pas de cette confidence de La Vallière, elle vou-lut encore avoir celle de Madame. Il lui parut que cette princesse n'avait pas d'aversion pour le comte de Guiches ; et, lorsque le comte de Guiches revint à Fontainebleau, après le voyage de Nantes, elle lui parla, et le tourna de tant de côtés, qu'elle lui fit avouer qu'il était amou-reux de Madame. Elle lui promit de le servir, et ne le fit que trop bien.

La reine accoucha de monseigneur le dau-phin, le jour de la Toussaint 1661. Madame avait passé tout le jour auprès d'elle, et, comme elle était grosse et fatiguée, elle se re-tira dans sa chambre, où personne ne la suivit, parce que tout le monde était encore chez la reine. Montalais se mit à genoux devant Ma-dame, et commença à lui parler de la passion du comte de Guiches. Ces sortes de discours naturellement ne déplaisent pas assez aux jeu-nes personnes, pour leur donner la force de les repousser ; et de plus, Madame avait une timidité à parler, qui fit que, moitié embarras, moitié condescendance, elle laissa prendre des espérances à Montalais. Dès le lendemain, elle apporta à Madame une lettre du comte de Guiches : Madame ne voulut point la lire; Montalais l'ouvrit et la lut. Quelques jours après, Madame se trouva mal; elle revint à Paris en litière, et, comme elle y montait, Montalais lui jeta un volume de lettres du comte de Guiches; Madame les lut pendant le chemin, et avoua après à Montalais qu'elle les avait lues. Enfin, la jeunesse de Madame, l'agrément du comte de Guiches, mais surtout les soins de Montalais, engagèrent cette princesse dans une galanterie qui ne lui a donné que des chagrins considérables. Monsieur avait toujours de la jalousie du comte de Guiches, qui néanmoins ne laissait pas d'aller aux Tuileries, où Madame logeait encore. Elle était considérablement malade. Il lui écrivait trois ou quatre fois par jour. Madame ne lisait pas ses lettres la plupart du temps, et les laissait toutes à Montalais, sans lui demander même ce qu'elle en faisait. Montalais n'osait les garder dans sa chambre; elle les remettait entre les mains d'un amant qu'elle avait alors, nommé Malicorne. Le roi était venu à Paris peu de temps après Madame; il voyait toujours La Vallière chez elle; il y venait le soir, et l'allait entretenir dans un cabinet. Toutes les portes, à la vérité, étaient ouvertes; mais on était plus éloigné d'y entrer que si elles avaient été fermées avec de l'airain.

Il se lassa néanmoins de cette contrainte; et, quoique la reine sa mère, pour qui il avait encore de la crainte, le tourmentât incessamment sur La Vallière, elle feignit d'être malade, et il l'alla voir dans sa chambre.

La jeune reine ne savait point de qui le roi était amoureux : elle devinait pourtant bien qu'il l'était; et, ne sachant où placer sa jalousie, elle la mettait sur Madame.

Le roi se douta de la confiance que La Vallière prenait en Montalais. L'esprit d'intrigue de cette fille lui déplaisait : il défendit à La Vallière de lui parler. Elle lui obéissait en public; mais Montalais passait les nuits entières avec elle, et bien souvent le jour s'y trouvait encore.

Madame, qui était malade, et qui ne dormait point, l'envoyait quelquefois querir, sous prétexte de lui venir lire quelque livre. Lorsqu'elle quittait Madame, c'était pour aller écrire au comte de Guiches, à quoi elle ne manquait pas trois fois par jour; et de plus à Malicorne, à qui elle rendait compte de l'affaire de Madame et de celle de La Vallière. Elle avait encore la confi-

dence de mademoiselle de Tonnay-Charente [1],
qui aimait le marquis de Marmoutiers, et qui
souhaitait fort de l'épouser. Une seule de ces
confidences eût pu occuper une personne entière, et Montalais seule suffisait à toutes.

Le comte de Guiches et elle se mirent dans
l'esprit qu'il fallait qu'il vît Madame en particulier. Madame, qui avait de la timidité pour
parler sérieusement, n'en avait point pour ces
sortes de choses. Elle n'en voyait point les con-
séquences; elle y trouvait de la plaisanterie de
roman. Montalais lui trouvait des facilités qui
ne pouvaient être imaginées par une autre. Le
comte de Guiches, qui était jeune et hardi, ne
trouvait rien de plus beau que de tout hasarder;
et Madame et lui, sans avoir de véritable passion l'un pour l'autre, s'exposèrent au plus
grand danger où l'on se soit jamais exposé. Madame était malade, et environnée de toutes ces
femmes qui ont accoutumé d'être auprès d'une
personne de son rang, sans se fier à pas une.
Elle faisait entrer le comte de Guiches, quelquefois en plein jour, déguisé en femme qui dit
la bonne aventure; et il la disait même aux
femmes de Madame, qui le voyaient tous les
jours, et qui ne le reconnaissaient pas; d'autres

---

[1] Depuis madame de Montespan.

fois par d'autres inventions, mais toujours avec
beaucoup de hasards; et ces entrevues si péril-
leuses se passaient à se moquer de Monsieur,
et à d'autres plaisanteries semblables, enfin à
des choses fort éloignées de la violente passion
qui semblait les faire entreprendre. Dans ce
temps-là, on dit un jour, dans un lieu où était
le comte de Guiches avec Vardes, que Madame
était plus mal qu'on ne pensait, et que les médecins croyaient qu'elle ne guérirait pas de sa
maladie. Le comte de Guiches en parut fort
troublé; Vardes l'emmena, et lui aida à cacher
son trouble. Le comte de Guiches lui avoua l'é-
tat où il était avec Madame, et l'engagea dans
sa confidence. Madame désapprouva fort ce qu'a-
vait fait le comte de Guiches : elle voulut l'obliger à rompre avec Vardes; il lui dit qu'il se
battrait avec lui pour la satisfaire, mais qu'il
ne pouvait rompre avec son ami.

Montalais, qui voulait donner un air d'importance à cette galanterie, et qui croyait qu'en
mettant bien des gens dans cette confidence elle
composerait une intrigue qui gouvernerait l'é-
tat, voulut engager La Vallière dans les intérêts
de Madame : elle lui conta tout ce qui se passait
au sujet du comte de Guiches, et lui fit promettre qu'elle n'en dirait rien au roi. En effet,
La Vallière, qui avait mille fois promis au roi

de ne lui jamais rien cacher, garda à Montalais
la fidélité qu'elle lui avait promise.

Madame ne savait point que La Vallière sût
ses affaires; mais elle savait celles de La Vallière par Montalais. Le public entrevoyait quelque chose de la galanterie de Madame et du
comte de Guiches. Le roi en faisait de petites
questions à Madame; mais il était bien éloigné
d'en savoir le fond. Je ne sais si ce fut sur ce
sujet, ou sur quelque autre, qu'il tint de certains discours à La Vallière, qui lui firent juger que le roi savait qu'elle lui faisait finesse de
quelque chose; elle se troubla, et lui fit connaître qu'elle lui cachait des choses considérables. Le roi se mit dans une colère épouvantable; elle ne lui avoua point ce que c'était; le roi
se retira au désespoir contre elle. Ils étaient con-
venus plusieurs fois que, quelques brouilleries
qu'ils eussent ensemble, ils ne s'endormiraient
jamais sans se raccommoder et sans s'écrire. La
nuit se passa sans qu'elle eût de nouvelles du
roi; et, se croyant perdue, la tête lui tourna;
elle sortit le matin des Tuileries, et s'en alla,
comme une insensée, dans un petit couvent obscur qui était à Chaillot.

Le matin, on alla avertir le roi qu'on ne savait pas où était La Vallière. Le roi, qui l'aimait
passionnément, fut extrêmement troublé; il

vint aux Tuileries pour savoir de Madame où elle était ; Madame n'en savait rien, et ne savait pas même le sujet qui l'avait fait partir.

Montalais était hors d'elle-même de ce qu'elle lui avait seulement dit qu'elle était désespérée, parce qu'elle était perdue à cause d'elle.

Le roi fit si bien qu'il sut où était La Vallière ; il y alla à toute bride, lui quatrième. Il la trouva dans le parloir du dehors de ce couvent ; on ne l'avait pas voulu recevoir au-dedans : elle était couchée à terre, éplorée et hors d'elle-même.

Le roi demeura seul avec elle, et, dans une longue conversation, elle lui avoua tout ce qu'elle lui avait caché. Cet aveu n'obtint pas son pardon : le roi lui dit seulement tout ce qu'il fallait dire pour l'obliger à revenir, et envoya chercher un carrosse pour la ramener.

Cependant, il vint à Paris pour obliger Monsieur à la recevoir : il avait déclaré tout haut qu'il était bien aise qu'elle fût hors de chez lui, et qu'il ne la reprendrait point. Le roi entra par un petit degré aux Tuileries, et alla dans un petit cabinet, où il fit venir Madame, ne voulant pas se laisser voir, parce qu'il avait pleuré. Là, il pria Madame de reprendre La Vallière, et lui dit tout ce qu'il venait d'apprendre d'elle et de ses affaires. Madame en fut

étonnée, comme on se le peut imaginer ; mais
elle ne put rien nier : elle promit au roi de
rompre avec le comte de Guiches, et consentit
à recevoir La Vallière.

Le roi eut assez de peine à l'obtenir de Madame ; mais il la pria tant, les larmes aux yeux,
qu'enfin il en vint à bout. La Vallière revint
dans sa chambre ; mais elle fut long-temps à
revenir dans l'esprit du roi : il ne pouvait se
consoler qu'elle eût été capable de lui cacher
quelque chose, et elle ne pouvait supporter d'ê-
tre moins bien avec lui, en sorte qu'elle eut
pendant quelque temps l'esprit comme égaré.

Enfin le roi lui pardonna, et Montalais fit si
bien, qu'elle entra dans la confidence du roi.
Il la questionna plusieurs fois sur l'affaire de
Bragelone, dont il savait qu'elle avait connaissance ; et, comme Montalais savait mieux mentir que La Vallière, il avait l'esprit en repos
lorsqu'elle lui avait parlé. Il avait néanmoins
l'esprit extrêmement blessé sur la crainte qu'il
n'eût pas été le premier que La Vallière eût
aimé ; il craignait même qu'elle n'aimât encore
Bragelone.

Enfin, il avait toutes les inquiétudes et les
délicatesses d'un homme bien amoureux ; et il
est certain qu'il l'était fort, quoique la règle
qu'il a naturellement dans l'esprit, et la crainte

qu'il avait encore de la reine sa mère, l'empè-
chassent de faire de certaines choses emportées
que d'autres seraient capables de faire. Il est
vrai aussi que le peu d'esprit de La Vallière empêchait cette maîtresse du roi de se servir des
avantages et du crédit dont une si grande passion aurait fait profiter une autre : elle ne songeait qu'à être aimée du roi, et à l'aimer; elle
avait beaucoup de jalousie de la comtesse de
Soissons, chez qui le roi allait tous les jours,
quoiqu'elle fit tous ses efforts pour l'en empêcher.

La comtesse de Soissons ne doutait pas de la
haine que La Vallière avait pour elle; et, en-
nuyée de voir le roi entre ses mains, le marquis
de Vardes et elle résolurent de faire savoir à la
reine que le roi en était amoureux. Ils crurent
que la reine, sachant cet amour, et appuyée
par la reine-mère, obligerait Monsieur et Madame à chasser La Vallière des Tuileries; et
que le roi, ne sachant où la mettre, la met-
trait chez la comtesse de Soissons qui, par-là,
s'en trouverait la maîtresse : et ils espéraient
encore que le chagrin que témoignerait la reine
obligerait le roi à rompre avec La Vallière; et
que, lorsqu'il l'aurait quittée, il s'attacherait à
quelque autre dont ils seraient peut-être les
maîtres. Enfin ces chimères, ou d'autres pareil-

les, leur firent prendre la plus folle résolution
et la plus hasardeuse qui ait jamais été prise. Ils
écrivirent une lettre à la reine, où ils l'instrui-
saient de tout ce qui se passait. La comtesse de
Soissons ramassa, dans la chambre de la reine,
un dessus de lettre du roi son père. Vardes confia ce secret au comte de Guiches, afin que,
comme il savait l'espagnol, il mît la lettre en
cette langue : le comte de Guiches, par complaisance pour son ami, et par haine pour La
Vallière, entra fortement dans ce beau dessein.

Ils mirent la lettre en espagnol : ils la firent
écrire par un homme qui s'en allait en Flandre,
et qui ne devait point revenir ; ce même homme
l'alla porter au Louvre à un huissier, pour la
donner à la signora Molinière, première femme
de chambre de la reine, comme une lettre d'Espagne. La Molinière trouva quelque chose d'extraordinaire à la manière dont cette lettre lui
était venue ; elle trouva de la différence dans
la façon dont elle était pliée ; enfin, par in-
stinct plutôt que par raison, elle ouvrit cette
lettre, et, après l'avoir lue, elle l'alla porter
au roi.

Quoique le comte de Guiches eût promis à
Vardes de ne rien dire à Madame de cette lettre, il ne laissa pas de lui en parler ; et Madame, malgré sa promesse, ne laissa pas de le

dire à Montalais ; mais ce ne fut de long-temps.
Le roi fut dans une colère qui ne se peut représenter ; il parla à tous ceux qu'il crut pouvoir lui donner quelque connaissance de cette
affaire, et même il s'adressa à Vardes, comme
à un homme d'esprit, et à qui il se fiait. Vardes fut assez embarrassé de la commission que
le roi lui donnait ; cependant, il trouva le moyen
de faire tomber le soupçon sur madame de Navailles [1], et le roi le crut si bien, que cela eut
grande part aux disgrâces qui lui arrivèrent
depuis.

Cependant, Madame voulait tenir la parole
qu'elle avait donnée au roi, de rompre avec le
comte de Guiches ; et Montalais s'était aussi engagée auprès du roi de ne se plus mêler de ce
commerce. Néanmoins, avant que de commencer cette rupture, elle avait donné au comte de
Guiches les moyens de voir Madame, pour trouver ensemble, disait-elle, ceux de ne se plus
voir. Ce n'est guère en présence que les gens
qui s'aiment trouvent ces sortes d'expédiens ;
aussi cette conversation ne fit pas un grand effet, quoiqu'elle suspendît pour quelque temps
le commerce de lettres. Montalais promit encore
au roi de ne plus servir le comte de Guiches,

---

[1] Dame d'honneur de la jeune reine.

pourvu qu'il ne le chassât point de la cour, et Madame demanda au roi la même chose.

Vardes, qui était pour lors absolument dans la confidence de Madame, qui la voyait fort aimable et pleine d'esprit, soit par un sentiment d'amour, soit par un sentiment d'ambition et d'intrigue, voulut être seul maître de son esprit, et résolut de faire éloigner le comte de Guiches : il savait ce que Madame avait promis au roi ; mais il voyait que toutes les promesses seraient mal observées.

Il alla trouver le maréchal de Grammont ; il lui dit une partie des choses qui se passaient ; il lui fit voir le péril où s'exposait son fils, et lui conseilla de l'éloigner, et de demander au roi qu'il allât commander les troupes qui étaient alors à Nancy.

Le maréchal de Grammont, qui aimait son fils passionnément, suivit les sentimens de Vardes, et demanda ce commandement au roi : et, comme c'était une chose avantageuse pour son fils, le roi ne douta point que le comte de Guiches ne la souhaitât, et la lui accorda.

Madame ne savait rien de ce qui se passait : Vardes ne lui avait rien dit de ce qu'il avait fait, non plus qu'au comte de Guiches, et on ne l'a su que depuis. Madame était allée loger au Palais-Royal, où elle avait fait ses couches :

tout le monde la voyait; et des femmes de la ville, peu instruites de l'intérêt qu'elle prenait au comte de Guiches, dirent dans la ville, comme une chose indifférente, qu'il avait demandé le commandement des troupes de Lorraine, et qu'il partait dans peu de jours.

Madame fut extrêmement surprise de cette nouvelle. Le soir, le roi la vint voir : elle lui en parla, et il lui dit qu'il était véritable que le maréchal de Grammont lui avait demandé ce commandement comme une chose que son fils souhaitait fort, et que le comte de Guiches l'en avait remercié.

Madame se trouva fort offensée que le comte de Guiches eût pris, sans sa participation, le dessein de s'éloigner d'elle; elle le dit à Montalais, et lui ordonna de le voir. Elle le vit, et le comte de Guiches, désespéré de s'en aller et de voir Madame mal satisfaite de lui, lui écrivit une lettre par laquelle il lui offrit de soutenir au roi qu'il n'avait point demandé l'emploi de Lorraine, et en même temps de le refuser.

Madame ne fut pas d'abord satisfaite de cette lettre. Le comte de Guiches, qui était fort emporté, dit qu'il ne partirait point, et qu'il allait remettre le commandement au roi. Vardes eut peur qu'il ne fût assez fou pour le faire; il ne voulait pas le perdre, quoiqu'il voulût l'éloi-

gner; il le laissa en garde à la comtesse de Soissons, qui entra dès ce jour dans cette confidence, et vint trouver Madame pour qu'elle
écrivît au comte de Guiches qu'elle voulait qu'il
partît. Elle fut touchée de tous les sentimens
du comte de Guiches, où il y avait, en effet,
de la hauteur et de l'amour; elle fit ce que
Vardes voulait, et le comte de Guiches résolut
de partir, à condition qu'il verrait Madame.

Montalais, qui se croyait quitte de sa parole
envers le roi, puisqu'il chassait le comte de
Guiches, se chargea de cette entrevue; et,
Monsieur devant venir au Louvre, elle fit entrer le comte de Guiches, sur le midi, par un
escalier dérobé, et l'enferma dans un oratoire.
Lorsque Madame eut dîné, elle fit semblant de
vouloir dormir, et passa dans une galerie où
le comte de Guiches lui dit adieu. Comme ils
y étaient ensemble, Monsieur revint; tout ce
qu'on put faire fut de cacher le comte de Guiches dans une cheminée, où il demeura long-
temps sans pouvoir sortir. Enfin, Montalais
l'en tira, et crut avoir sauvé tous les périls de
cette entrevue; mais elle se trompait infiniment.

Une de ses compagnes, nommée Artigni [1],
dont la vie n'avait pas été bien exemplaire, la

---

[1] Depuis la comtesse du Roule.

haïssait fort. Cette fille avait été mise dans la chambre par madame de La Basinière, autrefois Chimerault, à qui le temps n'avait pas ôté l'esprit d'intrigue, et elle avait grand pouvoir sur l'esprit de Monsieur. Cette fille, qui épiait Montalais, et qui était jalouse de la faveur dont elle jouissait auprès de Madame, soupçonna qu'elle menait quelque intrigue. Elle le découvrit à madame de La Basinière, qui la fortifia dans le dessein et dans le moyen de la découvrir. Elle lui joignit, pour espion, une appelée Merlot; et l'une et l'autre firent si bien, qu'elles virent entrer le comte de Guiches dans l'appartement de Madame.

Madame de La Basinière en avertit la reine-mère par Artigni; et la reine-mère, par une conduite qui ne se peut pardonner à une personne de sa vertu et de sa bonté, voulut que madame de La Basinière en avertît Monsieur. Ainsi, l'on dit à ce prince ce que l'on aurait caché à tout autre mari.

Il résolut, avec la reine sa mère, de chasser Montalais sans en avertir Madame, ni même le roi, de peur qu'il ne s'y opposât, parce qu'elle était alors fort bien avec lui, sans considérer que ce bruit allait faire découvrir ce que peu de gens savaient; ils résolurent seulement de chasser encore une autre fille de Madame, dont la conduite personnelle n'était pas trop bonne.

Ainsi, un matin, la maréchale du Plessis, par ordre de Monsieur, vint dire à ces deux filles que Monsieur leur ordonnait de se retirer ; et, à l'heure même, on les fit mettre dans un carrosse. Montalais dit à la maréchale du Plessis qu'elle la conjurait de lui faire rendre ses cassettes, parce que, si Monsieur les voyait, Madame était perdue. La maréchale en alla demander la permission à Monsieur, sans néanmoins lui en dire la cause : Monsieur, par une bonté incroyable en un homme jaloux, laissa emporter les cassettes, et la maréchale du Plessis ne songea point à s'en rendre maîtresse pour les rendre à Madame. Ainsi, elles furent remises entre les mains de Montalais, qui se retira chez sa sœur. Quand Madame s'éveilla, Monsieur entra dans sa chambre, et lui dit qu'il avait fait chasser ses deux filles : elle en demeura fort étonnée, et il se retira sans lui en dire davantage. Un moment après, le roi lui envoya dire qu'il n'avait rien su de ce qu'on avait fait, et qu'il la viendrait voir le plus tôt qu'il lui serait possible.

Monsieur alla faire ses plaintes et conter ses douleurs à la reine d'Angleterre, qui logeait alors au Palais-Royal. Elle vint trouver Ma-

dame, et la gronda un peu, et lui dit tout ce
que Monsieur savait de certitude, afin qu'elle
lui avouât la même chose, et qu'elle ne lui en
dit pas davantage.

Monsieur et Madame eurent un grand éclaircissement ensemble : Madame lui avoua qu'elle
avait vu le comte de Guiches, mais que c'é-
tait la première fois, et qu'il ne lui avait écrit
que trois ou quatre fois.

Monsieur trouva un si grand air d'autorité
à se faire avouer par Madame les choses qu'il
savait déjà, qu'il lui en adoucit toute l'amertume; il l'embrassa et ne conserva que de lé-
gers chagrins. Ils auraient sans doute été plus
violens à tout autre qu'à lui; mais il ne pensa
point à se venger du comte de Guiches; et,
quoique l'éclat que cette affaire fit dans le
monde semblât par honneur l'y devoir obliger,
il n'en témoigna aucun ressentiment; il tourna
tous ses soins à empêcher que Madame n'eût
de commerce avec Montalais; et, comme elle
en avait un très-grand avec La Vallière, il
obtint du roi que La Vallière n'en aurait plus.
En effet, elle en eut très-peu, et Montalais se
mit dans un couvent.

Madame promit, comme on le peut juger,
de rompre toutes sortes de liaisons avec le
comte de Guiches, et le promit même au roi;

mais elle ne lui tint pas parole. Vardes demeura le confident, au hasard même d'être
brouillé avec le roi; mais, comme il avait fait
confidence au comte de Guiches de l'affaire
d'Espagne, cela faisait une telle liaison entre
eux, qu'ils ne pouvaient rompre sans folie. Il
sut alors que Montalais était instruite de la
lettre d'Espagne, et cela lui donnait des égards
pour elle, dont le public ne pouvait deviner
la cause, outre qu'il était bien aise de se faire
un mérite auprès de Madame de gouverner une
personne qui avait tant de part à ses affaires.

Montalais ne laissait pas d'avoir quelque
commerce avec La Vallière; et, de concert
avec Vardes, elle lui écrivit deux grandes
lettres, par lesquelles elle lui donnait des avis
pour sa conduite, et lui disait tout ce qu'elle
devait dire au roi. Le roi en fut dans une colère étrange, et envoya prendre Montalais par
un exempt, avec ordre de la conduire à Fontevrault, et de ne la laisser parler à personne.
Elle fut si heureuse, qu'elle sauva encore ses
cassettes, et les laissa entre les mains de Malicorne, qui était toujours son amant.

La cour fut à Saint-Germain. Vardes avait
un grand commerce avec Madame; car celui
qu'il avait avec la comtesse de Soissons, qui
n'avait aucune beauté, ne le pouvait détacher

des charmes de Madame. Sitôt qu'on fut à
Saint-Germain, la comtesse de Soissons, qui
n'aspirait qu'à ôter à La Vallière la place
qu'elle occupait, songea à engager le roi avec
La Mothe-Houdancourt, fille de la reine. Elle
avait déjà eu cette pensée avant que l'on partit de Paris; et peut-être même que l'espérance
que le roi viendrait à elle, s'il quittait La
Vallière, était une des raisons qui l'avait engagée à écrire la lettre d'Espagne. Elle persuada
au roi que cette fille avait pour lui une passion extraordinaire; et le roi, quoiqu'il aimât
avec passion La Vallière, ne laissa pas d'entrer en commerce avec La Mothe; mais il engagea la comtesse de Soissons à n'en rien dire
à Vardes; et, en cette occasion, la comtesse
de Soissons préféra le roi à son amant, et lui
tut ce commerce.

Le chevalier de Grammont [1] était amoureux
de La Mothe. Il démêla quelque chose de ce
qui s'était passé, et épia le roi avec tant de
soin, qu'il découvrit que le roi allait dans la
chambre des filles.

Madame de Navailles, qui était alors dame
d'honneur, découvrit aussi ce commerce. Elle
fit murer des portes et griller des fenêtres : la

---

[1] Depuis comte de Grammont.

chose fut sue; le roi chassa le chevalier de Grammont, qui fut plusieurs années sans avoir permission de revenir en France.

Vardes aperçut, par l'éclat de cette affaire, la finesse qui lui avait été faite par la comtesse de Soissons, et en fut dans un désespoir si violent, que tous ses amis, qui l'avaient cru jusqu'alors incapable de passion, ne doutèrent pas qu'il n'en eût une très-vive pour elle. Ils pensèrent rompre ensemble, mais le comte de Soissons [1], qui ne soupçonnait rien au delà de l'amitié entre Vardes et sa femme, prit le soin de les raccommoder. La Vallière eut des jalousies et des désespoirs inconcevables; mais le roi, qui était animé par la résistance de La Mothe, ne laissait pas de la voir toujours. La reine-mère le détrompa de l'opinion qu'il avait de la passion prétendue de cette fille; elle sut par quelqu'un cette intelligence, et que c'était le marquis d'Alluge et Fouilloux, amis intimes de la comtesse de Soissons, qui faisaient les lettres que La Mothe écrivait au roi; et elle sut, à point nommé, qu'elle lui en devait écrire une, qui avait été concertée entre eux, pour lui demander l'éloignement de La Vallière.

---

[1] De la maison de Savoie.

Elle en dit les propres termes au roi, pour lui faire voir qu'il était dupé par la comtesse de Soissons; et le soir même, comme elle donna la lettre au roi, y trouvant ce qu'on avait dit, il brûla la lettre, rompit avec La Mothe, demanda pardon à La Vallière, et lui avoua tout; en sorte que, depuis ce temps-là, La Vallière n'en eut aucune inquiétude, et La Mothe s'est piquée depuis d'avoir une passion pour le roi, qui l'a rendue une vestale pour tous les autres hommes.

L'aventure de La Mothe fut ce qui se passa de plus considérable à Saint-Germain. Vardes paraissait déjà amoureux de Madame, aux yeux de ceux qui les avaient bons; mais Monsieur n'en avait aucune jalousie, et au contraire était fort aise que Madame eût de la confiance en lui.

La reine-mère n'en était pas de même; elle haïssait Vardes, et ne voulait pas qu'il se rendît maître de l'esprit de Madame.

On revint à Paris. La Vallière était toujours au Palais-Royal; mais elle ne suivait point Madame, et même elle ne la voyait que rarement. Artigni, quoique ennemie de Montalais, prit sa place auprès de La Vallière; elle avait toute sa confiance, et était tous les jours entre le roi et elle.

Montalais supportait impatiemment la pro-
spérité de son ennemie, et ne respirait que les
occasions de s'en venger, et de venger en
même temps Madame de l'insolence qu'Artigni
avait eue de découvrir ce qui la regardait.

Lorsque Artigni vint à la cour, elle y arriva grosse; et sa grossesse était déjà si avancée, que le roi, qui n'en avait point ouï parler,
s'en aperçut, et le dit en même temps : sa
mère la vint querir, sous prétexte qu'elle était
malade. Cette aventure n'aurait pas fait beaucoup de bruit; mais Montalais fit si bien, qu'elle
trouva le moyen d'avoir des lettres qu'Artigni
avait écrites pendant sa grossesse au père de
l'enfant, et remit ces lettres entre les mains
de Madame; de sorte que Madame, ayant un
si juste sujet de chasser une personne dont
elle avait tant de raisons de se plaindre, déclara qu'elle voulait chasser Artigni, et en
dit toutes les raisons. Artigni eut recours à
La Vallière. Le roi, à sa prière, voulut empêcher Madame de la chasser : cette affaire
fit beaucoup de bruit, et causa même de la
brouillerie entre le roi et elle. Les lettres furent remises entre les mains de madame de
Montausier [1] et de Saint-Chaumont, pour vé-

---

[1] Dame d'honneur de la reine.

rifier l'écriture; mais enfin Vardes, qui voulait faire des choses agréables au roi, afin qu'il ne trouvât pas à redire au commerce qu'il avait avec Madame, se fit fort d'engager Madame à garder Artigni; et, comme Madame était fort jeune, qu'il était fort habile, et qu'il avait un grand crédit sur son esprit, il l'y obligea effectivement.

Artigni avoua au roi la vérité de son aventure. Le roi fut touché de sa confiance : il profita depuis des bonnes dispositions qu'elle lui avait avouées ; et, quoique ce fût une personne d'un très-médiocre mérite, il l'a toujours bien traitée depuis, et a fait sa fortune, comme nous le dirons ci-après.

Madame et le roi se raccommodèrent. On dansa pendant l'hiver un joli ballet. La reine ignorait toujours que le roi fût amoureux de La Vallière, et croyait que c'était de Madame.

Monsieur était extrêmement jaloux du prince de Marsillac, aîné du duc de La Rochefoucault, et il l'était d'autant plus, qu'il avait pour lui une inclination naturelle, qui lui faisait croire que tout le monde devait l'aimer.

Marsillac, en effet, était amoureux de Madame; il ne le lui faisait paraître que par ses yeux, ou par quelques paroles jetées en l'air, qu'elle seule pouvait entendre. Elle ne répon-

dait point à sa passion ; elle était fort occupée
de l'amitié que Vardes avait pour elle, qui tenait plus de l'amour que de l'amitié ; mais,
comme il était embarrassé de ce qu'il devait au
comte de Guiches, et qu'il était partagé par l'engagement qu'il avait avec la comtesse de Soissons, il était fort incertain de ce qu'il devait
faire, et ne savait s'il devait s'engager entièrement avec Madame, ou demeurer seulement son
ami.

Monsieur fut si jaloux de Marsillac, qu'il
l'obligea de s'en aller chez lui. Dans le temps
qu'il partit, il arriva une aventure qui fit beaucoup d'éclat, et dont la vérité fut cachée pendant quelque temps.

Au commencement du printemps, le roi alla
passer quelques jours à Versailles. La rougeole
lui prit, dont il fut si mal, qu'il pensa aux ordres qu'il devait donner à l'état, et il résolut de
mettre monseigneur le dauphin entre les mains
du prince de Conti, que la dévotion avait rendu
un des plus honnêtes hommes de France. Cette
maladie ne fut dangereuse que pendant vingt-
quatre heures ; mais, quoiqu'elle le fût pour
ceux qui la pouvaient prendre, tout le monde
ne laissa pas d'y aller.

Monsieur le duc y fut, et prit la rougeole ;
Madame y alla aussi, quoiqu'elle la craignît beau-

coup. Ce fut là que Vardes, pour la première fois, lui parla assez clairement de la passion qu'il avait pour elle. Madame ne le rebuta pas entièrement : il est difficile de maltraiter un confident aimable, quand l'amant est absent.

Madame de Châtillon [1], qui approchait alors Madame de plus près qu'aucune autre, s'était aperçue de l'inclination que Vardes avait pour elle; et, quoiqu'ils eussent été brouillés ensemble, après avoir été fort bien, elle se raccommoda avec lui, moitié pour entrer dans la confidence de Madame, moitié pour le plaisir de voir souvent un homme qui lui plaisait fort.

Le comte du Plessis, premier gentilhomme de la chambre de Monsieur, par une complaisance extraordinaire pour Madame, avait toujours été porteur des lettres qu'elle écrivait à Vardes, et de celles que Vardes lui écrivait; et, quoiqu'il dût bien juger que ce commerce regardait le comte de Guiches, et ensuite Vardes même, il ne laissa pas de continuer.

Cependant, Montalais était toujours comme prisonnière à Fontevrault. Malicorne et un appelé Corbinelli, qui était un garçon d'esprit et de mérite, et qui s'était trouvé dans la confidence de Montalais, avaient entre les mains

_____

[1] Depuis madame de Mekelbourg.

toutes les lettres dont elle avait été dépositaire,
et ces lettres étaient d'une conséquence extrême
pour le comte de Guiches et pour Madame,
parce que, pendant qu'il était à Paris, comme
le roi ne l'aimait pas naturellement, et qu'il
avait cru avoir des sujets de s'en plaindre, il
ne s'était point ménagé en écrivant à Madame,
et s'était abandonné à beaucoup de plaisanteries
et de choses offensantes contre le roi. Malicorne
et Corbinelli voyant Montalais si fort oubliée,
et craignant que le temps ne diminuât l'importance des lettres qu'ils avaient entre les mains,
résolurent de voir s'ils ne pourraient pas en
tirer quelque avantage pour Montalais, dans un
temps où l'on ne pouvait l'accuser d'y avoir
part.

Ils firent donc parler de ces lettres à Madame
par la mère de La Fayette, supérieure de Chaillot; et l'on fit aussi entendre au maréchal de
Grammont qu'il devait aussi songer aux intérêts
de Montalais, puisqu'elle avait entre ses mains
des secrets si considérables.

Vardes connaissait fort Corbinelli; Montalais
lui avait dit l'amitié qu'elle avait pour lui : et,
comme le dessein de Vardes était de se rendre
maître des lettres, il ménageait fort Corbinelli,
et tàchait de l'engager à ne les faire rendre que
par lui.

Il sut, par Madame, que d'autres personnes lui proposaient de les lui faire rendre ; il vint trouver Corbinelli comme un désespéré, et Corbinelli, sans lui avouer que c'était par lui que les propositions s'étaient faites, promit à Vardes que les lettres ne passeraient que par ses mains.

Lorsque Marsillac avait été chassé, Vardes, dont les intentions étaient déjà de brouiller entièrement le comte de Guiches avec Madame, avait écrit au comte qu'elle avait une galanterie avec Marsillac. Le comte de Guiches, trouvant que ce que lui mandait son meilleur ami, et l'homme de la cour qui voyait Madame de plus près, s'accordait avec les bruits qui couraient, ne douta point qu'ils ne fussent véritables, et écrivit à Vardes, comme persuadé de l'infidélité de Madame.

Quelque temps auparavant, Vardes, pour se faire un mérite auprès de Madame, lui dit, qu'il fallait aussi retirer les lettres que le comte de Guiches avait d'elle. Il écrivit au comte de Guiches, que, puisqu'on trouvait moyen de retirer celles qu'il avait écrites à Madame, il fallait qu'il lui rendît celles qu'il avait d'elle. Le comte de Guiches y consentit sans peine, et manda à sa mère de remettre entre les mains de Vardes une cassette qu'il lui avait laissée.

Tout ce commerce pour faire rendre les lettres fit trouver à Vardes et à Madame une nécessité de se voir ; et la mère de La Fayette,
croyant qu'il ne s'agissait que de rendre des
lettres, consentit que Vardes vînt secrètement
à un parloir de Chaillot parler à Madame. Ils
eurent une fort longue conversation, et Vardes
dit à Madame que le comte de Guiches était
persuadé qu'elle avait une galanterie avec Marsillac ; il lui montra même les lettres que le
comte de Guiches lui écrivait, où il ne paraissait pas néanmoins que ce fût lui qui eût donné
l'avis, et là-dessus il disait tout ce que peut dire
un homme qui veut prendre la place de son
ami ; et, comme l'esprit et la jeunesse de Vardes
le rendaient très-aimable, et que Madame avait
une inclination pour lui plus naturelle que pour
le comte de Guiches, il était difficile qu'il ne
fît pas quelque progrès dans son esprit.

Ils résolurent, dans cette entrevue, qu'on
retirerait ses lettres qui étaient entre les mains
de Montalais. Ceux qui les avaient les rendirent
en effet ; mais ils gardèrent toutes celles qui
étaient d'importance. Vardes les rendit à Madame, chez la comtesse de Soissons, avec celles
qu'elle avait écrites au comte de Guiches, et
elles furent brûlées à l'heure même.

Quelques jours après, Madame et Vardes

convinrent ensemble de se voir encore à Chaillot : Madame y alla ; mais Vardes n'y fut pas, et s'excusa sur de très-méchantes raisons. Il se trouva que le roi avait su la première entrevue ; et, soit que Vardes même le lui eût dit, et qu'il crût que le roi n'en approuverait pas une seconde, soit qu'il craignit la comtesse de Soissons, enfin, il n'y alla pas. Madame en fut extrèmement indignée. Elle lui écrivit une lettre où il y avait beaucoup de hauteur et de chagrin, et ils furent brouillés quelque temps.

La reine-mère fut malade pendant la plus grande partie de l'été ; cela fut cause que la cour ne quitta Paris qu'au mois de juillet. Le roi en partit pour prendre Marsal ; tout le monde le suivit. Marsillac, qui n'avait eu qu'un avis de s'éloigner, et qui n'en avait point d'ordre, revint et suivit le roi.

Comme Madame vit que le roi irait en Lorraine, et qu'il verrait le comte de Guiches, elle craignit qu'il n'avouât au roi le commerce qu'ils avaient ensemble, et elle lui manda que, s'il lui en disait quelque chose, elle ne le verrait jamais. Cette lettre n'arriva qu'après que le roi eut parlé au comte de Guiches, et qu'il lui eut avoué tout ce que Madame lui avait caché.

Le roi le traita si bien pendant ce voyage, que tout le monde en fut surpris. Vardes, qui

savait ce que Madame avait écrit au comte de
Guiches, fit semblant d'ignorer qu'il n'avait pas
reçu la lettre ; il manda à Madame que la nouvelle faveur du comte de Guiches l'avait tellement ébloui, qu'il avait tout avoué au roi.

Madame fut fort en colère contre le comte
de Guiches, et, ayant un si juste sujet de rompre
avec lui, et peut-être ayant d'ailleurs envie de
le faire, elle lui écrivit une lettre pleine d'aigreur, et rompit avec lui en lui défendant de
jamais nommer son nom.

Le comte de Guiches, après la prise de Marsal, n'ayant plus rien à faire en Lorraine, avait
demandé au roi la permission de s'en aller en
Pologne. Il avait écrit à Madame tout ce qui la
pouvait adoucir sur sa faute ; mais Madame ne
voulut pas recevoir ses excuses, et lui écrivit
cette lettre de rupture dont je viens de parler.
Le comte de Guiches la reçut lorsqu'il était prêt
à s'embarquer, et il en eut un si grand désespoir, qu'il eût souhaité que la tempête qui s'é-
levait dans le moment lui donnât lieu de finir
sa vie. Son voyage fut néanmoins très-heureux :
il fit des actions extraordinaires ; il s'exposa à
de grands périls dans la guerre contre les Mos-
covites, et y reçut même un coup dans l'estomac, qui l'eût tué sans doute, sans un portrait
de Madame, qu'il portait dans une fort grosse

boîte, qui reçut le coup et qui en fut toute
brisée.

Vardes était assez satisfait de voir le comte
de Guiches si éloigné de Madame en toute façon.
Marsillac était le seul rival qui lui restàt à combattre, et, quoique Marsillac lui eût toujours
nié qu'il fût amoureux de Madame, quelque
offre de l'y servir qu'il lui eût pu faire, il sut
si bien le tourner et de tant de côtés, qu'il le
lui fit avouer : ainsi il se trouva le confident
de son rival.

Comme il était ami intime de M. de La Rochefoucault, à qui la passion de son fils pour
Madame déplaisait infiniment, il engageait Monsieur à ne point faire de mal à Marsillac ; néanmoins, au retour de Marsal, comme on était
à une assemblée, il reprit un soir à Monsieur
une jalousie sur Marsillac ; il appela Vardes
pour lui en parler ; et Vardes, pour lui faire sa
cour, et pour faire chasser Marsillac, lui dit
qu'il s'était aperçu de la manière dont Marsillac
avait regardé Madame, et qu'il en allait avertir
M. de La Rochefoucault.

Il est aisé de juger que l'approbation d'un
homme comme Vardes, qui était ami de Marsillac, n'augmenta pas peu la mauvaise humeur
de Monsieur, et il voulut encore que Marsillac
se retiràt. Vardes vint trouver M. de La Roche-

foucault, et lui conta assez malignement ce qu'il avait dit à Monsieur, qui le conta aussi à M. de La Rochefoucault. Vardes et lui furent prêts à se brouiller entièrement, et d'autant plus que La Rochefoucault sut alors que son fils avait avoué sa passion pour Madame.

Marsillac partit de la cour, et, passant par Moret, où était Vardes, il ne voulut point d'éclaircissement avec lui ; mais, depuis ce temps-là, ils n'eurent plus que des apparences l'un pour l'autre.

Cette affaire fit beaucoup de bruit, et l'on n'eut pas de peine à juger que Vardes était amoureux de Madame. La comtesse de Soissons commença même à en avoir de la jalousie ; mais Vardes la ménagea si bien, que rien n'éclata.

Nous avons laissé Vardes content d'avoir fait chasser Marsillac, et de savoir le comte de Guiches en Pologne. Il lui restait deux personnes qui l'incommodaient encore, et qu'il ne voulait pas qui fussent des amis de Madame. Le roi en était un ; l'autre était Gondrin, archevêque de Sens.

Il se défit bientôt du dernier, en lui disant que le roi le croyait amoureux de Madame, et qu'il avait fait la plaisanterie de dire qu'il faudrait bientôt envoyer un archevêque à Sens ;

cela lui fit gagner son diocèse, d'où il revenait rarement.

Il se servit aussi de cette même plaisanterie pour dire à Madame que le roi la haïssait, et qu'elle devait s'assurer de l'amitié du roi son frère, afin qu'il pût la défendre contre la mauvaise volonté de l'autre. Madame lui dit qu'elle en était assurée. Il l'engagea à lui faire voir les lettres que son frère lui écrivait : elle le fit, et il s'en fit valoir auprès du roi, en lui dépeignant Madame comme une personne dangereuse; mais que le crédit qu'il avait sur elle l'empêcherait de rien faire mal à propos.

Il ne laissa pourtant pas, dans le temps qu'il faisait de telles trahisons à Madame, de paraître s'abandonner à la passion qu'il disait avoir pour elle, et de lui dire tout ce qu'il savait du roi. Il la pria même de lui permettre de rompre avec la comtesse de Soissons, ce qu'elle ne voulut pas souffrir; car, quoiqu'elle eût assurément trop d'indulgence pour sa passion, elle ne laissait pas d'entrevoir que son procédé n'était pas sincère, et cette pensée empêcha Madame de s'engager; elle se brouilla même avec lui très-peu de temps après.

Dans ce même temps, madame de Mekelbourg et madame de Montespan étaient les deux personnes qui paraissaient le mieux avec Madame.

La dernière était jalouse de l'autre, et, cherchant pour la détruire tous les moyens possibles, elle rencontra celui que je vais dire. Madame d'Armagnac était alors en Savoie, où elle avait conduit madame de Savoie. Monsieur pria Madame de la mettre, à son retour, de toutes les parties de plaisir qu'elle ferait. Madame y consentit, quoiqu'il lui parût que Madame d'Armagnac cherchait plutôt à s'en retirer. Madame de Mekelbourg dit à Madame qu'elle en savait la raison : elle lui conta que, dans le temps du mariage de madame d'Armagnac, elle avait une affaire réglée avec Vardes, et que, désirant de retirer de lui ses lettres, il lui avait dit qu'il ne les lui rendrait que quand il serait assuré qu'elle n'aimerait personne.

Avant que d'aller en Savoie, elle avait fait une tentative pour les ravoir, à laquelle il avait résisté, disant qu'elle aimait Monsieur, ce qui lui faisait appréhender de se trouver chez Madame, de peur de l'y rencontrer.

Madame résolut, sachant cela, de redemander à Vardes ses lettres pour les lui rendre, afin qu'elle n'eût plus rien à ménager. Madame le dit à la Montespan, qui l'en loua, mais qui s'en servit pour lui jouer la pièce la plus noire qu'on puisse s'imaginer.

En ce même temps, M. Le Grand aimait Ma-

dame; et, quoiqu'il le lui fît connaître très-gros-
sièrement, il crut que, puisqu'elle n'y répondait
pas, elle ne le comprenait point; cela lui fit
prendre la résolution de lui écrire : mais ne se
trouvant pas assez d'esprit, il pria M. de Luxembourg et l'archevêque de Sens de faire la lettre,
qu'il voulait mettre dans la poche de Madame,
au Val-de-Grâce, afin qu'elle ne la pût refuser.
Ils ne jugèrent pas à propos de le faire, et
avertirent Madame de son extravagance. Madame les pria de faire en sorte qu'il ne pensât
plus à elle, et en effet ils y réussirent.

Mais madame d'Armagnac, revenant de Savoie, se trouva fort jalouse. Madame de Montespan lui dit qu'elle avait raison de l'être;
et, pour la prévenir, alla au-devant d'elle lui
conter que madame voulait avoir ses lettres
pour lui faire du mal, et qu'à moins qu'elle ne
perdît madame de Mekelbourg, on la perdrait
elle-même. Madame d'Armagnac, qui employait
volontiers le peu d'esprit qu'elle avait à faire
du mal, conclut, avec madame de Montespan,
qu'il fallait perdre madame de Mekelbourg.
Elles y travaillèrent auprès de la reine-mère,
par M. de Beauvais, et auprès de Monsieur,
en lui représentant que madame de Mekelbourg
avait trop méchante réputation pour la laisser
auprès de Madame.

Elle, de son côté, voulut faire tant de finesses qu'elle acheva de se détruire, et Monsieur lui défendit de voir Madame. Madame, au désespoir de l'affront qu'une de ses amies recevait, défendit à mesdames de Montespan et d'Armagnac de se présenter devant elle. Elle voulut même obliger Vardes à menacer cette dernière, en lui disant que, si elle ne faisait revenir madame de Mekelbourg, il remettrait entre ses mains les lettres en question; mais, au lieu de le faire, il se fit valoir de la proposition, ce qui fortifia Madame dans la pensée qu'elle avait que c'était un grand fourbe.

Monsieur l'avait aussi découvert par des redites qu'il avait faites entre le roi et lui; ainsi, il n'osa plus venir chez Madame que rarement; et, voyant que Madame, dans ses lettres, ne lui rendait pas compte des conversations fréquentes qu'elle avait avec le roi, il commença à croire que le roi devenait amoureux d'elle, ce qui le mit au désespoir.

Dans le même temps, on sut, par des lettres de Pologne, que le comte de Guiches, après avoir fait des actions extraordinaires de valeur, était réduit, avec l'armée de Pologne, dans un état d'où il n'était pas possible de se sauver. L'on conta cette nouvelle au souper du roi: Madame en fut si saisie, qu'elle fut heureuse

que l'attention que tout le monde avait pour la
relation empêchât de remarquer le trouble où
elle était.

Madame sortit de table; elle rencontra Vardes, et lui dit : Je vois bien que j'aime le
comte de Guiches plus que je ne pense. Cette
déclaration , jointe aux soupçons qu'il avait du
roi, lui fit prendre la résolution de changer de
manière d'agir avec Madame.

Je crois qu'il eût rompu incontinent avec
elle, si des considérations trop fortes ne l'eussent retenu. Il lui fit des plaintes sur les deux
sujets qu'il en avait. Madame lui répondit, en
plaisantant, que, pour le roi, elle lui permettait
le personnage de chabanier; et que, pour le
comte de Guiches, elle lui apprendrait combien
il avait fait de choses pour le brouiller avec
elle, s'il ne souffrait qu'elle lui fît part de ce
qu'elle sentait pour lui. Il manda ensuite à Madame, qu'il commençait à sentir que la comtesse de Soissons ne lui était pas indifférente.
Madame lui répondit que son nez l'incommode-
rait trop dans son lit, pour qu'il lui fût possible
d'y demeurer ensemble. Depuis ce temps-là,
l'intelligence de Madame et de Vardes était fondée plutôt sur la considération que sur aucune
des raisons qui l'avaient fait naître.

L'on alla cet été à Fontainebleau. Monsieur

ne pouvant souffrir que ses deux amies, mesdames d'Armagnac et de Montespan, fussent
exclues de toutes les parties de plaisir, par la
défense que Madame leur avait faite de paraître
en sa présence, consentit que madame de Mekelbourg reverrait Madame; et elles le firent
toutes trois, avant que la cour partît de Paris;
mais les deux premières ne rentrèrent jamais
dans les bonnes grâces de Madame, surtout madame de Montespan.

L'on ne songea qu'à se divertir à Fontainebleau; et, parmi toutes les fêtes, la dissension
des dames faisant toujours quelques affaires :
celle qui fit le plus de bruit, vint d'un médianoche, où le roi pria Madame d'assister. Cette
fête devait se donner sur le canal, dans un bateau fort éclairé, et accompagné d'autres, où
étaient les violons et la musique.

Jusqu'à ce jour, la grossesse de Madame l'a-
vait empêchée d'être des promenades; mais, se
trouvant dans le neuvième mois, elle fut de
toutes. Elle pria le roi d'en exclure mesdames
d'Armagnac et de Montespan; mais Monsieur,
qui croyait l'autorité d'un mari choquée par
l'exclusion qu'on donnait à ses amies, déclara
qu'il ne se trouverait pas aux fêtes où ces dames
ne seraient pas.

La reine-mère, qui continuait à haïr Madame le fortifia dans cette résolution, et s'emporta fort contre le roi, qui prenait le parti de Madame. Elle eut le dessus néanmoins, et les dames ne furent point du médianoche, dont elles pensèrent enrager.

La comtesse de Soissons, qui, depuis longtemps, avait été jalouse de Madame jusqu'à la folie, ne laissait pas de vivre bien avec elle. Un jour qu'elle était malade, elle pria Madame de l'aller voir; et, voulant être éclaircie de ses sentimens pour Vardes, après lui avoir fait beaucoup de protestations d'amitié, elle reprocha à Madame le commerce que depuis trois ans elle avait avec Vardes, à son insu; que, si c'était galanterie, c'était lui faire un tour bien sensible, et que, si ce n'était qu'amitié, elle ne comprenait pas pourquoi Madame voulait la lui cacher, sachant combien elle était attachée à ses intérêts.

Comme Madame aimait extrêmement à tirer ses amies d'embarras, elle dit à la comtesse qu'il n'y avait jamais eu dans le cœur de Vardes aucun sentiment dont elle pût se plaindre. La comtesse pria Madame, puisque cela était, de dire, devant Vardes, qu'elle ne voulait plus de commerce avec lui que par elle. Madame y consentit. On envoya quérir Vardes dans le moment : il fut un peu surpris; mais, quand il vit qu'au lieu de chercher à le brouiller, Madame prenait toutes les fautes sur elle, il vint la remercier, et l'assura qu'il lui serait toute sa vie redevable des marques de sa générosité.

Mais la comtesse de Soissons, craignant toujours qu'on ne lui eût fait quelque finesse, tourna tant Vardes, qu'il se coupa sur deux ou trois choses. Elle en parla à Madame pour s'éclaircir, et lui apprit que Vardes lui avait fait une insigne trahison auprès du roi, en lui montrant les lettres du roi d'Angleterre.

Madame ne s'emporta pourtant pas contre Vardes; elle soutint toujours qu'il était innocent envers la comtesse, quoiqu'elle fût très-mal contente de lui : mais elle ne voulait pas paraître menteuse; et il fallait le paraître pour dire la vérité.

La comtesse dit pourtant tout le contraire à Vardes; ce qui acheva de lui tourner la tête; il lui avoua tout, et comment il n'avait tenu qu'à Madame qu'il ne l'eût vue de toute sa vie. Jugez dans quel désespoir fut la comtesse. Elle envoya prier Madame de l'aller voir. Madame la trouva dans une douleur inconcevable des trahisons de son amant. Elle pria Madame de lui dire la vérité, et lui dit qu'elle voyait bien que la raison qui l'en avait empêchée était une bonté pour Vardes, que ses trahisons ne méritaient pas.

Sur cela, elle conta à Madame tout ce qu'elle savait; et, dans cette confrontation qu'elles firent entre elles, elles découvrirent des tromperies qui passent l'imagination. La comtesse jura qu'elle ne verrait Vardes de sa vie; mais que ne peut une violente inclination! Vardes joua si bien la comédie, qu'il l'apaisa.

FIN DE LA TROISIÈME PARTIE.

HISTOIRE

DE MADAME

HENRIETTE D'ANGLETERRE,

PREMIÈRE FEMME

DE PHILIPPE DE FRANCE,

DUC D'ORLÉANS.

QUATRIÈME PARTIE.

Dans ce temps, le comte de Guiches revint de Pologne : Monsieur souffrit qu'il revint à la cour ; mais il exigea de son père qu'il ne se trouverait pas dans les lieux où se trouverait Madame. Il ne laissait pas de la rencontrer souvent, et de l'aimer en la revoyant, quoique l'absence eût été longue, que Madame eût rompu avec lui, et qu'il fût incertain de ce qu'il devait croire de l'affaire de Vardes.

Il ne savait plus de moyen de s'éclaircir avec Madame : Dodoux, qui était le seul homme en

qui il se fiait, n'était pas à Fontainebleau; et
ce qui acheva de le mettre au désespoir, fut que,
comme Madame savait que le roi était instruit
des lettres qu'elle lui avait écrites à Nancy, et
du portrait qu'il avait d'elle, elle les lui fit redemander par le roi même, à qui il les rendit avec toute la douleur possible et toute l'o-
béissance qu'il a toujours eue pour les ordres de
Madame.

Cependant Vardes, qui se sentait coupable
envers son ami, lui embrouilla tellement les
choses, qu'il lui pensa faire tourner la tête.
Tous ses raisonnemens lui faisaient connaître
qu'il était trompé; mais il ignorait si Madame
avait part à la tromperie, ou si Vardes seul
était coupable. Son humeur violente ne le pouvant laisser dans cette inquiétude, il résolut de
prendre madame de Mekelbourg pour juge; et
Vardes la lui nomma comme un témoin de sa
fidélité; mais il ne le voulut qu'à condition que
Madame y consentirait.

Il lui en écrivit par Vardes, pour l'en prier.
Madame était accouchée de mademoiselle de Valois, et ne voyait encore personne; mais Vardes
lui demanda une audience avec tant d'instance,
qu'elle la lui accorda. Il se jeta d'abord à genoux devant elle; il se mit à pleurer et à lui
demander grâce, lui offrant de cacher, si elle

voulait être de concert avec lui, tout le commerce qui avait été entre eux.

Madame lui déclara qu'au lieu d'accepter cette
proposition, elle voulait que le comte de Guiches en sût la vérité; que, comme elle avait été
trompée, et qu'elle avait donné dans des pan-
neaux dont personne n'aurait pu se défendre,
elle ne voulait pas d'autre justification que la
vérité, au travers de laquelle on verrait que
ses bontés, entre les mains de tout autre que
lui, n'auraient pas été tournées comme elles
l'avaient été.

Il voulut ensuite lui donner la lettre du comte
de Guiches; mais elle la refusa, et elle fit très-
bien, car Vardes l'avait déjà montrée au roi, et
lui avait dit que Madame le trompait.

Il pria encore Madame de nommer quelqu'un
pour les accommoder : elle consentit, pour empêcher qu'ils ne se battissent, que la paix se fît
chez madame de Mekelbourg; mais Madame ne
voulait pas qu'il parût que cette entrevue se fît
de son consentement. Vardes, qui avait espéré
tout autre chose, fut dans un désespoir nom-
pareil; il se cognait la tête contre les murailles;
il pleurait et faisait toutes les extravagances possibles; mais Madame tint ferme, et ne se relà-
cha point, dont bien lui prit.

Quand Vardes fut sorti, le roi arriva. Madame

lui conta comment la chose s'était passée, dont
le roi fut si content, qu'il entra en éclaircissement avec elle, et lui promit de l'aider à démêler les fourberies de Vardes, qui se trouvèrent si excessives qu'il serait impossible de
les définir.

Madame se tira de ce labyrinthe en disant
toujours la vérité ; et sa sincérité la maintint
auprès du roi.

Le comte de Guiches, cependant, était très-
affligé de ce que Madame n'avait pas voulu recevoir sa lettre ; il crut qu'elle ne l'aimait plus,
et il prit la résolution de voir Vardes chez madame de Mekelbourg, pour se battre contre lui.
Elle ne les voulut point recevoir, de sorte qu'ils
demeurèrent dans un état dont on attendait tous
les jours quelque éclat horrible.

Le roi retourna en ce temps à Vincennes. Le
comte de Guiches, qui ne savait dans quels
sentimens Madame était pour lui, ne pouvant
plus demeurer dans cette incertitude, résolut
de prier la comtesse de Grammont, qui était
Anglaise, de parler à Madame ; et il l'en pressa
tant, qu'elle y consentit ; son mari même se
chargea d'une lettre qu'elle ne voulut pas recevoir. Madame lui dit que le comte de Guiches
avait été amoureux de mademoiselle de Grancey, sans lui avoir fait dire que c'était un pré-

texte; qu'elle se trouvait heureuse de n'avoir point d'affaire avec lui, et que, s'il eût agi autrement, son inclination et la reconnaissance l'auraient fait consentir, malgré les dangers auxquels elle s'exposait, à conserver pour lui les sentimens qu'il aurait pu désirer.

Cette froideur renouvela tellement la passion du comte de Guiches, qu'il était tous les jours chez la comtesse de Grammont, pour la prier de parler à Madame en sa faveur : enfin, le hasard lui donna occasion de lui parler à elle-même plus qu'il ne l'espérait.

Madame de La Vieville donna un bal chez elle. Madame fit partie pour y aller en masque avec Monsieur; et, pour n'être pas reconnue, elle fit habiller magnifiquement ses filles et quelques dames de sa suite; et elle, avec Monsieur, alla avec des capes, dans un carrosse emprunté.

Ils trouvèrent à la porte une troupe de masques. Monsieur leur proposa, sans les connaître, de s'associer à eux, et en prit un par la main; Madame en fit autant. Jugez quelle fut sa surprise, quand elle trouva la main estropiée du comte de Guiches, qui reconnut aussi les sachets dont les coiffes de Madame étaient parfumées : peu s'en fallut qu'ils ne jetassent un cri tous les deux, tant cette aventure les surprit.

Ils étaient l'un et l'autre dans un si grand trouble, qu'ils montèrent l'escalier sans se rien dire. Enfin le comte de Guiches, ayant reconnu Monsieur, et ayant vu qu'il s'était allé asseoir loin de Madame, s'était mis à ses genoux, et eut le temps non-seulement de se justifier, mais d'apprendre de Madame tout ce qui s'était passé pendant son absence. Il eut beaucoup de douleur qu'elle eût écouté Vardes; mais il se trouva si heureux de ce que Madame lui pardonnait sa ravauderie avec mademoiselle de Grancey, qu'il ne se plaignit pas.

Monsieur rappela Madame; et le comte de Guiches, de peur d'être reconnu, sortit le premier ; mais le hasard, qui l'avait amené en ce lieu, le fit amuser au bas du degré. Monsieur était un peu inquiet de la conversation que Madame avait eue : elle s'en aperçut, et la crainte d'être questionnée fit que le pied lui manqua, et, du haut de l'escalier, elle alla bronchant jusqu'en bas, où était le comte de Guiches, qui, en la retenant, l'empêcha de se tuer, car elle était grosse.

Toutes choses semblaient, comme vous voyez, aider à son raccommodement ; aussi s'achevat-il. Madame reçut ensuite de ses lettres ; et, un soir que Monsieur était allé en masque, elle le vit chez la comtesse de Grammont, où elle attendait Monsieur pour faire médianoche.

Dans ce même temps, Madame trouva occasion de se venger de Vardes. Le chevalier de Lorraine était amoureux d'une des filles de Madame, qui s'appelait Fiennes : un jour qu'il se trouva chez la reine, devant beaucoup de gens, on lui demanda à qui il en voulait; quelqu'un répondit que c'était à Fiennes ; Vardes dit qu'il aurait bien mieux fait de s'adresser à sa maîtresse ; cela fut rapporté à Madame par le comte de Grammont ; elle se le fit raconter par le marquis de Villeroi, ne voulant pas nommer l'autre ; et, l'ayant engagé dans la chose, aussi-bien que le chevalier de Lorraine, elle en fit ses plaintes au roi, et le pria de chasser Vardes. Le roi trouva la punition un peu rude ; mais il le promit. Vardes demanda à n'être mis qu'à la Bastille, où tout le monde l'alla voir.

Ses amis publièrent que le roi avait consenti avec peine à cette punition, et que Madame n'avait pu le faire casser. Voyant qu'en effet cela se trouvait avantageusement pour lui, Madame repria le roi de l'envoyer à son gouvernement; ce qu'il lui accorda.

La comtesse de Soissons, enragée de ce que Madame lui ôtait également Vardes, par sa haine et par son amitié; et son dépit ayant augmenté par la hauteur avec laquelle toute la

jeunesse de la cour avait soutenu que Vardes
était punissable, elle résolut de s'en venger sur
le comte de Guiches.

Elle dit au roi que Madame avait fait ce sacrifice au comte de Guiches, et qu'il aurait
regret d'avoir servi sa haine, s'il savait tout ce
que le comte de Guiches avait fait contre lui.

Montalais, qu'une fausse générosité faisait
souvent agir, écrivit à Vardes que, s'il voulait
s'abandonner à sa conduite, elle aurait trois
lettres qui pouvaient le tirer d'affaire ; il n'accepta pas le parti ; mais la comtesse de Soissons se servit de la connaissance de ces lettres
pour obliger le roi à perdre le comte de Guiches.
Elle accusa le comte d'avoir voulu livrer Dunkerque aux Anglais, et d'avoir offert à Madame
le régiment des gardes : elle eut l'imprudence
de mêler à tout cela la lettre d'Espagne. Heureusement, le roi parla à Madame de tout ceci.
Il lui parut d'une telle rage contre le comte
de Guiches, et si obligé à la comtesse de Soissons, que Madame se vit dans la nécessité de
perdre tous les deux, pour ne pas voir la
comtesse de Soissons sur le trône, après avoir
accablé le comte de Guiches. Madame fit pourtant promettre au roi qu'il pardonnerait au comte
de Guiches, si elle lui pouvait prouver que ses
fautes étaient petites en comparaison de celles

de Vardes et de la comtesse de Soissons : le roi
le lui promit, et Madame lui conta tout ce
qu'elle savait. Ils conclurent ensemble qu'il
chasserait la comtesse de Soissons, et qu'il met-
trait Vardes en prison. Madame avertit le comte
de Guiches en diligence par le maréchal de
Grammont, et lui conseilla d'avouer sincère-
ment toutes choses, ayant trouvé que, dans
toutes les matières embrouillées, la vérité seule
tire les gens d'affaire. Quelque délicat que cela
fût, le comte de Guiches en remercia Madame ;
et, sur cette affaire, ils n'eurent de commerce
que par le maréchal de Grammont. La régularité fut si grande de part et d'autre, qu'ils ne
se coupèrent jamais, et le roi ne s'aperçut point
de ce concert. Il envoya prier Montalais de lui
dire la vérité : vous saurez ce détail d'elle ; je
vous dirai seulement que le maréchal, qui
n'avait tenu que par miracle une aussi bonne
conduite que celle qu'il avait eue, ne put long-
temps se démentir ; et son effroi lui fit envoyer
en Hollande son fils, qui n'aurait pas été chassé
s'il eût tenu bon.

Il en fut si affligé qu'il en tomba malade :
son père ne laissa pas de le presser de partir.
Madame ne voulait pas qu'il lui dît adieu, parce
qu'elle savait qu'on l'observait, et qu'elle n'était
plus dans cet âge où ce qui était périlleux lui

paraissait plus agréable : mais, comme le comte de Guiches ne pouvait partir sans voir Madame, il se fit faire un habit des livrées de La Vallière; et, comme on portait Madame en chaise dans le Louvre, il eut la liberté de lui parler. Enfin, le jour du départ arriva : le comte avait toujours la fièvre ; il ne laissa pas de se trouver dans la rue avec son déguisement ordinaire ; mais les forces lui manquèrent quand il lui fallut prendre le dernier congé ; il tomba évanoui, et Madame resta dans la douleur de le voir dans cet état, au hasard d'être reconnu, ou de demeurer sans secours. Depuis ce temps-là Madame ne l'a point revu.

Madame était revenue d'Angleterre avec toute la gloire et le plaisir que peut donner un voyage causé par l'amitié, et suivi d'un bon succès dans les affaires. Le roi son frère, qu'elle aimait chèrement, lui avait témoigné une tendresse et une considération extraordinaires; on savait, quoique très-confusément, que la négociation dont elle se mêlait était sur le point de se conclure; elle se voyait à vingt-six ans le lien des deux plus grands rois de ce siècle ; elle avait entre les mains un traité d'où dépendait le sort d'une partie de l'Europe ; le plaisir et la considération que donnent les affaires se joignant en elle aux agrémens que donnent la jeunesse et la beauté , il y avait une grâce et une douceur répandues dans toute sa personne qui lui attiraient une sorte d'hommage , qui lui devait être d'autant plus agréable , qu'on le rendait plus à la personne qu'au rang.

Cet état de bonheur était troublé par l'éloignement où Monsieur était pour elle depuis l'affaire du chevalier de Lorraine ; mais, selon toutes les apparences , les bonnes grâces du roi lui eussent fourni les moyens de sortir de cet embarras : enfin , elle était dans la plus agréable situation où elle se fût jamais trouvée, lorsqu'une mort , moins attendue qu'un coup de tonnerre , termina une si belle vie , et priva la France de la plus aimable princesse qui vivra jamais.

Le 24 juin de l'année 1670 , huit jours après son retour d'Angleterre , Monsieur et elle allèrent à Saint-Cloud. Le premier jour qu'elle y alla, elle se plaignit d'un mal de côté et d'une douleur dans l'estomac , à laquelle elle était sujette ; néanmoins , comme il faisait extrêmement chaud, elle voulut se baigner dans la rivière. M. Gueslin, son premier médecin, fit tout ce qu'il put pour l'en empêcher ; mais, quoi qu'il lui pût dire, elle se baigna le vendredi, et le samedi elle s'en trouva si mal, qu'elle ne se baigna point. J'arrivai à Saint-Cloud le

samedi, à dix heures du soir : je la trouvai
dans les jardins ; elle me dit que je lui trou-
verais mauvais visage, et qu'elle ne se portait
pas bien : elle avait soupé comme à son ordinaire, et elle se promena au clair de la lune jusqu'à minuit. Le lendemain, dimanche 29 juin,
elle se leva de bonne heure, et descendit chez
Monsieur, qui se baignait : elle fut long-temps
auprès de lui ; et, en sortant de sa chambre,
elle entra dans la mienne, et me fit l'honneur
de me dire qu'elle avait bien passé la nuit.

Un moment après je montai chez elle. Elle
me dit qu'elle était chagrine, et la mauvaise
humeur dont elle parlait aurait fait les belles
heures des autres femmes, tant elle avait de
douceur naturelle, et tant elle était peu capable d'aigreur et de colère.

Comme elle me parlait, on lui vint dire que
la messe était prête. Elle l'alla entendre ; et,
en revenant dans sa chambre, elle s'appuya
sur moi, et me dit, avec cet air de bonté qui
lui était si particulier, qu'elle ne serait pas de
si méchante humeur si elle pouvait causer
avec moi ; mais qu'elle était si lasse de toutes
les personnes qui l'environnaient, qu'elle ne
les pouvait plus supporter.

Elle alla ensuite voir peindre Mademoiselle,
dont un excellent peintre anglais faisait le por-

trait ; et elle se mit à parler à madame d'É-
pernon et à moi de son voyage d'Angleterre
et du roi son frère.

Cette conversation , qui lui plaisait , lui
redonna de la joie. On servit le dîner : elle
mangea comme à son ordinaire ; et après le
dîner elle se coucha sur des carreaux , ce
qu'elle faisait assez souvent lorsqu'elle était
en liberté : elle m'avait fait mettre auprès
d'elle , en sorte que sa tête était quasi sur moi.

Le même peintre anglais peignait Monsieur ;
on parlait de toutes sortes de choses , et cependant elle s'endormit. Pendant son sommeil,
elle changea si considérablement, qu'après l'a-
voir long-temps regardée j'en fus surprise ; et
je pensai qu'il fallait que son esprit contribuât
fort à parer son visage, puisqu'il le rendait
si agréable lorsqu'elle était éveillée , et qu'elle
l'était si peu quand elle était endormie. J'a-
vais tort, néanmoins, de faire cette réflexion ;
car je l'avais vue dormir plusieurs fois, et je
ne l'avais pas vue moins aimable.

Après qu'elle fut éveillée, elle se leva du
lieu où elle était, mais avec un si mauvais
visage, que Monsieur en fut surpris et me le
fit remarquer.

Elle s'en alla ensuite dans le salon, où elle
se promena quelque temps avec Boisfranc ,

trésorier de Monsieur; et, en lui parlant, elle se plaignit plusieurs fois de son mal de côté.

Monsieur descendit pour aller à Paris, où il avait résolu d'aller. Il trouva madame de Mekelbourg sur le degré, et remonta avec elle. Madame quitta Boisfranc, et vint à madame de Mekelbourg. Comme elle parlait à elle, madame de Gamaches lui apporta, aussi-bien qu'à moi, un verre d'eau de chicorée, qu'elle avait demandé il y avait déjà quelque temps; madame de Gourdon, sa dame d'atours, le lui présenta. Elle le but; et, en remettant d'une main la tasse sur la soucoupe, de l'autre elle se prit le côté, et dit avec un ton qui marquait beaucoup de douleur : Ah! quel point de côté! ah! quel mal! je n'en puis plus!

Elle rougit en prononçant ces paroles, et, dans le moment d'après, elle pâlit d'une pâleur livide qui nous surprit tous : elle continua de crier, et dit qu'on l'emportât comme ne pouvant plus se soutenir.

Nous la prîmes sous les bras; elle marchait à peine, et toute courbée; on la déshabilla dans un instant, je la soutenais pendant qu'on la délaçait; elle se plaignait toujours, et je remarquai qu'elle avait les larmes aux yeux; j'en fus étonnée et attendrie, car je la connaissais pour la personne du monde la plus patiente.

Je lui dis, en lui baisant les bras, que je soutenais, qu'il fallait qu'elle souffrît beaucoup; elle me dit que cela était inconcevable. On la mit au lit; et, sitôt qu'elle y fut, elle cria encore plus qu'elle n'avait fait, et se jeta d'un côté et d'un autre, comme une personne qui souffrait infiniment. On alla en même temps appeler son premier médecin, M. Esprit : il vint, et dit que c'était la colique, et ordonna les remèdes ordinaires à de semblables maux. Cependant les douleurs étaient inconcevables; Madame dit que son mal était plus considérable, qu'on ne pensait, qu'elle allait mourir, qu'on lui allât querir un confesseur.

Monsieur était devant son lit; elle l'embrassa, et lui dit avec une douceur et un air capables d'attendrir les cœurs les plus barbares : Hélas! Monsieur, vous ne m'aimez plus, il y a long-temps; mais cela est injuste, je ne vous ai jamais manqué. Monsieur parut fort touché, et tout ce qui était dans sa chambre l'était tellement, qu'on n'entendait plus que le bruit que font des personnes qui pleurent.

Tout ce que je viens de dire s'était passé en moins d'une demi-heure. Madame criait toujours qu'elle sentait des douleurs terribles

dans le creux de l'estomac. Tout d'un coup elle
dit qu'on regardât à cette eau qu'elle avait
bue, que c'était du poison, qu'on avait peut-
être pris une bouteille pour l'autre, qu'elle
était empoisonnée, qu'elle le sentait bien, et
qu'on lui donnât du contre-poison.

J'étais dans la ruelle, auprès de Monsieur ;
et, quoique je le crusse fort incapable d'un
pareil crime, un étonnement ordinaire à la
malignité humaine me le fit observer avec attention. Il ne fut ni ému ni embarrassé de
l'opinion de Madame ; il dit qu'il fallait donner de cette eau à un chien ; il opina, comme
Madame, qu'on allât querir de l'huile et du
contre-poison, pour ôter à Madame une pensée
si fâcheuse. Madame Desbordes, sa première
femme de chambre, qui était absolument à
elle, lui dit qu'elle avait fait l'eau, et en but ;
mais Madame persévéra toujours à vouloir de
l'huile et du contre-poison : on lui donna l'un
et l'autre. Sainte-Foi, premier valet de chambre de Monsieur, lui apporta de la poudre de
vipère. Elle lui dit qu'elle la prenait de sa
main, parce qu'elle se fiait à lui. On lui fit
prendre plusieurs drogues, dans cette pensée
de poison, et peut-être plus propres à lui faire
du mal qu'à la soulager. Ce qu'on lui donna la
fit vomir ; elle en avait déjà eu envie plusieurs

fois avant que d'avoir rien pris : mais ses vo-
missemens ne furent qu'imparfaits, et ne lui
firent jeter que quelques flegmes, et une partie de la nourriture qu'elle avait prise. L'agitation de ces remèdes, et les excessives douleurs qu'elle souffrait, la mirent dans un
abattement qui nous parut du repos ; mais
elle nous dit qu'il ne fallait pas se tromper,
que ses douleurs étaient toujours égales, qu'elle
n'avait plus la force de crier, et qu'il n'y avait
point de remède à son mal.

Il sembla qu'elle avait une certitude entière
de sa mort, et qu'elle s'y résolût comme à une
chose indifférente. Selon toutes les apparences, la pensée du poison était établie dans son
esprit ; et, voyant que les remèdes avaient
été inutiles, elle ne songeait plus à la vie, et
ne pensait qu'à souffrir ses douleurs avec patience. Elle commença à avoir beaucoup d'appréhension. Monsieur appela madame de Gamaches pour tâter son pouls ; les médecins n'y
pensaient pas : elle sortit de la ruelle épou-
vantée, et nous dit qu'elle n'en trouvait point
à Madame, et qu'elle avait toutes les extrémités froides ; cela nous fit peur : Monsieur en
parut effrayé ; M. Esprit dit que c'était un
accident ordinaire à la colique, et qu'il répondait de Madame. Monsieur se mit en colè-

re, et dit qu'il lui avait répondu de monsieur de Valois, et qu'il était mort; qu'il lui répondait de Madame, et qu'elle mourrait encore.

Cependant le curé de Saint-Cloud, qu'elle avait mandé, était venu. Monsieur me fit l'honneur de me demander si on parlerait à ce confesseur; je la trouvais fort mal; il me semblait que ses douleurs n'étaient point celles d'une colique ordinaire; mais néanmoins j'étais bien éloignée de prévoir ce qui devait arriver, et je n'attribuais les pensées qui me venaient dans l'esprit qu'à l'intérêt que je prenais à sa vie.

Je répondis à Monsieur qu'une confession faite dans la vue de la mort ne pouvait être que très-utile, et Monsieur m'ordonna de lui aller dire que le curé de Saint-Cloud était venu. Je le suppliai de m'en dispenser, et je lui dis que, comme elle l'avait demandé, il n'y avait qu'à le faire entrer dans sa chambre. Monsieur s'approcha de son lit, et d'elle-même elle me redemanda un confesseur, mais sans paraître effrayée, et comme une personne qui songeait aux seules choses qui lui étaient nécessaires dans l'état où elle était.

Une de ses premières femmes de chambre était passée à son chevet pour la soutenir : elle ne voulut point qu'elle s'ôtât, et se con-

fessa devant elle. Après que le confesseur se
fut retiré, Monsieur s'approcha de son lit :
elle lui dit quelques mots assez bas que nous
n'entendîmes point, et cela nous parut encore
quelque chose de doux et d'obligeant.

L'on avait fort parlé de la saignée ; mais
elle souhaitait que ce fût du pied ; M. Esprit
voulait que ce fût du bras ; enfin, il détermina
qu'il le fallait ainsi. Monsieur vint le dire à
Madame, comme une chose à quoi elle aurait
peut-être de la peine à se résoudre ; mais elle
répondit qu'elle voulait tout ce qu'on souhaitait, que tout lui était indifférent, et qu'elle
sentait bien qu'elle n'en pouvait revenir. Nous
écoutions ces paroles comme des effets d'une
douleur violente qu'elle n'avait jamais sentie,
et qui lui faisait croire qu'elle allait mourir.

Il n'y avait pas plus de trois heures qu'elle
se trouvait mal. Gueslin, que l'on avait envoyé querir à Paris, arriva avec M. Valet,
qu'on avait envoyé chercher à Versailles. Sitôt
que Madame vit Gueslin, en qui elle avait
beaucoup de confiance, elle lui dit qu'elle était
bien aise de le voir, qu'elle était empoisonnée,
et qu'il la traitât sur ce fondement. Je ne sais
s'il le crut, et s'il fut persuadé qu'il n'y avait
point de remède, ou s'il s'imagina qu'elle se
trompait, et que son mal n'était pas dange-

reux ; mais enfin il agit comme un homme
qui n'avait plus d'espérance, ou qui ne voyait
point de danger. Il consulta avec M. Valet
et avec M. Esprit; et, après une conférence
assez longue , ils vinrent tous trois trouver Monsieur, et l'assurer sur leur vie qu'il
n'y avait point de danger. Monsieur vint le
dire à Madame. Elle lui dit qu'elle connaissait
mieux son mal que le médecin, et qu'il n'y
avait point de remède; mais elle dit cela avec
la même tranquillité et la même douceur que
si elle eût parlé d'une chose indifférente.

Monsieur le prince la vint voir : elle lui dit
qu'elle se mourait. Tout ce qui était auprès
d'elle reprit la parole pour lui dire qu'elle n'é-
tait pas en cet état; mais elle témoigna quelque sorte d'impatience de mourir pour être
délivrée des douleurs qu'elle souffrait. Il semblait néanmoins que la saignée l'eût soulagée :
on la crut mieux; M. Valet s'en retourna à
Versailles sur les neuf heures et demie, et
nous demeurâmes autour de son lit, à causer, la
croyant sans aucun péril. On était quasi consolé des douleurs qu'elle avait souffertes, es-
pérant que l'état où elle avait été servirait à
son raccommodement avec Monsieur : il en
paraissait touché , et madame d'Épernon et
moi, qui avions entendu ce qu'elle avait dit ,

nous prenions plaisir à lui faire remarquer
le prix de ses paroles.

M. Valet avait ordonné un lavement avec
du séné; elle l'avait pris, et, quoique nous
n'entendissions guère la médecine, nous ju-
gions bien néanmoins qu'elle ne pouvait sortir
de l'état où elle était que par une évacuation.
La nature tendait à sa fin par en haut ; elle
avait des envies continuelles de vomir; mais
on ne lui donnait rien pour lui aider.

Dieu aveuglait les médecins, et ne voulait
pas même qu'ils tentassent des remèdes capables de retarder une mort qu'il voulait rendre terrible. Elle entendit que nous disions
qu'elle était mieux, et que nous attendions
l'effet de ce remède avec impatience. Cela est
si peu véritable, nous dit-elle, que, si je
n'étais pas chrétienne, je me tuerais, tant
mes douleurs sont excessives. Il ne faut point
souhaiter de mal à personne, ajouta-t-elle ;
mais je voudrais bien que quelqu'un pût sentir un moment ce que je souffre, pour connaître de quelle nature sont mes douleurs.

Cependant, ce remède ne faisait rien : l'inquiétude nous en prit; on appela M. Esprit et
M. Gueslin; ils dirent qu'il fallait encore attendre; elle répondit que, si on sentait ses douleurs, on n'attendrait pas si paisiblement. On

fut deux heures entières sur l'attente de ce remède, qui furent les dernières où elle pouvait
recevoir du secours. Elle avait pris quantité de
remèdes : on avait gâté son lit; elle voulut en
changer, et on lui en fit un petit dans sa ruelle;
elle y alla sans qu'on l'y portât, et fit même le
tour par l'autre ruelle, pour ne pas se mettre
dans l'endroit de son lit qui était gâté. Lorsqu'elle fut dans ce petit lit, soit qu'elle expirât
véritablement, soit qu'on la vît mieux, parce
qu'elle avait les bougies au visage, elle nous
parut beaucoup plus mal : les médecins voulurent la voir de près, et lui apportèrent un flambeau; elle les avait toujours fait ôter depuis
qu'elle s'était trouvée mal.

Monsieur lui demanda si on ne l'incommodait
point. Ah! non, Monsieur, lui dit-elle; rien
ne m'incommode plus; je ne serai pas en vie demain matin, vous le verrez. On lui donna un
bouillon, parce qu'elle n'avait rien pris depuis
son dîner. Sitôt qu'elle l'eut avalé, ses douleurs redoublèrent, et devinrent aussi violentes
qu'elles l'avaient été lorsqu'elle avait pris lo
verre de chicorée. La mort se peignit sur son
visage, et on la voyait dans des souffrances
cruelles, sans néanmoins qu'elle parût agitée.

Le roi avait envoyé plusieurs fois savoir de
ses nouvelles, et elle lui avait toujours mandé

qu'elle se mourait. Ceux qui l'avaient vue, lui avaient dit qu'en effet elle était très-mal; et M. de Créqui, qui avait passé à Saint-Cloud en allant à Versailles, dit au roi qu'il la croyait en grand péril; de sorte que le roi voulut la venir voir, et arriva à Saint-Cloud sur les onze heures.

Lorsque le roi arriva, Madame était dans ce redoublement de douleurs que lui avait causé le bouillon. Il sembla que les médecins furent éclairés par sa présence. Il les prit en particulier pour savoir ce qu'ils en pensaient, et ces mêmes médecins qui, deux heures auparavant, en répondaient sur leur vie, et qui trouvaient que les extrémités froides n'étaient qu'un accident de la colique, commencèrent à dire qu'elle était sans espérance, que cette froideur et ce pouls retiré étaient une marque de gangrène, et qu'il fallait lui faire recevoir Notre-Seigneur.

La reine et la comtesse de Soissons étaient venues avec le roi; madame de La Vallière et madame de Montespan étaient venues ensemble; je parlais à elle; Monsieur m'appela, et me dit, en pleurant, ce que les médecins venaient de dire : je fus surprise et touchée comme je le devais, et je répondis à Monsieur que les médecins avaient perdu l'esprit, et qu'ils ne pensaient ni à sa vie ni à son salut, qu'elle

n'avait parlé qu'un quart d'heure au curé de
Saint-Cloud, et qu'il fallait lui envoyer quelqu'un. Monsieur me dit qu'il allait envoyer
chercher M. de Condom : je trouvai qu'on ne
pouvait mieux choisir; mais qu'en attendant,
il fallait avoir M. Feuillet, chanoine, dont le
mérite est connu.

Cependant, le roi était auprès de Madame.
Elle lui dit qu'il perdait la plus véritable ser-
vante qu'il aurait jamais. Il lui dit qu'elle n'é-
tait pas en si grand péril, mais qu'il était
étonné de sa fermeté, et qu'il la trouvait grande. Elle lui répliqua qu'il savait bien qu'elle
n'avait jamais craint la mort, mais qu'elle avait
craint de perdre ses bonnes grâces.

Ensuite, le roi lui parla de Dieu; il revint
après dans l'endroit où étaient les médecins; il
me trouva désespérée de ce qu'ils ne lui donnaient point de remèdes, et surtout l'émétique;
il me fit l'honneur de me dire qu'ils avaient
perdu la tramontane, qu'ils ne savaient ce qu'ils
faisaient, et qu'il allait essayer de leur remettre
l'esprit. Il leur parla, et se rapprocha du lit de
Madame, et lui dit qu'il n'était pas médecin,
mais qu'il venait de proposer trente remèdes
aux médecins : ils répondirent qu'il fallait attendre. Madame prit la parole, et dit qu'il fallait mourir par les formes.

Le roi voyant que, selon les apparences, il n'y avait rien à espérer, lui dit adieu en pleurant. Elle lui dit qu'elle le priait de ne point pleurer, qu'il l'attendrissait, et que la première nouvelle qu'il aurait le lendemain serait celle de sa mort.

Le maréchal de Grammont s'approcha de son lit. Elle lui dit qu'il perdait une bonne amie, qu'elle allait mourir, et qu'elle avait cru d'abord être empoisonnée par méprise.

Lorsque le roi se fut retiré, j'étais auprès de son lit, elle me dit : Madame de La Fayette, mon nez s'est déjà retiré. Je ne lui répondis qu'avec des larmes ; car ce qu'elle me disait était véritable, et je n'y avais pas encore pris garde. On la remit ensuite dans son grand lit. Le hoquet lui prit. Elle dit à M. Esprit que c'était le hoquet de la mort ; elle avait déjà demandé plusieurs fois quand elle mourrait ; elle le demandait encore ; et, quoiqu'on lui répondit comme à une personne qui n'en était pas proche, on voyait bien qu'elle n'avait aucune espérance.

Elle ne tourna jamais son esprit du côté de la vie ; jamais un mot de réflexion sur la cruauté de sa destinée, qui l'enlevait dans le plus beau de son âge ; point de questions aux médecins pour s'informer s'il était possible de la sauver ; point d'ardeur pour les remèdes, qu'autant que la violence de ses douleurs lui en faisait désirer ; une contenance paisible au milieu de la certitude de la mort, de l'opinion du poison, et de ses souffrances, qui étaient cruelles ; enfin, un courage dont on ne peut donner d'exemple, et qu'on ne saurait bien représenter.

Le roi s'en alla, et les médecins déclarèrent qu'il n'y avait aucune espérance. M. Feuillet vint : il parla à Madame avec une austérité entière ; mais il la trouva dans des dispositions qui allaient aussi loin que son austérité. Elle eut quelque scrupule que ses confessions passées n'eussent été nulles, et pria M. Feuillet de lui aider à en faire une générale ; elle la fit avec de grands sentimens de piété, et de grandes résolutions de vivre en chrétienne, si Dieu lui redonnait la santé.

Je m'approchai de son lit après sa confession. M. Feuillet était auprès d'elle, et un capucin, son confesseur ordinaire. Ce bon père voulait lui parler, et se jetait dans des discours qui la fatiguaient : elle me regarda avec des yeux qui faisaient entendre ce qu'elle pensait, et puis les retournant sur ce capucin : Laissez parler M. Feuillet, mon père, lui dit-elle avec une douceur admirable, comme si elle eût craint de le fâcher, vous parlerez à votre tour.

L'ambassadeur d'Angleterre arriva dans ce moment. Sitôt qu'elle le vit, elle lui parla du roi son frère, et de la douleur qu'il aurait de sa mort; elle en avait déjà parlé plusieurs fois dans le commencement de son mal. Elle le pria de lui mander qu'il perdait la personne du monde qui l'aimait le mieux. Ensuite l'ambassadeur lui demanda si elle était empoisonnée : je ne sais si elle lui dit qu'elle l'était; mais je sais bien qu'elle lui dit qu'il n'en fallait rien mander au roi son frère, qu'il fallait lui épargner cette douleur, et qu'il fallait surtout qu'il ne songeât point à en tirer vengeance; que le roi n'en était point coupable, qu'il ne fallait point s'en prendre à lui.

Elle disait toutes ces choses en anglais, et, comme le mot de *poison* est commun à la langue française et à l'anglaise, M. Feuillet l'entendit, et interrompit la conversation, disant qu'il fallait sacrifier sa vie à Dieu, et ne pas penser à autre chose.

Elle reçut Notre-Seigneur; ensuite, Monsieur s'étant retiré, elle demanda si elle ne le verrait plus : on l'alla querir; il vint l'embrasser en pleurant; elle le pria de se retirer, et lui dit qu'il l'attendrissait.

Cependant elle diminuait toujours, et elle

avait de temps en temps des faiblesses qui at-
taquaient le cœur. M. Brager, excellent médecin, arriva. Il n'en désespéra pas d'abord ; il
se mit à consulter avec les autres médecins :
Madame les fit appeler ; ils dirent qu'on les
laissât un peu ensemble ; mais elle les renvoya
encore querir. Ils allèrent auprès de son lit.
On avait parlé d'une saignée au pied : si on
la veut faire, dit-elle, il n'y a pas de temps à
perdre ; ma tête s'embarrasse, et mon estomac
se remplit.

Ils demeurèrent surpris d'une si grande fermeté, et, voyant qu'elle continuait à vouloir
la saignée, ils la firent faire ; mais il ne vint
point de sang, et il en était très-peu venu
de la première qu'on avait faite. Elle pensa
expirer pendant que son pied fut dans l'eau.
Les médecins lui dirent qu'ils allaient faire un
remède ; mais elle répondit qu'elle voulait l'ex-
trême-onction avant que de rien prendre.

M. de Condom arriva comme elle la recevait ; il lui parla de Dieu, conformément à
l'état où elle était, et avec cette éloquence et
cet esprit de religion qui paraissent dans tous
ses discours ; il lui fit faire les actes qu'il jugea nécessaires ; elle entra dans tout ce qu'il
lui dit, avec un zèle et une présence d'esprit
admirables.

Comme il parlait, sa première femme de chambre s'approcha d'elle pour lui donner quelque chose dont elle avait besoin : elle lui dit en anglais, afin que M. de Condom ne l'entendît pas, conservant jusqu'à la mort la politesse de son esprit : Donnez à M. de Condom, lorsque je serai morte, l'émeraude que j'avais fait faire pour lui.

Comme il continuait à lui parler de Dieu, il lui prit une espèce d'envie de dormir, qui n'était en effet qu'une défaillance de la nature. Elle lui demanda si elle ne pouvait pas prendre quelques momens de repos : il lui dit qu'elle le pouvait, et qu'il allait prier Dieu pour elle.

M. Feuillet demeura au chevet de son lit ; et, quasi dans le même moment, Madame lui dit de rappeler M. de Condom, et qu'elle sentait bien qu'elle allait expirer. M. de Condom se rapprocha, et lui donna le crucifix ; elle le prit et l'embrassa avec ardeur ; M. de Condom lui parlait toujours, et elle lui répondait avec le même jugement que si elle n'eût pas été malade, tenant toujours le crucifix attaché sur sa bouche : la mort seule le lui fit abandonner. Les forces lui manquèrent ; elle le laissa tomber, et perdit la parole et la vie quasi en même temps. Son agonie n'eut qu'un

moment, et, après deux ou trois petits mouvemens convulsifs dans la bouche, elle ex-
pira à deux heures et demie du matin, et
neuf heures après avoir commencé à se trouver
mal.

LETTRES [1].

*Lettre écrite au comte d'Arlington, alors secré-
taire d'état de Charles II, roi d'Angleterre,
par M. Montaigu, ambassadeur à Paris,
mort depuis duc de Montaigu.*

Paris, le 30 juin 1670, à quatre heures du matin.

MILORD,

JE suis bien fâché de me voir dans l'obligation, en vertu de mon emploi, de vous rendre compte de la plus triste aventure du monde.
Madame étant à Saint-Cloud, le 29 du courant,
avec beaucoup de compagnie, demanda, sur les
cinq heures du soir, un verre d'eau de chicorée,
qu'on lui avait ordonné de boire, parce qu'elle
s'était trouvée indisposée pendant deux ou trois
jours, après s'être baignée. Elle ne l'eut pas

---

[1] On a cru faire plaisir au lecteur d'ajouter à cette his
toire les pièces suivantes.

plus tôt bu, qu'elle s'écria qu'elle était morte;
et, tombant entre les bras de madame de
Mekelbourg, elle demanda un confesseur. Elle
continua dans les plus grandes douleurs qu'on
puisse s'imaginer, jusqu'à trois heures du matin, qu'elle rendit l'esprit. Le roi, la reine, et
toute la cour, restèrent auprès d'elle jusqu'à
une heure avant sa mort. Dieu veuille donner
de la patience et de la constance au roi notre
maître, pour supporter une affliction de cette
nature! Madame a déclaré, en mourant, qu'elle
n'avait nul autre regret, en sortant du monde,
que celui que lui causait la douleur qu'en recevrait le roi son frère. S'étant trouvée un peu
soulagée de ses grandes douleurs, que les médecins nomment *colique bilieuse*, elle me fit
appeler, pour m'ordonner de dire de sa part
les choses du monde les plus tendres au roi et
au duc d'Yorck, ses frères. J'arrivai à Saint-
Cloud une heure après qu'elle s'y fut trouvée
mal, et je restai jusqu'à sa mort auprès d'elle.
Jamais personne n'a marqué plus de piété et de
résolution que cette princesse, qui a conservé
son bon sens jusqu'au dernier moment. Je me
flatte que la douleur où je suis vous fera excuser les imperfections que vous trouverez dans
cette relation. Je suis persuadé que tous ceux qui
ont eu l'honneur de connaître Madame, parta-

geront avec moi l'affliction que doit causer une
perte pareille.

Je suis,   MILORD, etc.

---

*Extrait d'une lettre écrite par le comte d'Ar-
lington, à M. le chevalier Temple, alors
ambassadeur d'Angleterre à La Haye.*

De White-Hall, le 28 juin 1670, *vieux style.*

MILORD,

Je vous écris toutes les nouvelles que nous
avons ici, à l'exception de celles de la mort de
Madame, dont le roi est extrêmement affligé,
aussi-bien que toutes les personnes qui ont eu
l'honneur de la connaître à Douvres. Les brouilleries de ses domestiques, et sa mort subite,
nous avaient d'abord fait croire qu'elle avait été
empoisonnée; mais la connaissance qu'on nous
a donnée depuis du soin qu'on a pris d'examiner son corps, et les sentimens que nous appre-
nons qu'en a Sa Majesté très-chrétienne, laquelle a intérêt d'examiner cette affaire à fond,
et qui est persuadée qu'elle est morte d'une
mort naturelle, a levé la plus grande partie des
soupçons que nous en avions. Je ne doute pas
que M. le maréchal de Bellefond, que j'ap-

prends qui vient d'arriver, avec ordre de donner au roi une relation particulière de cet accident fatal, et qui nous apporte le procès verbal de la mort de cette princesse et de la dissection de son corps, signé des principaux médecins et chirurgiens de Paris, ne nous convainque pleinement que nous n'avons rien à regretter que la perte de cette admirable princesse, sans qu'elle soit accompagnée d'aucune circonstance odieuse, pour rendre notre douleur moins supportable.

Lettre de M. Montaigu, ambassadeur d'Angleterre, au comte d'Arlington.

A Paris, le 6 juillet 1670.

MILORD,

J'ai reçu les lettres de votre Grandeur, celle du 17 juin, par M. le chevalier Jones, et celle du 23, par la poste. Je suppose que M. le maréchal de Bellefond est arrivé à Londres. Outre le compliment de condoléance qu'il va faire au roi, il tâchera, à ce que je crois, de désabuser notre cour de l'opinion que Madame ait été empoisonnée, dont on ne pourra jamais désabuser celle-ci, ni tout le peuple. Comme cette princesse s'en est plainte plusieurs fois dans ses

plus grandes douleurs , il ne faut pas s'étonner
que cela fortifie le peuple dans la croyance qu'il
en a. Toutes les fois que j'ai pris la liberté de la
presser de me dire si elle croyait qu'on l'eût
empoisonnée , elle ne m'a pas voulu faire de réponse ; voulant , à ce que je crois, épargner une
augmentation si sensible de douleur au roi
notre maître. La même raison m'a empêché
d'en faire mention dans ma première lettre :
outre que je ne suis pas assez bon médecin pour
juger si elle a été empoisonnée ou non. L'on
tâche ici de me faire passer pour l'auteur du
bruit qui en court ; je veux dire Monsieur, qui
se plaint que je le fais pour rompre la bonne
intelligence qui est établie entre les deux cou-
ronnes.

Le roi et les ministres ont beaucoup de regrets de la mort de Madame ; car ils espéraient
qu'à sa considération ils engageraient le roi
notre maître à condescendre à des choses, et à
contracter une amitié avec cette couronne , plus
étroite qu'ils ne croient pouvoir l'obtenir à présent. Je ne prétends pas examiner ce qui s'est
fait à cet égard , ni ce qu'on prétendait faire ,
puisque votre Grandeur n'a pas jugé à propos de
m'en communiquer la moindre partie ; mais je
ne saurais m'empêcher de savoir ce qui s'en dit
publiquement , et je suis persuadé que l'on ne

refusera rien ici que le roi notre maître puisse
proposer, pour avoir son amitié; et il n'y a
rien de l'autre côté que les Hollandais ne fassent,
pour nous empêcher de nous joindre à la France.
Tout ce que je souhaite de savoir, milord, pendant que je serai ici, est le langage dont je me
dois servir en conversation avec les autres ministres, afin de ne point passer pour ridicule
avec le caractère dont je suis revêtu. Pendant
que Madame était en vie, elle me faisait l'honneur de se fier assez à moi, pour m'empêcher
d'être exposé à ce malheur.

Je suis persuadé que, pendant le peu de temps
que vous l'avez connue en Angleterre, vous l'a-
vez assez connue pour la regretter tout le temps
de votre vie : et ce n'est pas sans sujet; car
personne n'a jamais eu meilleure opinion de qui
que ce soit, en tous égards, que celle que cette
princesse avait de vous : et je crois qu'elle
aimait trop le roi son frère, pour marquer la
considération qu'elle faisait paraître en toutes
sortes d'occasions pour vous, depuis qu'elle a
vécu en bonne intelligence avec vous, si elle
n'eût été persuadée que vous le serviez très-bien
et très-fidèlement. Quant à moi, j'ai fait une si
grande perte, par la mort de cette princesse,
que je n'ai plus aucune joie dans ce pays-ci,
et je crois que je n'en aurai plus jamais en aucun

autre. Madame, après m'avoir tenu plusieurs
discours pendant le cours de son mal, lesquels
n'étaient remplis que de tendresse pour le roi
notre maître, me dit, à la fin, qu'elle était
bien fâchée de n'avoir rien fait pour moi avant
sa mort, en échange du zèle et de l'affection avec
lesquels je l'avais servie depuis mon arrivée ici ;
elle me dit qu'elle avait six mille pistoles dis-
persées en plusieurs endroits, qu'elle m'ordonnait de prendre pour l'amour d'elle ; je lui
répondis qu'elle avait plusieurs pauvres domestiques qui en avaient plus besoin que moi,
que je ne l'avais jamais servie par intérêt, et
que je ne voulais pas absolument les prendre ;
mais que, s'il lui plaisait de me dire auxquels
elle souhaitait de les donner, je ne manquerais
pas de m'en acquitter très-fidèlement ; elle eut
assez de présence d'esprit pour les nommer par
leurs noms. Cependant, elle n'eut pas plus tôt
rendu l'esprit, que Monsieur se saisit de toutes
ses clefs et de son cabinet. Je demandai le lendemain à une de ses femmes, où était cet argent,
laquelle me dit qu'il était en un tel endroit. C'é-
tait justement les premières six mille pistoles
que le roi notre maître lui avait envoyées. Dans
le temps que cet argent arriva, elle avait dessein
de s'en servir pour retirer quelques joyaux
qu'elle avait engagés en attendant cette somme;

mais le roi de France la lui avait déjà donnée
deux jours avant que celle-ci arrivât, de sorte
qu'elle avait gardé toute la somme que le roi
son frère lui avait envoyée.

Sur cela, j'ai demandé ladite somme à Monsieur, comme m'appartenant, et que, l'ayant
prêtée à Madame, deux de mes domestiques l'a-
vaient remise entre les mains de deux de ses
femmes, lesquelles en ont rendu témoignage à
ce prince; car elles ne savaient pas que ç'avait
été par ordre du roi notre maître. Monsieur
en avait déjà emporté la moitié, et l'on m'a
rendu le reste. J'en ai disposé en faveur des domestiques de Madame, selon les ordres qu'elle
m'en avait donnés, en présence de M. l'abbé de
Montaigu et de deux autres témoins. Monsieur
m'a promis de me rendre le reste, que je ne
manquerai pas de distribuer entre eux de la
même manière. Cependant, s'ils n'ont l'esprit
de le cacher, Monsieur ne manquera pas de le
leur ôter, dès que cela parviendra à sa connaissance. Je n'avais nul autre moyen de l'obtenir
pour ces pauvres gens-là, et je ne doute pas
que le roi n'aime mieux qu'ils en profitent que
Monsieur. Je vous prie de l'apprendre au roi,
pour ma décharge; et que cela n'aille pas
plus loin. M. le chevalier Hamilton en a été
témoin avec M. l'abbé de Montaigu. J'ai cru

qu'il était nécessaire de vous faire cette relation.

Je suis,

M ILORD, etc.

P. S. Depuis ma lettre écrite, je viens d'apprendre, de très-bonne part et d'une personne
qui est dans la confidence de Monsieur, qu'il
n'a pas voulu délivrer les papiers de Madame,
à la requête du roi, avant que de se les être fait
lire et interpréter par M. l'abbé de Montaigu,
et même que, ne se fiant pas entièrement à lui,
il a employé, pour cet effet, d'autres personnes qui entendent la langue, et entre autres
madame de Fiennes ; de sorte que ce qui s'est
passé de plus secret entre le roi et Madame est
et sera publiquement connu de tout le monde.
Il y avait quelque chose en chiffres qui l'embarrasse fort, et qu'il prétend pourtant deviner.
Il se plaint extrêmement du roi notre maître, à
l'égard de la correspondance qu'il entretenait
avec Madame, et de ce qu'il traitait d'affaires
avec elle à son insu. J'espère que M. l'abbé de
Montaigu vous en donnera une relation plus
particulière que je ne le puis faire ; car, quoique
Monsieur lui ait recommandé le secret à l'égard
de tout le monde, il ne saurait s'étendre jusqu'à

vous, si les affaires du roi notre maître y sont intéressées.

Lettre écrite par M. de Montaigu à Charles II, roi d'Angleterre.

Paris, le 15 juillet 1670.

AU ROI.

S I R E ,

Je dois commencer cette lettre en suppliant très-humblement Votre Majesté de me pardonner la liberté que je prends de l'entretenir sur un si triste sujet, et du malheur que j'ai eu d'être témoin de la plus cruelle et de la plus généreuse mort dont on ait jamais ouï parler. J'eus l'honneur d'entretenir Madame assez long-temps le samedi, jour précédent de celui de sa mort. Elle me dit qu'elle voyait bien qu'il était impossible qu'elle pût jamais être heureuse avec Monsieur, lequel s'était emporté contre elle plus que jamais, deux jours auparavant, à Versailles, où il l'avait trouvée dans une conférence secrète avec le roi, sur des affaires qu'il n'était pas à propos de lui communiquer. Elle me dit que Votre Majesté et le roi de France aviez résolu de faire la guerre à la Hollande, dès que vous

seriez demeurés d'accord de la manière dont
vous la deviez faire. Ce sont là les dernières
paroles que cette princesse me fit l'honneur de
me dire avant sa maladie ; car Monsieur, étant
entré dans ce moment, nous interrompit, et je
m'en retournai à Paris. Le lendemain, lorsqu'elle
se trouva mal, elle m'appela deux ou trois fois,
et madame de Mekelbourg m'envoya chercher.
Dès qu'elle me vit, elle me dit : Vous voyez le
triste état où je suis : je me meurs. Hélas ! que
je plains le roi mon frère ! car je suis assurée
qu'il va perdre la personne du monde qui l'aime
le mieux. Elle me rappela un peu après, et m'ordonna de ne pas manquer de dire au roi son frère
les choses du monde les plus tendres de sa part,
et de le remercier de tous ses soins pour elle.
Elle me demanda ensuite si je me souvenais
bien de ce qu'elle m'avait dit, le jour précédent,
des intentions qu'avait Votre Majesté de se joindre à la France contre la Hollande ; je lui dis
que oui ; sur quoi elle ajouta : Je vous prie de
dire à mon frère que je ne lui ai jamais persuadé
de le faire par intérêt, et que ce n'était que
parce que j'étais convaincue que son honneur
et son avantage y étaient également intéressés :
car je l'ai toujours aimé plus que ma vie, et je
n'ai nul autre regret en la perdant que celui de
le quitter. Elle m'appela plusieurs fois pour

me dire de ne pas oublier de vous dire cela , et
me parla en anglais.

Je pris alors la liberté de lui demander si
elle ne croyait pas qu'on l'eût empoisonnée. Son
confesseur, qui était présent , et qui entendit
ce mot-là, lui dit : Madame, n'accusez personne,
et offrez à Dieu votre mort en sacrifice. Cela
l'empêcha de me répondre; et, quoique je fisse
plusieurs fois la même demande, elle ne me répondit qu'en levant les épaules. Je lui demandai
la cassette où étaient toutes ses lettres , pour
les envoyer à Votre Majesté , et elle m'ordonna
de les demander à madame de Borde , laquelle
s'évanouissant à tout moment , et mourant de
douleur de voir sa maîtresse dans un état si dé-
plorable, Monsieur s'en saisit avant qu'elle pût
revenir à elle. Elle m'ordonna de prier Votre
Majesté d'assister tous ses pauvres domestiques ,
et d'écrire à milord Arlington de vous en faire
souvenir ; elle ajouta à cela : Dites au roi mon
frère que j'espère qu'il fera pour lui, pour l'a-
mour de moi, ce qu'il m'a promis ; car c'est un
homme qui l'aime, et qui le sert bien. Elle dit
plusieurs choses ensuite tout haut en français ,
plaignant l'affliction qu'elle savait que sa mort
donnerait à Votre Majesté. Je supplie encore une
fois Votre Majesté de pardonner le malheur où
je me trouve réduit de lui apprendre cette fa-

tale nouvelle, puisque, de tous ses serviteurs, il n'y en a pas un seul qui souhaite avec plus de passion et de sincérité son bonheur et sa satisfaction, que celui qui est,

SIRE,

De Votre Majesté, etc.

Lettre de M. de Montaigu à milord Arlington.

Paris, le 15 juillet 1670.

MILORD,

Selon les ordres de votre Grandeur, je vous envoie la bague que Madame avait au doigt en mourant, laquelle vous aurez, s'il vous plaît, la bonté de présenter au roi. J'ai pris la liberté de rendre compte au roi, moi-même, de quelques choses que Madame m'avait chargé de lui dire, étant persuadée que la modestie n'aurait pas permis à votre Grandeur de les dire au roi, parce qu'elles vous touchent de trop près. Il y a eu, depuis la mort de Madame, comme vous pouvez bien vous l'imaginer dans une occasion pareille, plusieurs bruits divers. L'opinion la plus générale est qu'elle a été empoisonnée, ce qui inquiète le roi et les ministres au dernier point. J'en ai été saisi d'une telle ma-

nière, que j'ai eu à peine le cœur de sortir depuis. Cela joint aux bruits qui courent par la
ville du ressentiment que témoigne le roi, notre maître, d'un attentat si rempli d'horreur,
qu'il a refusé de recevoir la lettre de Monsieur,
et qu'il m'a ordonné de me retirer, leur fait
conclure que le roi, notre maître, est mécon-
tent de cette cour, au point qu'on le dit ici. De
sorte que, quand j'ai été à Saint-Germain, d'où
je ne fais que de revenir, pour y faire les plaintes que vous m'avez ordonné d'y faire, il est
impossible d'exprimer la joie qu'on y a reçue
d'apprendre que le roi, notre maître, commence à s'apaiser, et que ces bruits n'ont fait
aucune impression sur son esprit au préjudice
de la France. Je vous marque cela, milord,
pour vous faire connaître à quel point l'on estime
l'union de l'Angleterre dans cette conjoncture,
et combien l'amitié du roi est nécessaire à tous
leurs desseins : je ne doute pas qu'on ne s'en
serve à la gloire du roi, et pour le bien de la
nation. C'est ce que souhaite avec passion la personne du monde qui est avec le plus de sincérité,

MILORD, etc.

Lettre de M. de Montaigu à milord Arlington.

MILORD,

Je ne suis guère en état de vous écrire moi-
même, étant tellement incommodé d'une chute
que j'ai faite en venant, que j'ai peine à remuer
le bras et la main. J'espère pourtant de me trouver en état, dans un jour ou deux, de me rendre à Saint-Germain.

¹ « Je n'écris présentement que pour rendre
» compte à votre Grandeur d'une chose que je
» crois pourtant que vous savez déjà, c'est que
» l'on a permis au chevalier *de Lorraine* de ve-
» nir à la cour, et de servir à l'armée en qua-
» lité de maréchal de camp. »

Si Madame a été empoisonnée, comme la plus
grande partie du monde le croit, toute la
France le regarde comme son empoisonneur, et
s'étonne avec raison que le roi de France ait si
peu de considération pour le roi, notre maître,
que de lui permettre de revenir à la cour, vu
la manière insolente dont il en a toujours usé
envers cette princesse pendant sa vie. Mon devoir m'oblige à vous dire cela, afin que vous

---

¹ Ce passage était écrit en chiffres.

le fassiez savoir au roi, et qu'il en parle fortement à l'ambassadeur de France, s'il le juge
à propos; car je puis vous assurer que c'est
une chose qu'il ne saurait souffrir sans se faire
tort.

FIN DE L'HISTOIRE DE MADAME HENRIETTE.

LETTRES

DE

MADAME DE LA FAYETTE

A MADAME

DE SÉVIGNÉ.

LETTRES

DE

MADAME DE LA FAYETTE

A MADAME

DE SÉVIGNÉ.

—◦◦◦—

LETTRE PREMIÈRE.

Paris, le 3o décembre 1672.

J'ai vu votre grande lettre à d'Hacqueville : je
comprends fort bien tout ce que vous lui man-
dez sur l'évêque de Marseille; il faut que le pré-
lat ait tort, puisque vous vous en plaignez. Je
montrerai votre lettre à Langlade, et j'ai bien
envie encore de la faire voir à madame du Plessis; car elle est très-prévenue en faveur de l'é-
vêque. Les Provençaux sont des gens d'un caractère tout particulier.

Voilà un paquet que je vous envoie pour madame de Northumberland. Vous ne compren-

drez pas aisément pourquoi je suis chargée de
ce paquet : il vient du comte de Sunderland,
qui est présentement ambassadeur ici. Il est
fort de ses amis ; il lui a écrit plusieurs fois ;
mais, n'ayant point de réponse, il croit qu'on
arrête ses lettres ; et M. de La Rochefoucault,
qu'il voit très-souvent, s'est chargé de faire tenir le paquet dont il s'agit. Je vous supplie
donc, comme vous n'êtes plus à Aix, de le
renvoyer par quelqu'un de confiance, et d'é-
crire un mot à madame de Northumberland,
afin qu'elle vous fasse réponse, et qu'elle vous
mande qu'elle l'a reçu : vous m'enverrez sa réponse. On dit ici que, si M. de Montaigu n'a pas
un heureux succès dans son voyage, il passera
en Italie, pour faire voir que ce n'est pas pour
les beaux yeux de madame de Northumberland
qu'il court le pays : mandez-nous un peu ce que
vous verrez de cette affaire, et comment il sera
traité.

La Marans est dans une dévotion, et dans un
esprit de douceur et de pénitence qui ne se peuvent comprendre ; sa sœur [1], qui ne l'aime pas,
en est surprise et charmée ; sa personne est changée à n'être pas reconnaissable : elle paraît

---

[1] Mademoiselle de Montalais, fille d'honneur de madame Henriette-Anne d'Angleterre.

soixante ans. Elle trouva mauvais que sa sœur
m'eût conté ce qu'elle lui avait dit sur cet enfant de M. de Longueville, et elle se plaignit
aussi de moi, de ce que je l'avais redonné au
public ; mais ses plaintes étaient si douces, que
Montalais en était confondue pour elle et pour
moi; en sorte que, pour m'excuser, elle lui dit
que j'étais informée de la belle opinion qu'elle
avait que j'aimais M. de Longueville. La Marans, avec un esprit admirable, répondit que,
puisque je savais cela, elle s'étonnait que je n'en
eusse pas dit davantage, et que j'avais raison
de me plaindre d'elle. On parla de madame de
Grignan : elle en dit beaucoup de bien, mais
sans aucune affectation. Elle ne voit plus qui
que ce soit au monde sans exception. Si Dieu
fixe cette bonne tête-là, ce sera un des grands
miracles que j'aurai jamais vus.

J'allai hier au Palais-Royal, avec madame de
Monaco; je m'y enrhumai à mourir : j'y pleurai
Madame [1] de tout mon cœur. Je fus surprise de
l'esprit de celle-ci [2]; non pas de son esprit agréable, mais de son esprit de bon sens. Elle se mit

---

[1] Henriette-Anne d'Angleterre, morte le 29 juin 1670.
[2] Élisabeth-Charlotte, palatine du Rhin, que Monsieur,
frère unique de Louis XIV, épousa en secondes noces le
21 novembre 1671.

sur le ridicule de M. de Mekelbourg d'être à Paris présentement ; et je vous assure que l'on ne peut mieux dire. C'est une personne très-opiniâtre et très-résolue, et assurément de bon goût : car elle hait madame de Gourdon à ne la pouvoir souffrir. Monsieur me fit toutes les caresses du monde, au nez de la maréchale de Clérembault [1] : j'étais soutenue de la Fiennes, qui la hait mortellement, et à qui j'avais donné à dîner, il n'y a que deux jours. Tout le monde croit que la comtesse du Plessis [2] va épouser Clérembault.

M. de La Rochefoucault vous fait cent mille complimens : il y a quatre ou cinq jours qu'il ne sort point ; il a la goutte en miniature. J'ai mandé à madame du Plessis que vous m'aviez écrit des merveilles de son fils. Adieu, ma belle ; vous savez combien je vous aime.

---

[1] Gouvernante des enfans de Monsieur.

[2] Marie-Louise le Loup de Bellenave, veuve d'Alexandre de Choiseul, comte du Plessis, et remariée depuis à René Gilier du Puygarreau, marquis de Clérembault, premier écuyer de Madame, duchesse d'Orléans.

LETTRE II.

Paris, 27 février 1673.

Madame Bayard et M. de La Fayette arrivent dans ce moment; cela fait, ma belle, que je ne vous puis dire que deux mots de votre fils : il sort d'ici, et m'est venu dire adieu, et prier de vous écrire ses raisons sur l'argent : elles sont si bonnes, que je n'ai pas besoin de vous les expliquer fort au long; car vous voyez, d'où vous êtes, la dépense d'une campagne qui ne finit point. Tout le monde est au désespoir, et se ruine. Il est impossible que votre fils ne fasse pas un peu comme les autres; et, de plus, la grande amitié que vous avez pour madame de Grignan fait qu'il en faut témoigner à son frère. Je laisse au grand d'Hacqueville à vous en dire davantage. Adieu, ma très-chère.

LETTRE III.

Paris, le 15 avril 1673.

Madame de Northumberland me vint voir hier; j'avais été la chercher avec madame de

Coulanges : elle me parut une femme qui a été
fort belle, mais qui n'a plus un seul trait de
visage qui se soutienne, ni où il soit resté le
moindre air de jeunesse; j'en fus surprise :
elle est avec cela mal habillée; point de grâce;
enfin, je n'en fus point du tout éblouie; elle
me parut entendre fort bien tout ce qu'on dit,
ou, pour mieux dire, ce que je dis, car j'étais
seule. M. de La Rochefoucault et madame de
Thianges, qui avaient envie de la voir, ne vinrent que comme elle sortait. Montaigu m'avait
mandé qu'elle viendrait me voir; je lui ai fort
parlé d'elle; il ne fait aucune façon d'être embarqué à son service, et paraît très-rempli d'espérance. M. de Chaulnes partit hier, et le comte
Tot aussi; ce dernier est très-affligé de quitter la France : je l'ai vu quasi tous les jours,
pendant qu'il a été ici; nous avons traité votre chapitre plusieurs fois. La maréchale de
Grammont s'est trouvée mal; d'Hacqueville y
a été, toujours courant, lui mener un médecin : il est, en vérité, un peu étendu dans
ses soins. Adieu, mon amie : j'ai le sang si
échauffé, et j'ai tant eu de tracas ces jours pas-
sés, que je n'en puis plus; je voudrais bien vous
voir pour me rafraîchir le sang.

LETTRE IV.

Paris, le 19 mai 1673.

JE vais demain à Chantilly : c'est ce même voyage que j'avais commencé l'année passée jusque sur le Pont-Neuf, où la fièvre me prit. Je ne sais pas s'il arrivera quelque chose d'aussi bizarre, qui m'empêche encore de l'exécuter : nous y allons, la même compagnie, et rien de plus.

Madame du Plessis était si charmée de votre lettre, qu'elle me l'a envoyée : elle est enfin partie pour sa Bretagne. J'ai donné vos lettres à Langlade, qui m'en a paru très-content : il honore toujours beaucoup madame de Grignan. Montaigu s'en va : on dit que ses espérances sont renversées ; je crois qu'il y a quelque chose de travers dans l'esprit de la nymphe [1]. Votre fils est amoureux, comme un perdu, de mademoiselle de Poussai ; il n'aspire qu'à être aussi transi que La Fare. M. de La Rochefoucault dit que l'ambition de Sévigné est de mourir d'un amour qu'il n'a pas : car nous ne le tenons pas du bois dont on fait les fortes passions. Je suis dégoûtée de celle de La Fare : elle est trop

[1] Madame de Northumberland.

grande et trop esclave. Sa maîtresse ne répond pas au plus petit de ses sentimens : elle soupa chez Longueil et assista à une musique le soir même qu'il partit. Souper en compagnie quand son amant part, et qu'il part pour l'armée, me paraît un crime capital : je ne sais pas si je m'y connais. Adieu, ma belle.

LETTRE V.

Paris, 26 mai 1673.

Si je n'avais la migraine, je vous rendrais compte de mon voyage de Chantilli, et je vous dirais que, de tous les lieux que le soleil éclaire, il n'y en a point un pareil à celui-là. Nous n'y avons pas eu un trop beau temps; mais la beauté de la chasse dans les carrosses vitrés a suppléé à ce qui nous manquait. Nous y avons été cinq ou six jours : nous vous y avons extrêmement souhaitée, non-seulement par amitié, mais parce que vous êtes plus digne que personne du monde d'admirer ces beautés-là. J'ai trouvé ici, à mon retour, deux de vos lettres. Je ne pus faire achever celle-ci vendredi, et je ne puis l'achever moi-même aujourd'hui, dont je suis bien fâchée, car il me semble qu'il y a long-

temps que je n'ai causé avec vous. Pour répondre à vos questions, je vous dirai que madame
de Brissac [1] est toujours à l'hôtel de Conti, environnée de peu d'amans, et d'amans peu propres à faire du bruit, de sorte qu'elle n'a pas
grand besoin *du manteau de sainte Ursule.* Le
premier président de Bordeaux est amoureux
d'elle comme un fou : il est vrai que ce n'est
pas d'ailleurs une tête bien timbrée. Monsieur
le premier et ses enfans sont aussi fort assidus
auprès d'elle. M. de Montaigu ne l'a, je crois,
point vue de ce voyage-ci, de peur de déplaire
à madame de Northumberland, qui part aujourd'hui; Montaigu l'a devancée de deux jours;
tout cela ne laisse pas douter qu'il ne l'épouse.
Madame de Brissac joue toujours la désolée, et
affecte une très-grande négligence. La comtesse
du Plessis a servi de dame d'honneur deux jours
avant que Monsieur soit parti : sa belle-mère [2]
n'y avait pas voulu consentir auparavant. Elle
n'égratigne point M. de Monaco : je crois qu'elle
se fait justice, et qu'elle trouve que la seconde
place de chez Madame est assez bonne pour la

---

[1] Gabrielle-Louise de Saint-Simon, duchesse de Brissac.
[2] Colombe le Charron, femme de César, duc de Choiseul, pair et maréchal de France, et première dame d'honneur de Madame.

femme de Clérembault ; elle le sera assurément
dans un mois, si elle ne l'est déjà.

Nous allons dîner à Livry, M. de La Rochefoucault, Morangi, Coulanges et moi. C'est une
chose qui me parait bien étrange, d'aller dîner
à Livry, et que ce ne soit pas avec vous. L'abbé
Testu [1] est allé à Fontevrault : je suis trompée,
s'il n'eût mieux fait de n'y pas aller, et si ce
voyage-là ne déplaît à des gens à qui il est bon
de ne pas déplaire.

L'on dit que madame de Montespan est de-
meurée à Courtrai. Je reçois une petite lettre
de vous : si vous n'avez pas reçu des miennes,
c'est que j'ai bien eu des tracas ; je vous conte-
rai mes raisons quand vous serez ici. M. le duc
s'ennuie beaucoup à Utrecht. Les femmes y
sont horribles. Voici un petit conte sur ce sujet : Il se familiarisait avec une jeune femme
de ce pays-là, pour se désennuyer apparemment, et, comme les familiarités étaient sans
doute un peu grandes, elle lui dit : *Pour Dieu!*

---

[1] Il ne faut point confondre l'abbé Testu dont il sera
souvent parlé dans ces lettres, avec un autre abbé Testu
qui avait été aumônier ordinaire de Madame, et qui était,
comme le premier, de l'Académie française : celui dont il
s'agit, était un homme de beaucoup d'esprit et de très-
bonne compagnie.

monseigneur, Votre Altesse a la bonté d'être trop insolente. C'est Briole qui m'a écrit cela : j'ai jugé que vous en seriez charmée comme moi. Adieu, ma belle : je suis toute à vous assurément.

LETTRE VI.

Paris, 30 juin 1675.

Eh bien! eh bien! ma belle, qu'avez-vous à crier comme un aigle? Je vous demande que vous attendiez à juger de moi quand vous serez ici. Qu'y a-t-il de si terrible à ces paroles, *Mes journées sont remplies?* Il est vrai que Bayard est ici, et qu'il fait mes affaires; mais, quand il a couru tout le jour pour mon service, écrirai-je? Encore faut-il lui parler. Quand j'ai couru, moi, et que je reviens, je trouve M. de La Rochefoucault, que je n'ai point vu de tout le jour; écrirai-je? M. de La Rochefoucault et Gourville sont ici; écrirai-je? Mais quand ils sont sortis? Ah! quand ils sont sortis, il est onze heures, et je sors, moi : je couche chez nos voisins, à cause qu'on bâtit devant mes fenêtres. Mais l'après-dinée? J'ai mal à la tête. Mais le matin? J'y ai mal encore, et je prends des

bouillons d'herbes qui m'enivrent. Vous êtes
en Provence, ma belle, vos heures sont libres,
et votre tête encore plus : le goût d'écrire vous
dure encore pour tout le monde ; il m'est passé
pour tout le monde ; et, si j'avais un amant qui
voulût de mes lettres tous les matins, je romprais avec lui. Ne mesurez donc point notre
amitié sur l'écriture ; je vous aimerai autant en
ne vous écrivant qu'une page en un mois, que
vous en m'en écrivant dix en huit jours. Quand
je suis à Saint-Maur, je puis écrire, parce que
j'ai plus de tête et plus de loisir ; mais je n'ai
pas celui d'y être ; je n'y ai passé que huit jours
de cette année. Paris me tue. Si vous saviez
comme je ferais ma cour à des gens à qui il est
très-bon de la faire, d'écrire souvent toutes
sortes de folies, et combien je leur en écris
peu, vous jugeriez aisément que je ne fais pas
ce que je veux là-dessus. Il y a aujourd'hui
trois ans que je vis mourir Madame : je relus
hier plusieurs de ses lettres ; je suis toute pleine
d'elle. Adieu, ma très-chère : vos défiances seules composent votre unique défaut, et la seule
chose qui peut me déplaire en vous. M. de La
Rochefoucault vous écrira.

LETTRE VII.

Paris, 14 juillet 1673.

Voici ce que j'ai fait depuis que je vous ai écrit : j'ai eu deux accès de fièvre : il y a six mois que je n'ai été purgée ; on me purge une fois, on me purge deux ; le lendemain de la deuxième, je me mets à table : ah! ah! j'ai mal au cœur, je ne veux point de potage : mangez donc un peu de viande ; non, je n'en veux point : mais vous mangerez du fruit ; je crois que oui : eh bien! mangez-en donc ; je ne saurais, je mangerai tantôt. Que l'on m'ait ce soir un potage et un poulet. Voici le soir, voilà un potage et un poulet : je n'en veux point, je suis dégoûtée, je m'en vais me coucher, j'aime mieux dormir que de manger. Je me couche, je me tourne, je me retourne, je n'ai point de mal, mais je n'ai point de sommeil aussi ; j'appelle, je prends un livre, je le referme ; le jour vient, je me lève, je vais à la fenêtre ; quatre heures sonnent, cinq heures, six heures ; je me recouche, je m'endors jusqu'à sept ; je me lève à huit, je me mets à table à douze inutilement, comme la veille ; je me remets dans mon lit le soir inutilement, comme l'autre nuit. Êtes-vous

malade? nenni. Êtes-vous plus faible? nenni.
Je suis dans cet état trois jours et trois nuits ;
je redors présentement ; mais je ne mange encore que par machine, comme les chevaux, en
me frottant la bouche de vinaigre : du reste, je
me porte bien, et je n'ai pas même si mal à la
tête. Je viens d'écrire des folies à M. le duc ; si
je puis, j'irai dimanche à Livry pour un jour
ou deux. Je suis très-aise d'aimer madame de
Coulanges à cause de vous. Résolvez-vous, ma
belle, de me voir soutenir toute ma vie, à la
pointe de mon éloquence, que je vous aime plus
encore que vous ne m'aimez ; j'en ferais convenir Corbinelli en un demi-quart d'heure : au
reste, mandez-moi bien de ses nouvelles ; tant
de bonnes volontés seront-elles toujours inutiles
à ce pauvre homme? Pour moi, je crois que
c'est son mérite qui leur porte malheur. Ségrais
porte guignon ; madame de Thianges est des
amies de Corbinelli, madame Scarron, mille
personnes, et je ne lui vois plus aucune espérance de quoi que ce puisse être. On donne des
pensions aux beaux esprits ; c'est un fonds
abandonné à cela ; il en mérite mieux que tous
ceux qui en ont ; point de nouvelles, on ne peut
rien obtenir pour lui. Je dois voir demain madame de V......; c'est une certaine ridicule, à
qui M. d'Ambre a fait un enfant ; elle l'a plai-

dé, et a perdu son procès ; elle conte toutes les
circonstances de son aventure ; il n'y a rien au
monde de pareil ; elle prétend avoir été forcée ;
vous jugez bien que cela conduit à de beaux dé-
tails. La Marans est une sainte ; il n'y a point
de raillerie : cela me paraît un miracle. La Bon-
netot est dévote aussi ; elle a ôté son œil de verre ; elle ne met plus de rouge, ni de boucles.
Madame de Monaco ne fait pas de même ; elle me
vint voir l'autre jour, bien blanche : elle est fa-
vorite et engouée de cette Madame-ci, tout
comme de l'autre ; cela est bizarre. Langlade
s'en va demain en Poitou, pour deux ou trois
mois. M. de Marsillac est ici ; il part lundi pour
aller à Barége ; il ne s'aide pas de son bras.
Madame la comtesse du Plessis va se marier ;
elle a pensé acheter Frêne. M. de La Rochefoucault se porte très-bien ; il vous fait mille et
mille complimens et à Corbinelli. Voici une
question entre deux maximes :

On pardonne les infidélités ; mais on ne les
oublie point.

On oublie les infidélités ; mais on ne les par-
donne point.

« Aimez-vous mieux avoir fait une infidélité
» à votre amant, que vous aimez pourtant tou-
» jours ; ou qu'il vous en ait fait une, et qu'il
» vous aime aussi toujours ? » On n'entend pas

par *infidélité* avoir quitté pour un autre ; mais avoir fait une faute considérable. Adieu : je suis bien en train de jaser ; voilà ce que c'est que de ne point manger et ne point dormir ! J'embrasse madame de Grignan et toutes ses perfections.

LETTRE VIII.

Paris, 4 septembre 1673.

JE suis à Saint-Maur ; j'ai quitté toutes mes affaires et tous mes amis ; j'ai mes enfans et le beau temps, cela me suffit. Je prends des eaux de Forges ; je songe à ma santé ; je ne vois personne, je ne m'en soucie point du tout ; tout le monde me paraît si attaché à ses plaisirs, et à des plaisirs qui dépendent entièrement des autres, que je me trouve avoir un don des fées, d'être de l'humeur dont je suis. Je ne sais si madame de Coulanges ne vous aura point mandé une conversation d'une après-dinée de chez Gourville, où étaient madame Scarron et l'abbé Testu, sur les personnes *qui ont le goût au-dessus ou au-dessous de leur esprit :* nous nous jetâmes dans des subtilités, où nous n'entendions plus rien ; si l'air de Provence, qui subtilise encore toutes choses, vous augmente nos

visions là-dessus, vous serez dans les nues.
Vous avez le goût au-dessus de votre esprit, et
M. de La Rochefoucault aussi, et moi encore,
mais pas tant que vous deux. Voilà des exemples
qui vous guideront. M. de Coulanges m'a dit
que votre voyage était encore retardé : pourvu
que vous rameniez madame de Grignan, je n'en
murmure pas ; si vous ne la ramenez point,
c'est une trop longue absence. Mon goût augmente à vue d'œil pour la supérieure du Calvaire ; j'espère qu'elle me rendra bonne. Le
cardinal de Retz est brouillé pour jamais avec
moi, de m'avoir refusé la permission d'entrer
chez elle. Je la vois quasi tous les jours. J'ai vu
enfin son visage [1] : il est agréable, et l'on s'aper-
çoit bien qu'il a été beau ; elle n'a que quarante
ans, mais l'austérité de la règle l'a fort changée.
Madame de Grignan a fait des merveilles d'avoir
écrit à la Marans : je n'ai pas été si sage, car je
fus l'autre jour chercher madame de Schomberg [2], et je ne la demandai point. Adieu, ma
belle ; je souhaite votre retour avec une impatience digne de notre amitié.

---

[1] Les religieuses du Calvaire ont leur voile baissé au
parloir, excepté pour leurs proches parens, ou dans des
cas particuliers.
[2] Madame de Schomberg et madame de Marans étaient
logées dans la même maison.

J'ai reçu les cinq cents livres, il y a long-
temps. Il me semble que l'argent est si rare,
qu'on n'en devrait point prendre de ses amies ;
faites mes excuses à M. l'abbé (de Coulanges)
de ce que je l'ai reçu.

LETTRE IX.

Paris, 8 octobre 1689.

Mon style sera laconique : je n'ai point de
tête ; j'ai eu la fièvre ; j'ai chargé M. du Bois
de vous le mander.

Votre affaire est manquée et sans remède ;
l'on y a fait des merveilles de toutes parts ;
je doute que M. de Chaulnes en personne l'eût
pu faire. Le roi n'a témoigné nulle répugnance
pour M. de Sévigné ; mais il était engagé il y a
long-temps ; il l'a dit à tous ceux qui pensaient
à la députation ; il faut laisser nos espérances
jusqu'aux états prochains. Ce n'est pas de quoi
il est question présentement : il est question,
ma belle, qu'il ne faut point que vous passiez
l'hiver en Bretagne, à quelque prix que ce soit.
Vous êtes vieille : les rochers sont pleins de
bois ; les catarrhes et les fluxions vous accable-
ront ; vous vous ennuierez ; votre esprit de-

viendra triste et baissera ; tout cela est sûr, et les choses du monde ne sont rien en comparaison de tout ce que je vous dis. Ne me parlez point d'argent ni de dettes : je vous ferme la bouche sur tout. M. de Sévigné vous donne son équipage ; vous venez à Malicorne ; vous y trouvez les chevaux et la calèche de M. de Chaulnes ; vous voilà à Paris ; vous allez descendre à l'hôtel de Chaulnes ; votre maison n'est pas prête, vous n'avez point de chevaux, c'est en attendant ; à votre loisir vous vous remettez chez vous. Venons au fait : vous payez une pension à M. de Sévigné ; vous avez ici un ménage ; mettez le tout ensemble ; cela fait de l'argent ; car votre louage de maison va toujours. Vous direz : Mais je dois, et je paierai avec le temps. Comptez que vous trouvez ici mille écus, dont vous payez ce qui vous presse ; qu'on vous les prête sans intérêt, et que vous les rembourserez petit à petit, comme vous voudrez. Ne demandez point d'où ils viennent, ni de qui c'est ; on ne vous le dira pas ; mais ce sont gens qui sont bien assurés qu'ils ne les perdront pas. Point de raisonnemens là-dessus, point de paroles, ni de lettres perdues. Il faut venir ; tout ce que vous m'écrirez, je ne le lirai seulement pas : en un mot, ma belle, il faut ou venir, ou renoncer à mon amitié, à celle de madame de Chaulnes et à celle de madame de Lavardin : nous ne voulons point d'une amie qui veut vieillir et mourir par sa faute ; il y a de la misère et de la pauvreté à votre conduite ; il faut venir dès qu'il fera beau.

LETTRE X.

Paris, 20 septembre 1690.

Vous avez reçu ma réponse avant que j'aie reçu votre lettre. Vous aurez vu, par celle de madame de Lavardin et par la mienne, que nous voulions vous faire aller en Provence, puisque vous ne veniez point à Paris. C'est tout ce qu'il y a de meilleur à faire : le soleil est plus beau, vous aurez compagnie ; je dis même, séparée de madame de Grignan, qui n'est pas peu ; un gros château, bien des gens ; enfin, c'est vivre que d'être là. Je loue extrêmement monsieur votre fils de consentir à vous perdre pour votre intérêt ; si j'étais en train d'écrire, je lui en ferais des complimens : partez tout le plus tôt qu'il vous sera possible ; mandez-nous par quelles villes vous passerez, et à peu près le temps ; vous y trouverez de nos lettres. Je suis dans des vapeurs les plus tristes et les plus

cruelles où l'on puisse être ; il n'y a qu'à souffrir, quand c'est la volonté de Dieu.

C'est du meilleur de mon cœur que j'approuve
votre voyage de Provence ; je vous le dis sans
flatterie, et nous l'avions pensé, madame de Lavardin et moi, sans savoir en aucune façon que
ce fût votre dessein [1].

LETTRE XI.

Paris, 19 septembre 1691.

Ma santé est un peu meilleure qu'elle n'a
été, c'est-à-dire que j'ai un peu moins de vapeurs ; je ne connais point d'autre mal : ne
vous inquiétez pas de ma santé ; mes maux ne
sont pas dangereux ; et, quand ils le devien-
draient, ce ne serait que par une grande langueur et par un grand desséchement, ce qui
n'est pas l'affaire d'un jour : ainsi, ma belle,
soyez en repos sur la vie de votre pauvre amie ;
vous aurez le loisir d'être préparée à tout ce
qui arrivera, si ce n'est à des accidens impré-
vus, à quoi sont sujettes toutes les mortelles,

---

[1] C'est ce que madame de Sévigné appelait *l'approbation de ses docteurs.*

et moi plus qu'une autre, parce que je suis
plus mortelle qu'une autre; une personne en
santé me parait un prodige. M. le chevalier de
Grignan a soin de moi; j'en ai une reconnaissance parfaite, et je l'aime de tout mon cœur.
Madame la duchesse de Chaulnes me vint voir
hier; elle a mille bontés pour moi; mon état lui
fait pitié. Ma belle-fille a eu une fausse couche
huit jours après être accouchée; il y a assez de
femmes à qui cela arrive; c'est avoir été bien
près d'avoir deux enfans; sa fille se porte bien;
ils n'en auront que trop. Notre pauvre ami Croisilles ¹ est toujours à Saint - Gratien : il me
mande qu'il se porte fort bien à sa campagne;
il faudrait que vous vissiez comme il est fait,
pour admirer qu'il se vante de se porter fort
bien; nous en sommes véritablement en peine,
le chevalier de Grignan et moi. L'abbé Testu
est allé faire un voyage à la campagne; nous le
soupçonnons, M. de Chaulnes et moi, d'être
allé à la Trappe. La bonne femme, madame l'A-
vocat, est bien malade; il y a aussi bien long-
temps qu'elle est au monde. Je suis toute à vous,
ma chère amie, et à toute votre aimable et
bonne compagnie.

L'on vient de me dire que M. de La Feuil-

---

¹ Frère du maréchal de Catinat.

lade [1] était mort cette nuit ; si cela est véritable, voilà un bel exemple pour se tourmenter des biens de ce monde.

LETTRE XII.

Paris, 26 septembre 1691.

VENIR à Paris pour l'amour de moi, ma chère amie ! la seule pensée m'en fait peur. Dieu me garde de vous déranger ainsi ! et, quoique je souhaite ardemment le plaisir de vous voir, je l'achèterais trop cher, si c'était à vos dépens. Je vous mandai, il y a huit jours, la vérité de mon état ; j'étais parfaitement bien, et j'ai été, comme par miracle, quinze jours sans vapeurs, c'est-à-dire guérie de tous maux. Je ne suis plus si bien depuis trois ou quatre jours, et c'est la seule vue d'une lettre cachetée, que je n'ai point ouverte, qui a ému mes vapeurs. Je ressemble, comme deux gouttes d'eau, à une femme ensorcelée ; mais l'après-dînée, je suis assez comme une autre personne : je vous écrivis, il y a un

---

[1] François d'Aubusson, duc de La Feuillade, pair et maréchal de France, gouverneur de Dauphiné, et père du dernier maréchal de ce nom.

mois ou deux, que c'était ma méchante heure,
et c'est à présent la bonne. J'espère que mon
mal, après avoir tourné et changé, me quittera
peut-être; mais je demeurerai toujours une
très-sotte femme, et vous ne sauriez croire
comme je suis étonnée de l'être; je n'avais point
été nourrie dans l'opinion que je le pusse devenir. Je reviens à votre voyage, ma belle;
comptez que c'est un château en Espagne pour
moi, que de m'imaginer le plaisir de vous voir;
mais mon plaisir serait troublé, si votre voyage
ne s'accordait pas avec les affaires de madame
de Grignan et avec les vôtres. Il me paraît, cependant, tout intérêt à part, que vous feriez
fort bien de venir l'une et l'autre; mais je ne
puis assez vous dire à quel point je suis touchée
de la pensée de revenir uniquement à cause de
moi. Je vous écrirai plus au long au premier
jour.

LETTRE XIII.

Paris, mercredi 10 octobre 1691.

J'AI eu des vapeurs cruelles, qui me durent
encore, et qui me durent comme un point de
fièvre qui m'afflige. En un mot, je suis folle,

quoique je sois assurément une femme assez
sage. Je veux remercier madame de Grignan
pour me calmer l'esprit : elle a écrit des merveilles pour moi à M. le chevalier de Grignan.

A madame de Grignan.

Je vous en remercie, madame, et je vous
prie d'ordonner à M. le chevalier de Grignan de
m'aimer; je l'aime de tout mon cœur : c'est un
homme que cet homme-là. Ramenez madame
votre mère; vous avez mille affaires ici; prenez
garde de voir vos affaires domestiques de trop
près, et que les maisons ne vous empêchent de
voir la ville. Il y a plus d'une sorte d'intérêt en
ce monde. Venez, madame, venez ici pour l'a-
mour des personnes qui vous aiment, et songez
qu'en travaillant pour vous, c'est me donner en
même temps la joie de voir madame votre mère.

A madame de Sévigné.

Mon dieu! ma chère amie que je serai aise
de vous voir! vraiment je pleurerai bien; tout
me fait fondre en larmes. J'ai reçu ce matin
des lettres de mon fils, l'abbé, qui était en
Poitou, à deux lieues de madame de La Troche.
Un gentilhomme d'importance, gendre de madame de La Rochebardon, chez qui madame de

La Troche est actuellement, vint dire adieu à mon fils, et c'est là qu'il apprit la mort de La Troche [1], par la gazette, s'il vous plaît ; car je n'en avais point parlé à mon fils, qui me fait une peinture de la désolation de ce gentilhomme d'avoir à donner chez lui une telle nouvelle, ce qui m'a rejetée dans les larmes : j'y retombe bien toute seule. M. de Pomponne croyait madame de La Troche riche ; je lui ai écrit, et il m'a mandé que la duchesse de Lude l'avait détrompé, et qu'ils avaient présenté un placet pour elle. Croisilles sort d'ici ; il m'est venu voir de Saint-Gratien ; je lui ai fait vos complimens ; il est fort bien. Ma petite-fille est louche comme un chien : il n'importe ; madame de Grignan l'a bien été ; c'est tout dire. Me voilà à bout de mon écriture, et toute à vous plus que jamais, s'il est possible.

LETTRE XIV.

Paris, 24 janvier 1692.

Hélas ! ma belle, tout ce que j'ai à vous dire de ma santé est bien mauvais ; en un mot,

---

[1] Tué au combat de Leuze, le 20 septembre 1691.

je n'ai repos ni nuit ni jour, ni dans le corps,
ni dans l'esprit ; je ne suis plus une personne,
ni par l'un ni par l'autre ; je péris à vue d'œil ;
il faut finir quand il plaît à Dieu, et j'y suis
soumise. L'horrible froid qu'il fait m'empêche
de voir madame de Lavardin. Croyez, ma très-
chère, que vous êtes la personne du monde que
j'ai le plus véritablement aimée.

EXTRAITS DE LETTRES DIVERSES.

(Madame de La Fayette se moque des ridicules manières
de parler de quelques personnes de son temps. Elle
fait parler un amant jaloux à sa maîtresse.)

PREMIER EXTRAIT.

Ce sont de ces sortes de choses qu'on ne pardonne pas en mille ans, que le trait que vous
me fîtes hier. Vous étiez belle comme un petit
ange, vous savez que je suis alerte sur le comte
de Dangeau, je vous l'avais dit de bonne foi ;
et, cependant, vous me quittâtes franc et net
pour le galoper ; cela s'appelle rompre de couronne à couronne ; c'est n'avoir aucun ménagement et manquer à toutes sortes d'égards. Vous

sentez que cette manière de peindre m'a tiré de
grands rideaux. Vous avez oublié qu'il y a des
choses dont je ne tâte jamais, et que je suis une
espèce d'homme que l'on ne trouve pas aisément
sur un certain pied. Sûrement ce n'est point
mon caractère que d'être dupe et de donner
dans le panneau, tête baissée. Je me le tiens
pour dit ; j'entends le français. A la vérité je
ne ferai point de fracas; j'en userai fort hon-
nêtement ; je n'afficherai point; je ne donnerai
rien au public; je retirerai mes troupes; mais
comptez que vous n'avez point obligé un ingrat.

SECOND EXTRAIT,

*Composé de phrases où il n'y a point de sens,
et que bien des gens de la cour mettent dans
leurs discours.*

Je vous assure, monseigneur, qu'on est bien
chagrin de ne pouvoir faire son devoir, et il est
fort honnête de le pardonner. Je vous écris cette
missive pour vous donner des nouvelles de
M. Domatel : j'espère qu'il sera bientôt hors
d'affaire, et que sa maladie ne sera pas longue.
Je me suis trouvé depuis peu à un grand repas
où on a mangé une bonne soupe et où vous avez

été bien célébré. Vous savez, monseigneur, que
vous inspirez la joie, l'on fit mille plaisanteries; vous me ferez bien la justice de croire
que l'on a eu le dernier déplaisir de ne vous
y avoir pas. J'ai bien envie d'avoir l'honneur
de vous voir pour vous entretenir sur mon
gazon. Mes fermiers sont cause que je ne puis
m'aller rabattre chez Fredole; mais je vas souvent en un lieu où l'on aime à se réjouir, et
où l'on met les plats en bataille. Il y a une
personne qui désire fort le tête-à-tête avec
vous, vous connaitrez dans son dialogue qu'elle
a du savoir-faire, et que l'on vous trouve fu-
rieusement aimable; je vous dis tout ceci,
parce que je suis engoué de vous, car votre
caractère me réjouit; et, de bonne foi, il est
vrai que je me suis conduit de mon pied en un
lieu où j'ai vu de beaux esprits qui ne se peuvent plaindre de vous à cause de votre génie.
Je m'étonne que vous ne veniez pas dialoguer
avec les demoiselles; c'est à coup sûr que vous
les réjouissez quand elles vous voient; car, assurément, vous êtes du bel air, et vous distin-
guez bien dans le beau monde où l'on vous rend
justice. Il est vrai que je m'en allai hier au bal
dans un grand embarras, dont j'eus bien de la
peine à me tirer; il est vrai que je m'en allai
après à une campagne; il est vrai que je n'y

demeurai pas long-temps, j'ouïs la bonne femme
qui me parla bien de vous, qui me dit que vous
faisiez figure. Elle vous aime autant que les
demoiselles; sûrement vous êtes aujourd'hui la
coqueluche de tout le monde; il est vrai que
votre mérite n'est pas postiche. Les demoiselles
en rendent sûrement de bons témoignages.

FIN DES LETTRES.

PORTRAIT

DE

LA MARQUISE DE SÉVIGNÉ,

PAR MADAME

LA COMTESSE DE LA FAYETTE,

SOUS LE NOM D'UN INCONNU.

———

Tous ceux qui se mêlent de peindre des belles se tuent de les embellir pour leur plaire, et n'oseraient leur dire un seul de leurs défauts; mais pour moi, madame, grâce au privilége d'inconnu que j'ai auprès de vous, je m'en vais vous peindre bien hardiment, et vous dire toutes vos vérités tout à mon aise, sans craindre de m'attirer votre colère. Je suis au désespoir de n'en avoir que d'agréables à vous conter; car ce me serait un grand déplaisir si, après vous avoir reproché mille défauts, je voyais cet inconnu aussi-bien reçu de vous que mille gens qui n'ont fait toute leur vie que de vous louer. Je ne veux point vous accabler de louanges,

et m'amuser à vous dire que votre taille est
admirable , que votre teint a une beauté et
une fleur qui assurent que vous n'avez que
vingt ans , que votre bouche, vos dents et vos
cheveux sont incomparables : je ne veux point
vous dire toutes ces choses ; votre miroir vous
les dit assez ; mais, comme vous ne vous amusez
pas à lui parler , il ne peut vous dire combien
vous êtes aimable et charmante , quand vous
parlez ; et c'est ce que je veux vous apprendre.

Sachez donc , madame, si par hasard vous
ne le savez pas , que votre esprit pare et em-
bellit si fort votre personne , qu'il n'y en a
point au monde de si agréable. Lorsque vous
êtes animée , dans une conversation dont la
contrainte est bannie , tout ce que vous dites
a un tel charme , et vous sied si bien , que vos
paroles attirent les ris et les grâces autour de
vous ; et le brillant de votre esprit donne un
si grand éclat à votre teint et à vos yeux ,
que , quoiqu'il semble que l'esprit ne dût
toucher que les oreilles , il est pourtant certain que le vôtre éblouit les yeux , et que ,
lorsqu'on vous écoute, l'on ne voit plus qu'il
manque quelque chose à la régularité de vos
traits , et l'on vous croit la beauté du monde
la plus achevée. Vous pouvez juger, par ce
que je viens de vous dire, que , si je vous

suis inconnu, vous ne m'êtes pas inconnue,
et qu'il faut que j'aie eu plus d'une fois l'honneur de vous voir et de vous entretenir, pour
avoir démêlé ce qui fait en vous cet agrément
dont tout le monde est surpris : mais je veux
encore vous faire voir, madame, que je ne
connais pas moins les qualités solides qui sont
en vous, que je sais les agréables dont on est
touché. Votre âme est grande, noble, propre
à dispenser des trésors, et incapable de s'a-
baisser au soin d'en amasser. Vous êtes sensible à la gloire et à l'ambition ; et vous ne
l'êtes pas moins au plaisir. Vous paraissez
née pour eux, et il semble qu'ils soient faits
pour vous. Votre présence augmente les divertissemens, et les divertissemens augmentent
votre beauté, lorsqu'ils vous environnent ; enfin la joie est l'état véritable de votre âme, et
le chagrin vous est plus contraire qu'à personne
du monde. Vous êtes naturellement tendre et
passionnée ; mais, à la honte de notre sexe,
cette tendresse nous a été inutile, et vous l'avez
renfermée dans le vôtre, en la donnant à madame de La Fayette. Ah ! madame, s'il y avait
quelqu'un au monde assez heureux pour que
vous ne l'eussiez pas trouvé indigne de ce tré-
sor dont elle jouit, et qu'il n'eût pas tout mis
en usage pour le posséder, il mériterait toutes

16*

les disgrâces dont l'amour peut accabler ceux
qui vivent sous son empire. Quel bonheur d'être
le maître d'un cœur comme le vôtre, dont les
sentimens fussent expliqués par cet esprit galant et agréable que les dieux vous ont donné!
et votre cœur, madame, est sans doute un
bien qui ne se peut mériter; jamais il n'y en
eut un si généreux, si bien fait, et si fidèle.
Il y a des gens qui vous soupçonnent de ne le
montrer pas toujours tel qu'il est; mais, au
contraire, vous êtes si accoutumée à n'y rien
sentir qu'il ne vous soit honorable de montrer,
que même vous y laissez voir quelquefois ce que
la prudence du siècle vous obligerait de cacher.
Vous êtes née la plus civile et la plus obligeante
personne qui ait jamais été, et, par un air
libre et doux qui est dans toutes vos actions, les
plus simples complimens de bienséance paraissent en votre bouche des protestations d'amitié,
et tous ceux qui sortent d'auprès de vous s'en
vont persuadés de votre estime et de votre bien-
veillance, sans qu'ils se puissent dire à eux-
mêmes quelle marque vous leur avez donnée de
l'une et de l'autre. Enfin vous avez reçu des
grâces du ciel, qui n'ont jamais été données
qu'à vous; et le monde vous est obligé de lui
être venu montrer mille agréables qualités qui,
jusqu'ici, lui avaient été inconnues. Je ne veux

point m'embarquer à vous les dépeindre toutes;
car je romprais le dessein que j'ai de ne vous
pas accabler de louanges, et de plus, madame,
pour vous en donner qui fussent

> Dignes de vous et de paraître,
> Il faudrait être votre amant,
> Et je n'ai pas l'honneur de l'être [1]

---

[1] Derniers vers de la pompe funèbre de Voiture, par
Sarrazin.

FIN DES OEUVRES DE MADAME DE LA FAYETTE.

HISTOIRE

DE

LA COMTESSE DE SAVOIE.

AVIS

DES ÉDITEURS.

———

Le roman de *la comtesse de Savoie* et celui d'*Aménophis*, par madame de Fontaines, se placent naturellement à la suite des *OEuvres de madame de La Fayette*. Ces ouvrages sont de la même école ; l'élève a paru digne du maître par la combinaison des événemens, la peinture des caractères, la moralité du dénoûment, et l'agrément du style. L'action du premier roman se passe dans le onzième siècle ; la partie historique consiste dans le récit des événemens qui amenèrent Guillaume le Conquérant au trône d'Angleterre ; mais les mœurs sont d'une époque plus avancée en civilisation. On y retrouve les délicatesses de sentiment qui caractérisaient la société épurée du dix-septième siècle, et qui se perdirent dans les saturnales de la

régence. Ce n'est ni la description minu-
tieuse des lieux, ni la vérité des mœurs du
temps qu'il faut chercher dans les romans
de madame de Fontaines; elle n'a pas été
plus scrupuleuse à cet égard que madame
de La Fayette; le lecteur en est ample-
ment dédommagé par l'intérêt des situations et la vérité des mouvemens du cœur.
Ces ouvrages ont tous un but moral,
avantage précieux qui manque généralement à l'enfance et à la caducité des litté-
rateurs. Ce sont des cours de morale en
action qui élèvent le talent de l'écrivain, et
lui assurent une gloire sans mélange.

La comtesse de Savoie reçut du public
un accueil flatteur. Il paraît que madame
de Fontaines avait communiqué cette pro-
duction à Voltaire, qui conserva long-
temps avec elle des liaisons d'amitié. Ce
grand poëte, qui n'était point avare d'élo-
ges, adressa à madame de Fontaines, en
1713, un compliment en vers, qui suffi-
rait seul pour sauver de l'oubli la mémoire
de cette femme aimable et spirituelle. On
remarquera dans la louange cette exagéra-

tion qui devient flatterie; mais ce poëte
n'y regarde pas de si près; il ne cherche
qu'à plaire; et nul écrivain n'y a réussi
aussi-bien que Voltaire. Voici ces vers,
qui sont un peu négligés, mais où respire
cette grâce parfaite dont le poëte du dix-
huitième siècle sera toujours le modèle :

La Fayette et Segrais, couple sublime et tendre,
Le modèle avant vous de nos galans écrits,
Des Champs-Élysiens, sur les ailes des ris,
    Vinrent depuis peu dans Paris.
D'où ne viendrait-on point, Sapho, pour vous entendre?
    A vos genoux tous deux humiliés,
    Tous deux vaincus, et pourtant pleins de joie,
      Ils mirent Zayde aux pieds
      De la comtesse de Savoie.
Ils avaient bien raison. Quel dieu, charmant auteur,
Quel dieu vous a donné ce langage enchanteur,
    La force et la délicatesse,
    La simplicité, la noblesse,
    Que Fénélon seul avait joint,
Ce naturel aisé dont l'art n'approche point?
Sapho, qui ne croirait que l'amour vous inspire?
Mais vous vous contentez de vanter son empire;
De Mondor amoureux vous peignez le beau feu,
    Et la vertueuse faiblesse
      D'une maîtresse
Qui lui fait, en fuyant, un si charmant aveu.
Ah! pouvez-vous donner ces leçons de tendresse,

Vous qui les pratiquez si peu?
C'est ainsi que Marot, sur sa lyre incrédule,
Du dieu qu'il méconnut prôna la sainteté.
Vous avez pour l'amour aussi peu de scrupule :
Vous ne le servez point, et vous l'avez chanté.
　　Adieu. Malgré mes épilogues,
　　Puissiez-vous pourtant, tous les ans,
　　Me lire deux ou trois romans,
　　Et taxer quatre synagogues !

M. Auger nous a donné, dans une édition des *OEuvres de mesdames de La Fayette, de Fontaines et de Tencin*, l'explication de ce dernier vers. M. de Givri, père de madame de Fontaines, avait aidé les juifs dans le projet d'établir une synagogue à Metz. On était dans l'usage constant de faire payer chèrement les services de ce genre aux enfans d'Israël, qui n'étaient pas moins exacts à prendre leur revanche dans l'occasion. C'est évidemment, ajoute M. Auger, au parti que M. de Givri tira, en cette occasion, de ses bons offices, que Voltaire fait allusion dans ses vers ; *il est assez singulier* qu'il ait jugé à propos de le rappeler à sa fille.

Cette allusion peut nous paraître aujourd'hui singulière ; mais en nous reportant à l'époque où Voltaire composait ces vers, nous n'y trouvons rien d'extraordinaire. Il ne faut pas croire, sur la foi de quelques écrivains adulateurs, que les idées de morale et d'honneur fussent alors aussi bien définies qu'elles le sont aujourd'hui. Tel acte qui exposerait le personnage le plus éminent à la sévérité des jugemens publics, passait encore, au commencement du dernier siècle, pour un acte indifférent ou même digne d'éloge. Madame de Maintenon, cette reine clandestine, trouvait tout simple d'engager son frère à se mettre sur les rangs pour acheter à vil prix les biens confisqués des religionnaires du Poitou. « Personne, dit Saint-Simon, n'était plus au goût du roi que le duc de C*****, et n'avait usurpé plus d'autorité dans le monde. Il était très-splendide en tout, grand joueur, et ne s'y piquait pas d'une fidélité bien exacte. Plusieurs grands seigneurs en usaient de même, et on en riait. »

Les moyens les plus odieux de faire fortune semblèrent naturels, pourvu qu'ils ne fussent employés que par des personnes titrées ; la délation et la cupidité étaient au nombre des priviléges des hommes de cour. « Les premiers personnages de l'état, dit M. Lemontey dans son excellent *Essai sur la monarchie de Louis XIV*, s'enrôlaient dans ces croisades financières. Les princesses ne craignaient pas d'y figurer. Le frère du roi retira un million d'une seule poursuite dirigée par lui-même contre les trésoriers de la guerre, effrayés d'un tel adversaire. »

M. de Givri avait fait payer aux Israélites de Metz ses avis et sa protection. C'était une bonne fortune qui excitait probablement plus d'envie que de surprise ; je croirais volontiers qu'on en fit un mérite au protecteur. Le vers de Voltaire me confirme dans cette idée, car il possédait à un trop haut degré le sentiment des convenances, pour rappeler à madame de Fontaines un souvenir qui aurait pu blesser sa tendresse filiale. On avait alors très-peu d'égards pour les juifs; le sanhédrin lui-même n'avait pas été épargné; et celui qui parvenait à lever des tributs sur quelques synagogues, devait être regardé comme un homme de génie.

Ce qu'il y a de plus singulier dans le compliment de Voltaire, c'est qu'il ait élevé le roman de *la comtesse de Savoie* au-dessus de *Zayde*. Mais, comme je l'ai déjà fait entendre, la flatterie est éminemment poétique. Nous en avons eu des preuves multipliées; l'adulation est à son aise dans le domaine de la poésie.

Voltaire aurait pu juger en connaissance de cause, car il est évident qu'il avait lu avec attention l'ouvrage de madame de Fontaines. « C'est là, dit La Harpe, qu'il a puisé le sujet de la tragédie de *Tancrède*. M. Auger remarque avec raison qu'il en avait aussi tiré le sujet d'*Artémise*, tragédie jouée sans succès en 1720, et dont il ne reste que des fragmens. Un roman qui a fourni deux sujets tragiques à un poëte tel que Voltaire, mérite assurément d'être sauvé de l'oubli.

Le roman d'*Aménophis* renferme aussi
le sujet d'un drame. On y voit un grand-
prêtre usurpateur, une légitimité violée,
une restauration pure de sang et de larmes. Le tyran est détrôné; l'innocence
triomphe, de chastes amours reçoivent
leur récompense. Quelles ressources pour
le talent du poëte! Et, lorsqu'on songe
que la scène se passe dans les souterrains
du temple du Soleil, on doit être surpris
qu'un sujet, si fécond en accidens drama-
tiques, n'ait pas tenté quelques-uns de nos
écrivains. Mais on ne lit plus que des pro-
ductions exotiques; les muses étrangères
ont envahi le parnasse français; nous por-
tons nous-mêmes des mains sacriléges sur
les autels de nos dieux domestiques. Dieu
veuille que la barbarie ne soit pas le châtiment de cette profanation.

Le moyen le plus efficace de repousser
un tel fléau, est sans doute de reproduire
les ouvrages avoués par le goût. Tels sont
ceux de madame de La Fayette, de madame de Tencin et de madame de Fontaines. Ce ne sont point des modèles que

je propose à la servilité des imitateurs,
ce sont des études propres à révéler le secret des passions, et à faire connaître leur
langage; c'est la vie intérieure qu'ils re-
présentent. Les femmes qui les ont écrits
avaient tout le talent et la finesse d'obser-
vation nécessaires pour réussir dans cette
tâche difficile. Elles portent au cœur plus
qu'à l'imagination. C'est précisément le
contraire de ce qui se fait aujourd'hui.

Ce n'est que par les ouvrages de madame de Fontaines qu'on peut se former
quelque idée de son caractère et de son
esprit. Ce que nous savons d'elle person-
nellement est peu de chose. Elle se nom-
mait Marie-Louise-Charlotte de Pelard
de Givri, et elle était fille du marquis de
Givri, ancien commandant de Metz. Mademoiselle de Givri épousa le comte de
Fontaines, dont elle eut un fils et une
fille. Elle mourut en 1730. Deux ouvrages
de peu d'étendue lui ont survécu; elle fut
l'amie de Voltaire; le temps respectera sa
mémoire.

A. JAY.

HISTOIRE

DE

LA COMTESSE DE SAVOIE.

———

Les annales d'Espagne sont remplies des fameux démêlés des Tolède et des Mendoce ; ces
deux maisons, les plus illustres du royaume,
avaient une haine l'une pour l'autre, qui durait
depuis plusieurs siècles ; et cette haine, en
naissant, était, dans leur cœur, aussi naturelle que la vie. Leur animosité parut plus vive
que jamais, dans le temps que Henri Ier. régnait en France, et que la plupart des pro-
vinces d'Espagne avaient leur souverain particulier ; celle de Murcie était possédée par les
Mendoce. Le chef de cette maison se trouva,
dans une grande jeunesse, maître de ses actions : non-seulement il était parfaitement beau
et bien fait, mais il avait encore toutes les
qualités qui font les grands héros. Comme il ne
respirait que les occasions d'acquérir de la
gloire, la paix qui régnait dans toutes les Espagnes lui fit former le dessein d'exercer sa va-

leur contre les Tolède , ses ennemis déclarés.
Il assembla ses vassaux , et mit sur pied une
armée plus redoutable par le zèle et la valeur
de ceux qui la composaient, que par leur grand
nombre. Les Tolède , qui en furent avertis ,
assemblèrent de leur côté un corps de troupes
considérable. Ils ne se laissèrent pas prévenir
par Mendoce ; ils marchèrent au – devant de
lui. Ces deux armées, animées par leur chef,
se joignirent à quatre lieues de Carthagène ,
où elles commencèrent un des plus sanglans
combats qui se soient jamais donnés. Il y avait
déjà un grand nombre de morts de part et
d'autre , lorsque dona Isabelle , sœur de Mendoce , jeune veuve d'une piété et d'une vertu
exemplaires, en fut avertie. Tremblante pour
les jours de son frère qu'elle aimait passionnément , elle fit vœu de faire le voyage de Rome
à pied , au cas qu'il revînt victorieux. Ces sortes
de vœux étaient fort en usage en ce temps-là ;
celui de dona Isabelle fut exaucé : Mendoce
combattit avec tant de valeur, qu'il remporta
une entière victoire ; les Tolède , malgré leur
haine , se trouvèrent réduits à demander la
paix. Mendoce , dont tous les sentimens étaient
nobles et généreux , préféra aux avantages qu'il
aurait pu tirer de sa victoire , la gloire d'accorder la paix à ses ennemis vaincus et hu-

miliés. Après l'avoir signée, il revint triom-
phant dans Carthagène, ville capitale de ses
états. Il était lui-même le principal ornement
de son triomphe ; jamais on n'avait vu tant de
grâces et de charmes dans une même personne,
ni tant de gloire dans une si grande jeunesse.
Les peuples, enchantés, ne pouvaient se lasser
de l'admirer et de lui marquer leur zèle ; mais
la joie de dona Isabelle, de voir Mendoce échappé d'un si grand péril et vainqueur de ses ennemis, ne se peut exprimer. Elle était persuadée
que son vœu y avait contribué ; dans cette
pensée, elle ne songea qu'à l'accomplir promptement. Elle en parla à son frère. Quelque
touché qu'il fût de cette marque d'amitié de sa
sœur, il eut peine à l'approuver ; il trouvait
qu'il y avait de l'imprudence à elle de s'être
engagée à faire un voyage si long et si pénible
à pied. Il n'oublia rien pour la détourner de
ce dessein ; mais dona Isabelle, qui croyait
devoir le salut de son frère au vœu qu'elle avait
fait, voulut absolument l'exécuter. Elle avait
épousé un prince des Asturies, et, depuis sa
mort, elle s'était retirée auprès de Mendoce :
il consentit enfin à la laisser partir ; il lui
donna une suite nombreuse pour l'accompagner. Comme elle ne voulait point se faire connaître, elle prit, en partant, un habit de

pèlerine, et en fit prendre à toute sa suite.
Le zèle avec lequel elle entreprenait un si grand
voyage lui en fit supporter les incommodités
avec plaisir ; elle traversa une partie de la
France, et, après avoir passé les Alpes, elle
arriva à Turin.

Odon, comte de Maurienne et de Savoie, y
faisait son séjour, depuis qu'Adélaïde de Suze,
dont il était veuf, lui avait apporté en dot le
comté de Turin, Suze et le Val d'Aouste ; il
venait d'épouser, en secondes noces, une sœur
d'Édouard, roi d'Angleterre, qui passait pour
un chef-d'œuvre de la nature. Dona Isabelle ne
put résister à la curiosité de juger par elle-
même si la beauté de la comtesse de Savoie
était aussi parfaite qu'on le publiait. Elle s'informa des moyens de la voir ; on lui apprit
que cette princesse allait tous les jours se promener sur les bords du Pô. Dona Isabelle se
plaça sur son chemin, à l'heure qu'on lui avait
dit qu'elle devait passer ; elle n'y fut pas long-
temps sans la voir paraître suivie d'une cour
pompeuse et galante. Le hasard favorisa le désir
de dona Isabelle ; la comtesse s'arrêta, pour
donner quelque ordre, précisément vis-à-vis
d'elle, et lui donna le temps de la considérer.
Quelque prévenue que fût dona Isabelle de la
beauté de la comtesse, elle en fut si frappée,

qu'elle ne put s'empêcher de s'écrier en langage espagnol : Qu'elle est belle ! si le ciel eût permis que mon frère et cette princesse eussent été unis, ils auraient fait l'admiration de toute la terre. La comtesse entendait l'espagnol ; on est toujours flatté d'être admiré , quelque accoutumé que l'on soit à l'être : la comtesse regarda avec attention celle qui venait de tenir ce discours; elle lui trouva tant de beauté et un air si noble dans son habit de pèlerine , qu'elle ne douta pas qu'elle ne fût une personne d'une condition relevée. Ce qui contribua encore à l'affermir dans cette idée , c'est qu'elle remarqua que la suite nombreuse de pélerins et de pélerines qui accompagnait dona Isabelle semblait se tenir éloignée d'elle avec une sorte de respect. Elle continua cependant de marcher ; mais elle ordonna qu'on suivît cette étrangère, qu'on lui dît de sa part qu'elle voulait lui parler , et qu'elle l'attendît dans son palais au retour de la promenade. Cet ordre fut exécuté : dona Isabelle crut ne devoir pas refuser la comtesse; elle consentit à ce qu'elle exigeait d'elle , et elle se laissa conduire au palais.

Cependant la comtesse, l'esprit occupé de la pélerine et de son discours, avait une sorte de curiosité inquiète qui ne lui permit pas de goûter le plaisir de la promenade : elle la finit

de meilleure heure qu'elle n'avait accoutumé.
Elle trouva en arrivant dona Isabelle dans son
appartement; et, voulant lui parler sans témoins, elle lui fit dire de la suivre dans son
cabinet. Dès qu'elle y fut entrée, la comtesse
la traita avec beaucoup de bonté; elle lui fit
plusieurs questions en espagnol; dona Isabelle
y répondit avec tant d'esprit et de politesse, que
la comtesse fut presque convaincue qu'elle était
fort au-dessus de ce qu'elle voulait paraître.
Elle lui laissa voir ses soupçons, et elle la pria
avec tant d'instance de ne se point cacher à
elle, que dona Isabelle, malgré la répugnance
qu'elle avait de se faire connaître, se rendit
aux manières flatteuses et engageantes de la
comtesse; elle lui apprit sa naissance et le sujet
de son voyage. Après les premiers complimens,
la comtesse, regardant dona Isabelle avec un
souris charmant : A en juger, madame, lui
dit-elle, par le voyage que vous faites et par
le discours que vous avez tenu quand j'ai passé
auprès de vous, il faut convenir que jamais
sœur n'a aimé un frère si tendrement que vous
aimez Mendoce. Dona Isabelle fut d'abord un
peu embarrassée de ce que son discours avait
été entendu; elle se remit cependant, et elle
répondit à la comtesse qu'il était vrai que son
voyage marquait sa tendresse pour son frère;

mais qu'à l'égard de ce qu'elle avait dit d'avantageux de lui dans une langue qu'elle croyait être
ignorée d'elle, l'amitié n'y avait nulle part.
Je n'ai parlé de lui, continua-t-elle, que
comme les personnes les plus indifférentes qui
le connaissent en parlent, et j'ose même vous
assurer, ajouta-t-elle, qu'il passe dans toutes
les Espagnes pour ce qu'on y a jamais vu de
plus accompli. Mais, madame, dit dona Isabelle, en tirant de sa poche une boîte qu'elle
présenta à la comtesse, si vous daignez jeter
les yeux sur le portrait que renferme cette boîte,
vous jugerez vous-même si j'ai eu tort de vanter
la beauté de mon frère. La comtesse prit la boîte
avec vivacité, elle considéra le portrait avec un
trouble et une agitation qu'elle n'avait jamais
sentis : elle se serait oubliée en le regardant,
si l'arrivée du comte n'eût interrompu le plaisir
qu'elle goûtait à le considérer. La vue de son
mari, dans ce moment, la fit rougir ; elle
craignit, sans savoir pourquoi, qu'il ne vît le
portrait ; elle referma promptement la boîte ;
et, par un mouvement dont elle ne fut pas la
maîtresse, au lieu de la rendre à dona Isabelle,
elle la garda, et, s'avançant au-devant du
comte avec cet air gracieux qui accompagnait
toutes ses actions, elle lui présenta dona Isabelle de Mendoce, et elle lui expliqua les rai-

sous qui la faisaient voyager en habit de pèlerine.

Le comte, après avoir rendu à dona Isabelle tout ce qu'il crut devoir à une personne d'une naissance si illustre, sur ce que la comtesse lui fit entendre que cette princesse ne voulait point paraître en public, sortit pour ne les pas contraindre. Dona Isabelle et la comtesse passèrent le reste de la journée ensemble : Mendoce fut presque toujours le sujet de la conversation. La comtesse pressa inutilement dona Isabelle de faire quelque séjour à Turin ; tout ce qu'elle put obtenir d'elle, ce fut d'y repasser à son retour de Rome. Pour m'assurer de la promesse que vous me faites, madame, lui dit la comtesse d'un air enjoué, je garderai le portrait de ce frère qui vous est si cher, comme un gage assuré de votre retour. Dona Isabelle parut un peu embarrassée ; elle eut envie de presser la comtesse de lui rendre ce portrait ; mais, croyant qu'un refus, en cette occasion, paraîtrait bizarre à cette princesse, et pourrait lui faire penser qu'elle répondait mal à cette marque de son amitié : Je ne sais, madame, lui répondit-elle, si je fais bien d'avoir la complaisance de vous laisser ce prétendu gage ; mais je sais bien que, si mon frère savait que j'eusse montré un portrait de lui, il m'en saurait mauvais gré. Ce discours inspira de la curiosité à la comtesse ;

elle pressa dona Isabelle de lui dire les raisons
qui pourraient le faire trouver mauvais à Mendoce. Aurait-il quelque maîtresse jalouse d'une
sœur, madame? dit la comtesse. Dona Isabelle
sourit; et, après avoir dit à la comtesse que
son frère jusqu'alors avait vécu dans une parfaite indifférence : Je vois bien, ajouta-t-elle,
qu'il faut que je vous apprenne une particularité
qui vous fera peut-être trouver un peu trop de
faiblesse à Mendoce. On lui a prédit qu'un portrait de lui causerait quelque jour de grands
troubles dans sa vie ; il a toujours refusé de se
faire peindre; mais moi, qui ajoute peu de foi
à ces sortes de prédictions, j'ai fait faire son
portrait, sans qu'il l'ait su. Je vous le laisse
cependant sans crainte ; je serais même charmée qu'il vous parût assez aimable pour le garder
toujours. Après ce discours, elle prit congé de
la comtesse; et, le lendemain, elle partit fort
matin pour continuer son voyage.

Après son départ, la comtesse se trouva dans
une espèce de tristesse et de langueur dont elle
ne pouvait assez s'étonner elle-même. L'idée
de Mendoce se présentait incessamment à son
esprit ; tout ce que dona Isabelle lui avait dit
de lui, soutenu par les charmes qu'elle trouvait dans son portrait, lui ôtait le repos et in-
terrompait son sommeil. Elle ne pouvait com-

prendre la singularité de ses sentimens : elle se
sentait du goût pour un homme qu'elle n'avait
jamais vu, que, selon toutes les apparences,
elle ne verrait jamais ; sa vertu était alarmée de
tout ce qui se passait dans son cœur et dans
son esprit. Ses pensées, qui jusqu'alors avaient
été si innocentes, lui paraissaient criminelles ;
et cependant, malgré tout ce qu'elle se disait à
elle-même, elle se sentait entraînée par un penchant dont elle n'était pas la maîtresse. Il est
si naturel d'avoir envie de parler à quelqu'un
de ce qui nous occupe, que la comtesse ne put
s'empêcher de faire confidence de la situation
où elle se trouvait à Émilie, une fille qui était
à elle, et la seule Anglaise qui l'eût suivie en Savoie. Émilie avait de l'esprit et un grand attachement pour la comtesse ; elle fut touchée de l'état
où elle la voyait ; elle n'oublia rien pour rendre
le calme à son cœur et à son esprit, et pour
adoucir ses peines, en lui faisant envisager
qu'elle s'alarmait trop aisément. Il y a plus de
curiosité que d'amour, madame, disait-elle à la
comtesse, dans les sentimens que vous croyez
avoir pour Mendoce ; l'image charmante que
vous vous faites de lui est fondée sur les discours
d'une sœur, et sur un portrait, qui le flattent
sans doute également l'un et l'autre ; sa présence
détruirait peut-être l'idée avantageuse que vous

avez de lui. La comtesse trouvait de la raison
à ce que disait Émilie ; mais ce qu'elle sentait
dans son cœur pour Mendoce était trop vif pour
qu'elle pût se flatter que la simple curiosité y
eût part. On ne rend point raison des caprices
du cœur ; l'exemple de la comtesse n'est pas le
seul qui nous ait prouvé la bizarrerie de ses sentimens. Depuis que cette princesse avait confié
les siens à Émilie, elle ne goûtait plus d'autre
plaisir que celui d'être en particulier avec elle ;
tous les divertissemens qui jusqu'alors l'avaient
amusée, lui devinrent ennuyeux. Elle voulait
oublier Mendoce ; et, cependant, elle en parlait toujours. Le temps, qui d'ordinaire adoucit
les plus grands maux, ne prit rien sur ceux de
la comtesse ; et elle était plus agitée que jamais,
lorsque dona Isabelle, comme elle l'avait promis,
revint à Turin. La comtesse fut ravie de la revoir, parce qu'elle était sœur de Mendoce : elle
fut tentée de lui en rendre le portrait ; mais elle
n'en eut pas la force.

Dona Isabelle, pendant quelques jours qu'elle
passa à Turin, prit beaucoup d'amitié pour la
comtesse ; elle ne s'en sépara qu'avec peine ; et
cette princesse, de son côté, eut un véritable
chagrin de la voir partir. L'envie de lui plaire
avait suspendu la violence de ses combats secrets ; elle se faisait un plaisir délicat de penser

que cette princesse dirait à son frère qu'elle était
aimable; mais, après son départ, elle retomba
dans ses rêveries ordinaires. Comme elle était
naturellement gaie, ce changement d'humeur
fit impression sur son tempérament; elle tomba
dangereusement malade : le comte, qui avait
pour elle une véritable passion, était dans une
affliction extrême; il ne la quittait point. La
comtesse, qui naturellement aimait son devoir,
était touchée de la tendresse qu'il lui témoignait;
elle se reprochait ce qu'elle en ressentait pour
un autre, et les reproches secrets qu'elle se faisait augmentaient encore sa maladie. Cependant
sa grande jeunesse surmonta la violence de son
mal; on ne craignit plus pour sa vie; mais il
lui resta une langueur contre laquelle tout l'art
des médecins fut inutile.

En ce temps-là, il y avait, auprès des états de
Mendoce, une fontaine célèbre, qui avait été
découverte par le fameux Averroës, médecin
arabe, qui l'avait mise en réputation; les eaux
s'en sont perdues depuis, par la négligence des
Espagnols : les médecins ordonnèrent à la comtesse d'aller prendre les eaux de cette fontaine.
Elle sut que ces eaux n'étaient pas éloignées du
séjour de Mendoce. Elle fut d'abord embarrassée
sur le parti qu'elle devait prendre; elle craignit
de s'exposer au péril de voir un homme pour

qui elle avait déjà des sentimens trop tendres :
dans cette pensée, elle fut tentée de s'opposer au
voyage qu'on lui proposait; mais l'espérance de
voir Mendoce était trop flatteuse pour ne pas
détruire des réflexions si prudentes. Cette joie
douce que l'amour seul peut mettre dans le
cœur s'empara du sien; ses scrupules s'éva-
nouirent, et elle ne fut plus occupée que de la
crainte que sa santé ne fût rétablie avant son
départ. Le comte, persuadé que la guérison de
la comtesse dépendait des eaux qu'on lui avait
ordonnées, quelque répugnance qu'il eût à se
séparer d'elle, pressa son départ; il lui donna
un équipage superbe, et la fit accompagner d'une
suite digne d'une grande princesse. L'espérance
était un plaisir si nouveau pour la comtesse,
qu'elle en goûtait toute la douceur. Rien ne
contribue tant au rétablissement de la santé,
que la satisfaction de l'esprit et du cœur; à mesure que la comtesse approchait des états de
Mendoce, ses charmes reprenaient tout leur
éclat; elle se flattait que, puisque le hasard,
contre toute apparence, la conduisait si près de
lui, le même hasard lui fournirait une occasion
de le voir. Émilie, complaisante comme le sont
d'ordinaire la plupart des favorites, qui saisis-
sent les occasions de plaire en applaudissant aux
faiblesses des personnes dont elles ont la con-

fiance, confirmait la comtesse dans une idée qui
lui était si agréable. Cette princesse ne fut pas
trompée dans son attente. Quoiqu'il y eût long-
temps que dona Isabelle fût partie de Turin,
comme elle faisait de très-petites journées, la
comtesse la joignit à l'entrée des états de Mendoce. Ces deux princesses furent charmées de se
revoir. Dona Isabelle ne pouvait comprendre par
quelle aventure la comtesse était en Espagne;
elle lui en témoigna son étonnement : la comtesse lui dit en rougissant, qu'on lui avait ordonné les eaux de la fontaine d'Averroës, pour
le rétablissement de sa santé. Vous êtes si belle,
madame, lui répondit dona Isabelle, en la regardant avec admiration, que je vous avouerai
que, malgré l'inquiétude que me donneraient
les moindres de vos maux, je ne puis m'alarmer
de ceux dont vous vous plaignez ; ils ne me paraissent pas assez considérables pour troubler la
joie que j'ai de vous voir, et de penser que vous
viendrez passer quelques jours, avec moi, à
Carthagène; car j'ose me flatter que, puisque
mon bonheur vous en a conduite si près, vous
ne me refuserez pas cette marque de l'honneur
de votre amitié. Le premier mouvement de la
comtesse fut d'abord d'être charmée d'une proposition qui flattait si fort son goût; mais la réflexion qu'elle fit, combien elle manquerait à ce

qu'elle devait au comte de Savoie, et à ce qu'elle
se devait à elle-même, en faisant la démarche
d'aller chez un prince pour qui elle se sentait
une inclination violente, la faisait balancer sur
la réponse qu'elle ferait. Dona Isabelle, qui s'a-
perçut de son irrésolution, et qui était bien éloignée d'en pénétrer la cause, redoubla ses prières
avec tant d'instance, que la comtesse, entraînée d'ailleurs par son penchant, n'eut pas la
force de lui résister; elle consentit à aller à Carthagène.

Comme le vœu de dona Isabelle était fini du
moment qu'elle était entrée sur les états de Mendoce, elle ne fit point de difficulté de monter
dans le char de la comtesse pour se rendre à
Carthagène. A peine y fut-elle placée, qu'elle
vit paraître un grand nombre de cavaliers : elle
crut reconnaître son frère qui marchait à leur
tête; elle ne se trompait pas. Comme elle lui
avait fait savoir le jour de son arrivée, il venait, par son empressement, lui marquer la
joie qu'il avait de la voir de retour d'un voyage
qui était une preuve si extraordinaire et si sensible de son amitié pour lui. Mendoce aperçut
de loin un char, et ce char lui parut si magnifique, qu'il ne put imaginer ce que ce pouvait
être; il s'avança lui-même pour le savoir; il
reconnut sa sœur; il descendit de cheval pour

l'embrasser; elle se hâta de lui apprendre que
c'était la comtesse de Savoie avec qui elle était.
Mendoce, suivi d'une brillante jeunesse, était,
ce jour-là, plus paré et plus charmant qu'il
n'avait jamais été; il fut si surpris de la beauté
de la comtesse, que, lorsqu'il s'avança pour la
saluer, il ne put s'empêcher de donner des marques de son admiration. Cette princesse était
agitée de tant de mouvemens différens, qu'il
est impossible de les représenter; la joie et la
crainte étaient peintes en même temps dans ses
yeux; ils jetaient tant de feu, et animaient son
visage de couleurs si vives, qu'il était impossible que Mendoce en pût soutenir l'éclat. Dona
Isabelle, empressée à faire les honneurs des
états de Mendoce à la comtesse, dit à son frère
que cette princesse, après un assez grand voyage,
devait avoir besoin de repos, qu'il fallait aller à
Carthagène. Le char des princesses continua de
marcher, et Mendoce remonta à cheval pour les
accompagner. La vue de la comtesse lui avait
causé un trouble et une agitation dont il ne dé-
mêlait pas encore bien la cause. En arrivant à
Carthagène, il lui donna la main, pour la conduire dans un appartement orné de tout ce que
l'univers peut avoir de plus rare. Dona Isabelle
et lui jugèrent à propos de la laisser en liberté.
Dès qu'ils furent sortis, la comtesse congédia

tous ceux de sa suite; elle ne retint auprès d'elle
que la seule Émilie. Qu'ai-je fait, ma chère
Émilie, dit-elle, en m'exposant à voir Mendoce? sa vue n'a que trop déterminé mes sentimens; il ne m'est plus permis de douter de
ma passion; mais quelque empire qu'elle prenne
sur mon cœur, ma vertu sera la plus forte; je
prévois l'abîme des maux où je me suis plongée
par mon imprudence; le goût que j'avais pour
Mendoce, avant que de l'avoir vu, n'était pas
assez fort pour n'être pas détruit par le temps et
par la raison : pourquoi suis-je venue si loin
chercher mon malheur! Car enfin, je sens bien
que ma passion est présentement trop forte pour
pouvoir espérer que le temps et la raison puissent l'éteindre; je la cacherai éternellement;
plût au ciel que je pusse me la cacher à moi-
même !

Émilie s'aperçut qu'il tombait quelques larmes des yeux de la comtesse : Eh ! madame, lui
dit-elle, pourquoi cherchez-vous à vous tourmenter vous-même ? Trop de scrupule et de re-
cherche de votre cœur vous font trouver en vous
ce qui n'y est pas. Le moyen le plus sûr d'effacer de votre esprit l'impression que Mendoce y
pourrait avoir faite, c'est de n'avoir point sur
vous cette attention inquiète, plus propre à augmenter votre mal qu'à le guérir. Ne vous faites

point un crime de trouver Mendoce aimable ;
vivez avec lui sans réflexion, et comme si vous
ne le craigniez point. Vous trouverez par-là
votre repos et cette indifférence que vous croyez
avoir perdue. On nous persuade aisément ce qui
nous fait plaisir : la comtesse crut Émilie ; elle
résolut de suivre ses conseils, et de ne plus s'affliger de trouver Mendoce aimable. Cette résolution calma ses agitations, et elle soutint, le
reste du jour, la vue de Mendoce, avec moins
de trouble et d'embarras qu'elle ne l'avait imaginé ; et même, sans s'en apercevoir, elle
n'oublia rien pour lui plaire. Les jours suivans
ne furent pas si tranquilles qu'elle l'avait espéré de ce premier calme. Mendoce était devenu
éperdument amoureux d'elle. Il avait cru d'a-
bord n'avoir que de l'admiration pour sa beauté ;
il s'aperçut enfin qu'il sentait pour elle une passion dont toute sa raison n'était plus la maîtresse. Cette connaissance qu'il eut de ses sentimens, l'affligea : il vit tous les malheurs où
il s'allait livrer. Nul espoir ne pouvait le flatter :
la comtesse était mariée ; il allait dans peu de
jours en être séparé, apparemment pour toute
sa vie. Ces réflexions, bien loin d'affaiblir son
amour, lui donnaient de nouvelles forces. Il
s'aperçut qu'il le combattait inutilement ; il résolut du moins de le cacher avec soin.

La timidité accompagne toujours les grandes passions. Mendoce appréhendait que la comtesse ne s'aperçût de celle qu'il avait pour elle, et qu'elle n'en fût offensée. N'osant lui parler de son amour, il voulut du moins, par la diversité des plaisirs et la magnificence des fêtes, lui en donner des marques qui pussent n'être point soupçonnées, et qui rendraient à cette princesse le séjour de Carthagène agréable. Il crut même que le tumulte et la dissipation feraient qu'on aurait moins d'attention sur lui, et qu'il pourrait s'abandonner, avec moins de contrainte, au plaisir de la regarder. Le goût et la magnificence de Mendoce parurent dans les fêtes qu'il donna. Jamais on n'en avait vu de si superbes. Il y paraissait tant de galanterie mêlée avec la magnificence, qu'il était difficile qu'on ne s'aperçût pas qu'un amant avait pris soin de les ordonner. Il entrait dans tous ces divertissemens avec cet enjouement et cette satisfaction que donne le plaisir d'amuser ce qu'on aime. Attentif aux moindres actions de la comtesse, il remarqua qu'elle était souvent distraite et rêveuse, comme une personne dont le cœur serait prévenu d'une passion ; il ne pouvait croire que ce fût pour le comte de Savoie ; il savait qu'il était d'un âge qui ne pouvait donner pour lui à la comtesse qu'une amitié de dé-

voir, qui ne devait pas la faire souffrir de son
absence. Ingénieux à se tourmenter lui-même,
il s'imagina qu'elle aimait quelqu'un en Savoie,
et qu'elle en était occupée : cette idée lui parut
cruelle ; il ne se flattait pas d'être aimé de la
comtesse ; mais il ne pouvait souffrir qu'elle
en aimât un autre. Cette princesse l'examinait
avec les mêmes préventions ; elle attribuait les
rêveries et les inquiétudes qu'elle lui voyait, ou
au peu de plaisir qu'il avait d'être avec elle,
ou à quelque passion cachée qui n'était pas pour
elle. Quelquefois il lui paraissait qu'elle en
était bien aise, se persuadant que, n'étant point
aimée de lui, elle retrouverait sa première indifférence ; mais elle ne demeurait pas long-
temps dans ce sentiment, et elle était pénétrée
de douleur de penser qu'elle n'avait point touché son cœur. Quelque confiance qu'elle eût en
Émilie, ce dernier sentiment lui parut si honteux, qu'elle voulut lui en faire un mystère.
Toujours agitée et inquiète, elle se leva un
jour beaucoup plus matin qu'à son ordinaire ;
elle entra sur une terrasse qui était de plain-
pied à son appartement, d'où elle descendit
seule dans les jardins du palais. L'art y avait
si bien secondé la nature, que toute autre que
la comtesse n'aurait pu s'empêcher de les admirer ; mais cette princesse, peu touchée de leurs

beautés, prit le chemin d'un petit bois de myrte
qui était assez éloigné du palais. Elle s'y promena long-temps en rêvant, sans pouvoir convenir avec elle-même si elle aurait la force
d'oublier Mendoce, ou si elle porterait toute sa
vie dans son cœur le mortel chagrin d'aimer
malgré elle, et de cacher toujours sa passion à
celui qui la causait. Elle n'avait pas un seul sentiment qui ne fût combattu par un autre ; enfin,
elle vint s'asseoir dans un cabinet dont la palissade, au milieu du bois, était ouverte par
trois ou quatre portes qui donnaient sur autant
d'allées ; elle prit le portrait de Mendoce qu'elle
avait toujours ; et, sans savoir ce qu'elle faisait
ni ce qu'elle voulait, elle l'ouvrit, elle y attacha ses regards, et, en le considérant, elle
s'abîma dans une si profonde rêverie, qu'elle ne
voyait et n'entendait plus rien.

Mendoce, qui ignorait son bonheur, et qui,
bien éloigné de se croire aimé d'elle, osait à
peine s'avouer à lui-même qu'il en était amoureux, avait passé la nuit sans dormir, et, avant
le jour, il était venu dans ce bois où était la
comtesse. Il marchait sans dessein, et le hasard
le conduisit dans une de ces allées qui aboutissaient au cabinet où elle était : il y entra.
Elle était tournée de manière qu'il avança assez
près d'elle, sans en être aperçu, pour distin-

guer qu'elle tenait un portrait, qui lui parut
être celui d un jeune homme. Il ne s'y reconnut
point; et, quand même il eût su qu'il y avait
dans le monde un portrait de lui, il ne se serait pas imaginé qu'il fût entre les mains de la
comtesse, ni qu'il lui donnât cette attention
passionnée qu'il remarqua aisément en elle : il
en fut si affligé, qu'il ne put s'empêcher de soupirer assez haut pour interrompre sa rêverie.
Elle tourna la tête; elle vit Mendoce : la honte
et l'embarras d'être surprise par lui, en regardant son portrait, la firent rougir. En se levant
avec précipitation, elle ferma la boîte et la mit
dans sa poche; et, aussi tremblante que si elle
eût été surprise par le comte de Savoie dans
une rêverie si offensante pour lui, elle regarda
Mendoce sans avoir la force de lui parler. Il
avait dans les yeux et sur son visage tant de
trouble et tant de marques d'une agitation violente, que la comtesse ne savait que penser de
l'état où elle le voyait. Ah! Madame, lui dit-il,
puis-je vivre après ce que je viens de voir? Eh
quoi! Mendoce, dit la comtesse tout interdite,
qu'avez-vous donc vu qui vous cause tant d'é-
tonnement? Un portrait, madame, reprit-il
brusquement, un portrait entre vos mains, et
qui vous occupe au point que j'ai pu m'approcher de vous et marcher assez fort, sans que

vous m'ayez entendu. La comtesse, rassurée par
ce discours, qui lui faisait comprendre assez
clairement qu'il ne s'y était pas reconnu, ne
songea plus qu'à ne lui pas laisser penser que
ce fût celui d'un amant. Elle sourit avec un air
de douceur; et, regardant Mendoce avec plus
de confiance : Croyez-vous, lui dit-elle, qu'il ne
soit pas permis à une femme, qui est absente
de son mari, de se faire un plaisir d'en considérer quelquefois le portrait? Ah! madame,
s'écria Mendoce, ce n'est pas celui du comte
de Savoie que vous regardiez avec tant de plaisir et d'attention ; j'ai eu assez de temps pour
remarquer dans ce portrait les traits brillans
de la jeunesse ; vous cherchez inutilement à démentir mes yeux. Mais, madame, continua-t-il,
quel est donc cet homme heureux qui a pu
toucher votre cœur? Est-il digne de la gloire
d'être aimé de vous comme vous l'aimez?

La comtesse trouva l'air dont Mendoce lui
parlait trop hardi; elle en fut offensée; et, voulant toujours lui faire croire qu'il se trompait,
et que c'était le portrait de son mari qu'il avait
vu entre ses mains, elle prit ce ton de hauteur
et de fierté si naturel aux princesses, et qu'elles
savent le mieux prendre lorsqu'elles ont le plus
de tort. Mendoce, lui dit-elle, vous oubliez que
c'est à moi que vous parlez? Non, madame,

répliqua-t-il, je ne l'oublie point; mais je n'ou-
blierai jamais que c'est un autre portrait que
celui du comte de Savoie dont vous m'avez paru
si occupée. La comtesse, d'un ton de colère,
lui demanda de quel droit il osait lui témoigner
une curiosité si indiscrète. Je l'avoue, madame,
répondit-il, je suis un téméraire, je manque au
respect que je vous dois, je me manque à moi-
même; mais ma raison n'a plus de pouvoir sur
moi : j'ai eu assez de force pour vous cacher le
violent amour que vous avez fait naître dans
mon cœur dès le premier moment que je vous
ai vue; mais je n'en ai pas assez pour vous cacher l'affreuse jalousie dont j'ai été saisi à la
vue de ce fatal portrait qui met le comble à mon
malheur. Vous n'auriez jamais su, continua-t-
il, que Mendoce mourait d'amour pour vous,
si ma malheureuse étoile ne m'avait fait voir,
malgré moi, que j'ai un rival, et qu'il est aimé. La comtesse s'était fait jusqu'alors une si
grande violence pour cacher à Mendoce la tendresse qu'elle avait pour lui, qu'elle ne put se
faire encore la cruelle douleur de lui laisser
penser qu'elle en ressentait pour un autre. Toute
sa raison l'abandonna, et, par un transport
dont elle ne fut pas la maîtresse, elle tira de sa
poche le portrait, et le jetant aux pieds de ce
prince : Mendoce, lui dit-elle, en le regardant

avec des yeux où sa passion était entièrement
déclarée, ce portrait vous fera connaître l'injustice de vos soupçons : si vous n'en croyez pas
vos yeux, demandez à dona Isabelle, si vous
devez en être jaloux. En achevant ces mots, elle
le quitta brusquement, et courut pour gagner
son appartement : elle y arriva comme une personne éperdue et hors d'elle-même. Un vif repentir avait suivi de près l'aveu qu'elle venait
de faire. La honte de penser que Mendoce n'i-
gnorait plus sa passion, se présenta à elle dans
toute son horreur; la mort, dans cet instant,
lui aurait semblé douce; elle ne pouvait se pardonner d'avoir eu si peu de pouvoir sur elle; il
lui parut que le seul parti qu'elle avait à prendre pour se punir de sa faiblesse, c'était de s'ar-
racher de la présence de Mendoce, et de ne le
voir de sa vie; elle s'imagina même qu'en s'im-
posant une loi si cruelle, elle réparerait en quelque façon la faute qu'elle venait de faire. Elle
s'affermit dans cette résolution; et, regardant
Émilie, qui était seule dans sa chambre, et qui,
tout interdite du nouveau trouble où elle voyait
la comtesse, n'avait encore osé lui en demander
la cause : Émilie, lui dit-elle, en versant un
torrent de larmes, il faut partir de Carthagène,
et en partir dans ce moment; je ne puis trop tôt
quitter un séjour si funeste à ma gloire et à

mon repos. Allez, Émilie, continua-t-elle d'un
ton absolu, allez donner les ordres nécessaires
pour m'en éloigner, s'il est possible, avant que
l'on puisse être informé de mon dessein. L'air
dont la comtesse parlait ne permit pas à Émilie
de lui rien répliquer; elle alla porter ses ordres. Ils furent exécutés avec tant de diligence,
que cette princesse n'était pas encore remise de
son premier trouble, lorsqu'on lui vint dire que
tout était prêt pour son départ. La pensée qu'elle
ne verrait plus Mendoce la fit frémir, son courage fut prêt à l'abandonner; mais enfin, sa
vertu, surmontant sa faiblesse, lui donna la
force d'exécuter une résolution si opposée à ses
sentimens; et, sans s'embarrasser de ce que
penserait dona Isabelle d'un départ si précipité,
elle la fit éveiller pour prendre congé d'elle.

Dona Isabelle s'était aperçue avec chagrin que
son frère était amoureux de la comtesse; elle
crut que l'absence de cette princesse le guérirait
aisément d'une passion qu'elle ne pouvait approuver. Dans cette pensée, quelque amitié
qu'elle eût pour la comtesse, elle s'opposa fai-
blement à son départ; elle ne put cependant
s'empêcher de s'attendrir et de verser des larmes en lui disant adieu; et la comtesse donna
un libre cours aux siennes, comptant qu'elles
seraient attribuées à son amitié pour dona Isa-

belle. En sortant de l'appartement de cette princesse, elle monta dans son char. Elle fut surprise de ce que Mendoce ne paraissait point :
mais elle n'en fut pas fâchée; sa vue dans ce
moment aurait encore aigri sa douleur. Après
avoir prié qu'on lui dît qu'elle lui avait caché
son départ pour lui épargner l'embarras qui
accompagne ordinairement les adieux, elle prit
la route de la fontaine d'Averroës.

Mendoce, qui n'avait garde de s'imaginer le
malheur dont il était menacé, se croyait, dans
cet instant, l'homme du monde le plus heureux.
Quelque peu de penchant qu'il eût à se flatter,
les paroles de la comtesse, l'air dont elle l'avait
regardé en les prononçant, et la parfaite res-
semblance que, malgré son trouble et sa pré-
vention, il s'était trouvé avec le portrait, ne lui
laissaient aucun doute qu'il ne fût aimé d'elle.
Il repassait dans son esprit toutes les actions
de cette princesse, qui lui avaient causé tant
d'inquiétude et de jalousie. Trouver des marques de tendresse pour lui dans toutes celles
qu'il avait jugées être pour un autre, c'était
un excès de bonheur qui lui faisait goûter en
un moment tous les plaisirs que les autres
amans ne goûtent qu'interrompus et séparés.
S'il avait suivi ses mouvemens, il aurait couru se jeter aux pieds de la comtesse, pour

lui faire connaître, par les transports de sa joie, l'excès de son amour; mais la crainte qu'une visite faite si matin ne parût extraordinaire à ceux qui accompagnaient cette princesse, et ne leur donnât lieu de soupçonner ce qu'il était si important de leur cacher, le fit résoudre d'attendre que la journée lui fournît une occasion de lui parler sans témoins.

Il n'avait guère moins d'impatience de parler à sa sœur, et de lui demander l'explication du portrait. Dès qu'il crut qu'on pourrait la voir, il se rendit chez elle. Il entra dans son appartement par une porte qui donnait sur une orangerie. Comme il la trouva seule dans son cabinet, il lui montra d'abord le portrait, et il lui demanda si elle connaissait celui pour qui il avait été fait. Dona Isabelle fut d'abord un peu interdite à cette question, mais sa sincérité naturelle ne lui permit pas de déguiser la vérité. Elle pria son frère de lui pardonner, si, contre son intention, elle l'avait fait peindre. Elle lui conta ensuite la manière dont la comtesse avait gardé ce portrait. Je ne puis m'empêcher, continua dona Isabelle, de blâmer cette princesse; après ce que je lui avais dit sur ce portrait, c'est une imprudence à elle de l'avoir, en partant, remis entre vos mains. Quoi! ma sœur, s'écria Mendoce, la comtesse n'est plus ici? Dona Isabelle lui témoigna la surprise où elle était de ce qu'il ignorait son départ.

Mendoce, accablé par une nouvelle si affligeante pour lui, ne fut pas maître de sa douleur et de n'en laisser voir toute la violence à sa sœur. D'abord il voulut courir sur les pas de la comtesse; mais dona Isabelle sut si bien lui représenter le tort qu'un empressement si marqué ferait à cette princesse, qu'elle arrêta ce premier transport. Il demeura le reste du jour dans un état difficile à exprimer. Il se plaignait à dom Ramir, celui qui avait toute sa confiance, de son malheur et de la cruauté de la comtesse, qui ne lui avait fait goûter le plaisir de se croire aimé, que pour augmenter son amour, et lui faire ressentir plus vivement le malheur de la perdre. Mais pourquoi la perdre, dom Ramir? reprenait-il. N'ai-je pas tort de m'affliger avec tant d'excès? La comtesse doit passer trois semaines ou un mois aux eaux. Il ne m'est pas défendu de la suivre; j'irai la trouver; elle sera touchée du respect qui accompagne ma passion; je l'accoutumerai à la souffrir, et à ne plus se faire un scrupule de me laisser voir qu'elle y est sensible; enfin, puisque je suis aimé d'elle, je ne suis pas entièrement malheureux.

Cette réflexion adoucit sa douleur: cependant, quelque impatience qu'il eût de voir la com-

tesse, il se détermina à soutenir encore quelques
jours d'absence, plutôt que de prendre le hasard de faire soupçonner son amour à d'autres
qu'à cette princesse; mais, en faisant cet effort
sur lui-même, il imagina une sorte de satisfaction à s'approcher du séjour qu'elle habitait.

Dom Ramir avait une assez jolie maison à
trois ou quatre lieues de la fontaine d'Averroës;
Mendoce partit pour s'y rendre, sans avertir sa
sœur. Il sut, en arrivant à cette maison, que le
comte de Savoie était venu trouver la comtesse
aux eaux : ce contre-temps, qui dérangeait ses
projets, le mit au désespoir ; il jugeait, avec
raison, qu'après le séjour que cette princesse
avait fait à Carthagène, ce serait une imprudence
dangereuse pour elle, de laisser voir à un mari,
qui passait pour l'homme du monde le plus jaloux, tant de vivacité à la suivre.

Les difficultés irritent les désirs : Mendoce
sentait augmenter celui de voir la comtesse, par
ce nouvel obstacle qui s'y opposait. Il ne savait
quel parti prendre; enfin, il prit celui de lui
écrire tout ce qu'une passion violente, et animée
par la certitude d'être aimé, peut inspirer de
plus tendre et de plus capable de persuader
cette princesse de lui accorder un entretien
d'où dépendait le bonheur de sa vie. Il connaissait l'esprit et l'adresse de dom Ramir; il lui

confia sa lettre, pour la rendre en secret à la
comtesse.

Dom Ramir avait lié une assez grande amitié
avec Émilie; il savait que la comtesse ne lui
cachait rien; il jugea à propos de la prier de lui
rendre la lettre dont il était chargé. Émilie eut
d'abord de la peine à s'y résoudre; mais dom
Ramir lui dépeignit le désespoir de Mendoce avec
des couleurs si vives, qu'elle se rendit à ses
instantes prières. Dès le même soir, elle donna
la lettre à la comtesse, sans lui dire de qui elle
était. Cette princesse, depuis qu'elle était partie
de Carthagène, par un véritable retour sur elle-
même, n'avait été occupée qu'à combattre sa
passion. La présence de son mari, le tendre attachement qu'il avait pour elle, sa propre gloire, tout l'affermissait dans le dessein de réparer
à l'avenir, par sa conduite, les fautes qu'un penchant trop violent lui avait fait commettre. Elle
était pénétrée de ces sentimens, lorsqu'elle reçut la lettre de Mendoce; elle ne put la lire sans
beaucoup d'émotion, et sa passion, dans ce moment, se fit sentir dans toute sa violence; mais
la résolution qu'elle avait prise, de ne jamais
voir Mendoce, n'en fut point ébranlée; elle
ordonna à Émilie de lui mander, de sa part,
qu'elle regarderait comme une offense mortelle
la moindre démarche qu'il ferait encore pour la

voir ou pour lui écrire ; qu'il fallait se résoudre
à une absence et à un silence éternels ; que cette
conduite était la seule qui pût le rendre digne
d'avoir touché un cœur comme le sien.

Émilie ne s'acquitta que trop facilement d'un
ordre si cruel pour Mendoce. Il pensa expirer
de douleur en lisant sa lettre ; il trouvait tant
de dureté dans le procédé de la comtesse, qu'il
s'imagina que son dépit lui donnerait la force
d'obéir ; mais son cœur se révolta bientôt contre
ce premier mouvement : bien loin de se sou-
mettre aux défenses rigoureuses qu'elle lui faisait, il résolut d'aller secrètement lui-même à la
fontaine d'Averroës. Il crut cependant qu'il ne
devait rien précipiter, et qu'il devait donner le
temps à l'inclination que la comtesse avait pour
lui d'agir en sa faveur. Cette princesse, qui
craignit que Mendoce n'exécutât pas les ordres
qu'elle lui avait fait prescrire, et qui n'osait plus
s'assurer d'elle-même après l'épreuve qu'elle
avait faite de sa faiblesse, feignit que les eaux
lui faisaient mal, et elle obligea le comte de Savoie à la ramener à Turin.

Mendoce, en apprenant ce départ, perdit le
peu d'espérance qui lui était resté ; il en demeura accablé : mais enfin, malgré sa douleur,
il ne pouvait s'empêcher d'admirer une vertu qui
le désespérait. Il revint à Carthagène avec une

affliction et une tristesse dans le cœur, qui lui
en rendirent le séjour insupportable : il ne songea plus qu'à quitter des lieux où tout lui re-
traçait le souvenir d'une personne qu'il fallait
oublier. Son inclination naturelle le portait à la
guerre ; il résolut de l'aller chercher loin de ses
états : la fortune lui fournit une occasion d'exécuter ce dessein.

Un jour que ce prince était sur le rivage de
Carthagène, il aperçut une flotte que la violence
de la tempête poussait sur cette côte. Il envoya
dom Ramir au port, ordonner qu'on reçût ceux
que la tempête y jetait, et qu'on leur offrit tous
les secours dont ils auraient besoin. Ils étaient
dignes de l'attention de Mendoce ; c'étaient ces
fameux Normands, si connus dans les ancien-
nes histoires d'Italie. Tancrède, comte de Hau-
teville, d'une des premières maisons de Normandie, avait douze fils de deux lits : comme
son bien regardait l'aîné, selon la coutume de
la nation, les cadets ne pouvant compter que
sur leur courage et sur leurs épées, six de ces
jeunes seigneurs prirent la résolution d'aller
au delà des monts chercher une fortune qu'ils
ne pouvaient espérer dans leur patrie. Ils surent
que l'empereur de Grèce voulait entreprendre
de recouvrer l'île de Sicile, où les Sarrasins,
qui s'en étaient emparés, régnaient depuis deux

cents ans, et que Maniasse était chargé de cette
expédition. La conquête de la Sicile leur parut
propre à commencer leurs premiers exploits. Le
comte d'Eu, parent du duc de Normandie, que
des raisons secrètes engageaient à s'éloigner de
sa patrie, partit aussi avec eux.

La flotte où ces jeunes héros s'embarquèrent
pour aller trouver Maniasse fut long-temps sans
pouvoir aborder l'île de Sicile; toujours repous-
sée par des vents contraires, elle fut battue
d'une furieuse tempête, qui l'obligea à relâcher
dans le port de Carthagène. Mendoce reçut ces
seigneurs avec la magnificence qui lui était naturelle; mais rien ne leur parut si digne de leur
admiration que toute la personne de Mendoce :
elle était faite pour plaire; ses moindres actions
avaient des charmes et des agrémens qu'on n'a
jamais vus qu'à lui seul; il avait infiniment
d'esprit, et il l'avait orné de tout ce qui peut
rendre un prince accompli; il parlait plusieurs
langues, et surtout la française, dans laquelle
il s'énonçait avec beaucoup de grâce et de
facilité. Pendant le séjour que les Tancrède
firent à Carthagène pour faire radouber leurs
vaisseaux, le comte d'Eu et Mendoce eurent le
temps de se connaître et de prendre beaucoup
d'amitié l'un pour l'autre. Comme ils ne se con-
traignaient point lorsqu'ils étaient ensemble, ils

s'aperçurent bientôt du profond chagrin dont
ils étaient pénétrés. Le comte d'Eu fut le premier qui témoigna à Mendoce l'envie qu'il avait
d'en savoir le sujet. Puis-je me flatter, lui dit-il
un jour qu'il trouva ce prince encore plus rêveur qu'il n'avait accoutumé de l'être, que vous
ne me refuserez pas de m'apprendre ce qui cause
le trouble dont vous paraissez agité? Je ne veux
savoir vos peines que pour les partager ; c'est
même une sorte de douceur qui les diminue,
que d'en parler avec un ami qui s'y intéresse ;
et je suis si persuadé de cette vérité, que je m'i-
magine un grand adoucissement aux miennes
de pouvoir vous les confier ; je ne vous cacherai
donc point ce qui m'a fait quitter une cour où
je tenais un rang assez considérable ; vous saurez, quand vous le souhaiterez, les secrets les
plus cachés de ma vie ; j'espère le même retour
de votre part.

Mendoce, touché de l'amitié et de la confiance
du comte d'Eu, et se trouvant dans ces momens
où le cœur aime à s'épancher, ne balança point
à lui apprendre son amour pour la comtesse de
Savoie, et jusqu'aux moindres circonstances de
tout ce qui lui était arrivé avec elle. Le comte
d'Eu entra dans les déplaisirs de Mendoce comme un véritable ami, et qui sait par sa propre
expérience ce qu'il en coûte d'avoir un cœur

trop tendre; il promit à Mendoce un aveu sincère de toutes ses faiblesses. Comme il était fort tard, ces deux princes se séparèrent. Le lendemain matin, le comte d'Eu tint la parole qu'il avait donnée; il se rendit auprès de Mendoce : il ne fit pas languir son impatience; il prit ainsi la parole :

HISTOIRE DU COMTE D'EU.

Les raisons que j'ai d'être ennemi de Guillaume, duc de Normandie, qui règne aujourd'hui, ne m'empêcheront point de lui rendre justice, et de vous dire, seigneur, qu'il est digne, par ses grandes qualités, du rang qu'il occupe, et dont sa naissance illégitime devait l'exclure. Sa cour est une des plus polies et des plus magnifiques de l'Europe. Le duc Robert, son père, l'avait, avant sa mort, fait reconnaître pour héritier de ses états, au préjudice de son oncle, le comte d'Arque et d'Iliesme. Cette injustice forma des partis qui troublèrent la minorité du jeune duc. La protection que lui donna Henri Ier., roi de France, dissipa tous ces troubles, et l'affermit dans une autorité usurpée.

Lorsque le duc Guillaume fut en âge de gouverner par lui-même, il fit voir tant de valeur

et de vertu, qu'on oublia en quelque manière
le défaut de sa naissance. Le comte d'Arque,
son oncle, avait peine à s'accoutumer à vivre
en sujet; mais, ne se trouvant pas des forces
suffisantes pour s'opposer à la puissance du duc
Guillaume, il fut obligé de dissimuler son chagrin, et d'attendre quelque occasion favorable
pour faire valoir ses droits. Je l'avais suivi
dans son château d'Arque, où il s'était retiré
avec la comtesse sa femme, et mademoiselle
d'Hiesme sa fille, qui m'était destinée : le sang
et l'amitié unissaient déjà nos maisons, et cette
nouvelle alliance devait en resserrer les nœuds.
Le comte d'Arque voulait prendre des mesures
pour faire approuver ce mariage au duc Guillaume, à qui il appréhendait qu'il ne fût suspect :
il jugeait qu'il pourrait s'opposer à l'union de
deux maisons qui avaient de justes prétentions
à la souveraine puissance. Je souffrais impatiemment cette politique ; j'étais passionnément
amoureux de mademoiselle d'Hiesme, et j'avais
eu le bonheur de lui inspirer une passion aussi
tendre que celle que je ressentais pour elle. Nos
sentimens étaient approuvés : ainsi nous nous
abandonnions sans contrainte à toute leur vivacité. Le mariage du duc Guillaume avec la fille
du comte de Flandre, nous attira à la cour :
malgré la haine que ce prince avait pour tous

ceux qui lui appartenaient du côté du duc Robert, il crut ne pouvoir se dispenser de nous
prier, le comte d'Arque et moi, de nous rendre auprès de lui, et nous jugeâmes ne devoir
point le refuser. J'obtins du comte d'Arque
qu'il se servirait de cette occasion pour proposer au duc Guillaume le mariage de mademoiselle d'Hiesme et de moi. Il fut résolu qu'elle
accompagnerait la comtesse sa mère, dans ce
voyage. J'en fus d'abord transporté de joie;
mais quand je fis réflexion à la grande beauté
de cette princesse, aux charmes inévitables qui
accompagnaient cette beauté; qu'elle serait ex-
posée au milieu d'une cour où la galanterie régnait souverainement, j'avoue que je ne pus
m'empêcher de trembler, et de craindre que
mademoiselle d'Hiesme ne me fît des rivaux de
tous ceux qui oseraient la regarder.

Je ne lui cachai point mes alarmes. Si j'avais
le bonheur d'être votre mari, lui disais-je, bien
loin de m'affliger des effets de votre beauté, je
serais ravi de la voir admirer; votre vertu me
rassurerait : mais vous êtes encore votre maîtresse; votre cœur, qui fait toute ma félicité,
sans blesser votre devoir, peut être sensible
pour un autre que moi; enfin la dissipation de
la cour vous rendra moins attentive pour un
amant qui vous adore. Vos soupçons, me di-

sait-elle , devraient attirer ma colère ; ils sont
offensans : je vous ai laissé voir toute ma tendresse ; cette tendresse est née avec moi ; elle
m'est naturelle ; les mouvemens de mon cœur
vous sont aussi connus qu'à moi-même ; je n'ai
d'autre ambition que celle de vous plaire , et de
pouvoir me flatter que je ferai tout votre bonheur. Des assurances si tendres me rendirent
plus tranquille. Nous partîmes pour nous rendre
à la cour. Mademoiselle d'Hiesme y parut aux
yeux de tout le monde, telle qu'elle paraissait
aux miens ; et , au milieu d'une infinité de
beautés dignes d'admiration, on n'en avait que
pour elle. Cet applaudissement général était
flatteur pour moi ; j'en avais de la joie ; mais
cette joie n'était point tranquille ; elle était souvent mêlée d'inquiétude. Mademoiselle d'Hiesme
s'en aperçut ; elle n'oublia rien pour calmer les
troubles de mon cœur ; jamais personne n'a
eu une conduite si sage ni si aimable pour un
amant, que celle qu'elle avait pour moi. Après
les fêtes qui suivirent les noces du duc Guillaume , le comte d'Arque ne songea qu'à quitter un séjour où tout blessait ses regards : il
était bien cruel pour lui de faire sa cour où
il croyait devoir régner. En prenant congé du
duc Guillaume , il lui demanda son agrément
pour le mariage de sa fille avec moi. Non-seu-

lement ce prince le refusa; mais il lui dit qu'il
avait d'autres vues pour elle, beaucoup plus
avantageuses que celles dont il s'agissait; qu'il
la considérait comme si elle eût été sa sœur;
et que, ainsi, le soin de son établissement le
regardait. Le comte d'Arque ne se laissa point
éblouir par les discours flatteurs de son neveu;
mais un dessein qu'il méditait, et qui éclata
dans la suite, lui fit prendre le parti de répondre aux fausses protestations d'amitié de ce
prince, par d'autres qui n'étaient pas plus
sincères.

Le duc Guillaume ne se contenta pas du refus
qu'il venait de faire; il pria le comte d'Arque
de laisser mademoiselle d'Hiesme auprès de la
nouvelle duchesse. Cette prière avait l'air d'un
commandement. Le comte d'Arque sentit la politique de ce prince, qui voulait, en gardant
sa fille, s'assurer en quelque façon de sa fidélité. Toutes les raisons qu'il put alléguer pour
s'en défendre furent inutiles; il fallait consentir à ce que le duc souhaitait, ou se brouiller
ouvertement avec lui. La situation des affaires
du comte d'Arque ne lui permettait pas d'en
venir à cet éclat; il se contraignit pour ne pas
marquer son chagrin, et il promit de partir
sans sa fille. Je fus vivement touché du retardement de mon bonheur; mais les nouvelles,

assurances que le comte d'Arque me donna que
mademoiselle d'Iliesme ne serait jamais qu'à
moi, me firent écouter la raison. Pour me rassurer entièrement, ce prince me confia qu'il espérait incessamment se soustraire à la tyrannie
de son neveu ; que le roi de France, qui se
repentait d'avoir rendu ce prince trop puissant,
offrait un secours très-considérable, au cas qu'on
voulût former un parti. J'ai résolu, me dit-il,
de profiter de cette nouvelle disposition ; cependant, il est à propos que vous demeuriez encore quelque temps à la cour pour ne donner
aucun soupçon. Je fus charmé de trouver des
raisons de ne me point éloigner de mademoiselle d'Iliesme. Dès le lendemain du départ de
son père, le duc Guillaume me dit que je ne
pouvais, sans l'offenser, paraître encore attaché
à cette princesse ; mais que, en toute autre
occasion, il me donnerait des preuves de son
estime et de son amitié. Ce ne fut pas sans un
grand effort sur moi-même, que je parus sou-
mis à un ordre si cruel. La crainte que ce
prince ne m'éloignât de la cour, et ne m'ôtât
le plaisir d'être dans le même lieu que mademoiselle d'Iliesme, me rendit capable d'obéir.
Quelle différence pour moi, qui étais accoutumé
à la voir à toute heure, à lui parler en liberté,
de n'oser l'approcher, et de contraindre jus-

qu'à mes regards ! J'avais du moins la douceur
de remarquer dans les siens qu'elle partageait
ma peine. Cependant le duc Guillaume, dont
l'ambition n'avait point de bornes, travaillait
à s'assurer la couronne d'Angleterre, après la
mort du roi Édouard, qui n'avait point d'enfans. Il avait envoyé le comte d'Aumale faire
cette importante négociation; il s'en acquitta
avec succès : il revint avec le comte Harald,
frère de la reine d'Angleterre, assurer le duc
que le roi l'avait fait désigner publiquement
pour son successeur.

Le comte d'Aumale était mon intime ami,
et un des plus aimables hommes de la cour : je
fus charmé de le revoir. Le soir de son arrivée,
j'allai dans son appartement; il me rendit compte
de son voyage d'Angleterre. Occupé de ma passion, je commençais à l'entretenir de mademoiselle d'Hiesme, lorsque je crus l'entendre parler. D'abord, je pensai que c'était un effet de
mon imagination frappée de son idée ; mais
j'eus lieu de croire que ce n'était point une vi-
sion, et que réellement j'entendais parler une
personne qui avait entièrement le son de voix
de cette princesse. Il n'y avait cependant nulle
apparence que ce fût la sienne : l'appartement
du comte d'Aumale était loin du sien; on y entrait même par une autre cour; ainsi, après

un peu de réflexion, nous jugeâmes que cette
voix, que je prenais pour celle de mademoiselle d'Hiesme, était celle d'une autre personne
qui pouvait ressembler à la sienne. Le lendemain, le duc Guillaume, qui voulait faire voir
au comte Harald les beautés de la cour, donna
un bal superbe : mademoiselle d'Hiesme en fit
tout l'ornement. Elle trouva moyen de s'approcher de moi dans la foule. Je me promenais
hier fort tard, me dit-elle, sur une terrasse qui
est au bout de mon appartement; il me sembla
que je vous entendais parler près de moi : cette
pensée m'a tenue éveillée toute la nuit. Je lui
répondis, avec précipitation, que la même chose
m'était arrivée. La duchesse, qui l'appela dans
ce moment, nous empêcha d'en dire davantage.
Du reste du soir, je ne pus parler à mademoiselle d'Hiesme; mais ce qu'elle m'avait dit me
persuada que c'était elle que j'avais entendue la
veille. J'examinai avec tant d'application la manière dont le palais était bâti, que je remarquai que, malgré l'éloignement où ces deux
appartemens paraissaient être, ils se rejoi-
gnaient par cette terrasse dont mademoiselle
d'Hiesme m'avait parlé. Je visitai avec soin la
chambre du comte d'Aumale, pour reconnaître
par où les voix avaient pu pénétrer : je trouvai
sous la tapisserie une ancienne porte qu'on ne

connaissait point, et qui avait été condamnée.
Dès que j'eus découvert cette porte, je ne doutai
pas qu'elle ne répondît à la terrasse de mademoiselle d'Iliesme ; je l'en avertis par une lettre,
et j'obtins d'elle, quoique avec beaucoup de
peine, la permission d'en profiter pour me jeter
à ses pieds, et avoir avec elle un entretien que
je souhaitais si ardemment. Je lui répondis de
la sagesse et de la discrétion du comte d'Aumale : elle m'avait entendu parler souvent de
son mérite et de la tendre amitié que nous
avions l'un pour l'autre.

Les femmes de cette princesse étaient entièrement à elle, et elles n'ignoraient pas que le
comte d'Arque lui avait ordonné de me regarder comme un homme qui devait être son mari :
cette assurance ôtait à cette entrevue ce qu'elle
pouvait avoir de trop libre. Je ne laissais point
de témoigner à mademoiselle d'Iliesme combien
j'étais sensible à la grâce qu'elle m'accordait.
Je sens, je vous l'avoue, lui disais-je, un re-
nouvellement de goût, de vivacité et d'empressement que je n'ai jamais senti; tout m'est
nouveau ; je crois commencer à vous aimer
d'aujourd'hui : si celui qui s'oppose à notre
bonheur voyait le fond de nos cœurs, il en serait touché. Vous voyez que je compte si fort sur
vous, que je ne sépare point vos sentimens des

miens; je serais bien malheureux, s'il m'en fallait faire la cruelle séparation. Cette princesse me répondait avec une tendresse qui me charmait. Si, dans le cours de la journée, mes rivaux me donnaient de la jalousie, elle m'en guérissait par une sincérité qui ne m'était point suspecte. Jamais personne n'a eu, avec infiniment d'esprit, un caractère si simple et si vrai que le sien; mais ce caractère, que j'adorais en elle en ce temps-là, a fait depuis le malheur de ma vie. Des nouvelles que je reçus du comte d'Arque, m'obligèrent à partir de la cour; il me mandait de l'aller joindre promptement. J'aurais eu bien de la peine à me résoudre de quitter mademoiselle d'Hiesme, et de la laisser au pouvoir de son ennemi, si l'envie de contribuer à l'élévation de son père, et de le mettre en état de disposer d'elle, ne m'y avait déterminé. Nos adieux furent tendres et touchans; elle me jura une fidélité à toute épreuve. Je cachai mon départ au comte d'Aumale; la bonne opinion que j'avais de lui me fit penser que je ne devais pas lui confier un secret, dont la connaissance l'aurait mis dans la dure nécessité de trahir son maître ou son ami : je priai mademoiselle d'Hiesme de lui dire que c'était par cette considération que je lui en avais fait un mystère; je lui dis aussi que je me flattais

qu'elle lui parlerait souvent de moi, et du regret que j'avais de me trouver engagé dans un
parti contraire au sien. Peu de temps après
que je fus arrivé auprès du comte d'Arque,
nous nous mîmes à la tête des troupes qu'il
avait assemblées ; il déclara hautement qu'il
prétendait être préféré au duc son neveu, qui
n'était pas fils légitime du feu duc Robert. Je
ne vous ferai point, seigneur, le détail d'une
guerre et d'une entreprise que le bonheur du
duc Guillaume rendit inutile. Le comte d'Arque, après avoir perdu une dernière bataille, se
jeta dans son château d'Arque; il y fut assié-
gé ; et, malgré le secours que le roi de France
y amena en personne, il se trouva contraint de
rendre la place, et de se sauver aussi-bien
que moi en France, d'où il passa ensuite auprès du comte de Boulogne, qui lui offrit une
retraite.

Henri Ier. me retint auprès de lui : j'avais
été assez heureux pour le tirer, dans la bataille,
d'un danger pressant; ce prince m'en témoigna
sa reconnaissance par la donation du comté de
Soissons, qui réparait la perte de celui d'Eu,
que le duc Guillaume avait confisqué; il voulut
me faire épouser la fille du comte de Champagne. L'amitié dont le roi m'honorait me fit prendre le parti de lui dire naturellement mes en-

gagemens avec mademoiselle d'Hiesme, qui m'ô-
taient la liberté d'en prendre avec une autre,
et d'accepter un parti si considérable. Le roi
entra avec bonté dans mes raisons et les approuva. Je fus en quelque manière consolé du
mauvais succès de notre entreprise, lorsque je
sus que mademoiselle d'Hiesme était auprès du
comte son père, à Boulogne, où le duc Guillaume avait eu la générosité de la renvoyer; je
sentis moins d'aversion pour lui, en apprenant
que cette princesse n'en avait reçu aucun mauvais traitement. Une assez longue absence n'a-
vait rien diminué de la violence de ma passion
pour elle; plus pénétré d'amour que d'ambition, la pensée que rien ne s'opposait plus à
mon mariage avec elle l'emporta dans mon
cœur sur les hautes idées dont nous nous étions
flattés. Je demandai au roi la permission d'aller
à Boulogne. Le comte d'Arque m'y reçut avec
la tendresse d'un père; il supportait son malheur avec une constance digne d'un plus heureux sort; je lui appris les obligations que j'a-
vais au roi de France. Après un entretien,
que l'impatience que j'avais de voir mademoiselle d'Hiesme me fit paraître bien long, le
comte d'Arque me conduisit dans sa chambre,
et il me laissa avec elle. Transporté d'amour et
de joie, je me jetai à ses genoux; je ne trou-

vais point de termes assez forts pour lui exprimer ma passion. Jamais elle ne m'avait paru si
tendre pour moi. Je lui rendis compte de tout
ce que son absence m'avait fait souffrir, et du
refus que j'avais fait de la fille du comte de
Champagne. Ce serait, lui disais-je, par de
plus grands sacrifices que je voudrais vous
prouver l'excès de mon amour; vous me paraissez la plus estimable personne du monde; vous
m'assurez que vous m'aimez; je n'ai plus rien
à souhaiter, puisque enfin rien ne s'oppose plus
à notre parfait bonheur. L'air distrait et embarrassé de mademoiselle d'Hiesme m'empêcha
d'en dire davantage : j'en eus de l'inquiétude;
mais mon inquiétude et ma surprise augmentèrent, lorsque, tout d'un coup, je la vis qui
fondait en larmes. Je ne pouvais comprendre
d'où pouvait provenir cette affliction; je lui en
demandai la cause avec empressement. Je suis
au désespoir, me dit-elle; je vous aime plus
que je ne vous ai jamais aimé; mais, avec cette
passion que je vous montre, et que je sens
encore davantage, je ne serai point à vous; je
n'en suis plus digne.

Je crus d'abord que le malheur du comte,
son père, qui apportait un si grand changement
dans sa fortune, lui faisait tenir ce discours.
Prévenu de cette pensée : Est-il possible, lui

dis-je, en l'interrompant avec précipitation, que vous ayez assez mauvaise opinion de moi, pour croire que j'aie jamais fait attention aux biens ni aux grandeurs que vous pouviez prétendre? Je n'en ai souhaité que pour vous les offrir, je suis mortellement offensé que vous ayez pu douter un moment de cette vérité. Se peut-il que vous ne vous fassiez pas vous-même ce reproche pour moi ! Hélas ! me répondit-elle, je donnerais ma vie pour n'avoir que ce reproche à me faire; mais je ne veux pas, à ceux que je me fais déjà, ajouter celui d'abuser de la bonne opinion que vous avez de moi, en vous laissant refuser un établissement considérable, pour une personne qui ne mérite plus votre estime, puisqu'elle a été capable de faiblesse pour un autre. Quoi ! m'écriai-je, vous m'avez fait une infidélité, et vous avez la cruauté de me l'apprendre, et de me tirer d'une erreur qui m'était chère ! Votre présence, me répondit-elle, en redonnant à ma tendresse toute sa vivacité, a si fort augmenté des remords qui l'avaient déjà prévenue, que je n'ai pas été maîtresse de vous les cacher; j'ai cru même que ce serait vous trahir une seconde fois, si je vous laissais ignorer une faute dont je ne pouvais me punir plus sévèrement, que par l'aveu que je vous en fais. Je ne saurais

20*

vous exprimer, seigneur, les différens mouvemens dont j'étais agité pendant que mademoiselle d'Hiesme me confirmait mon malheur. La
vérité porte toujours avec elle un caractère qui
se fait sentir; je ne pouvais pas plus douter de
sa tendresse et de son repentir, que de son infidélité. Sa douleur était si touchante, que mon
cœur ne pouvait se livrer contre elle à la colère : j'y cherchai un objet, en voulant savoir
le nom de mon rival. Il ne manquait à mon in-
fortune, que d'apprendre que ce rival était ce
comte d'Aumale que j'aimais, après mademoiselle d'Hiesme, plus que personne au monde :
ce dernier trait de malheur me jeta dans l'accablement et m'ôta la force de m'en plaindre.

Mademoiselle d'Hiesme me conta qu'après
mon départ, le comte d'Aumale avait été fort
assidu auprès d'elle; que, dans les commencemens, il ne lui parlait que de moi; mais qu'insensiblement il était devenu amoureux d'elle;
qu'il lui avait déclaré sa passion; qu'elle avait
résisté long-temps à y répondre; qu'enfin mon
absence, dont la durée était incertaine, le peu
d'espérance que le comte d'Aumale lui faisait
envisager que notre entreprise pût réussir, et
que nous pussions surmonter les obstacles qui
s'opposaient à notre mariage, jointe à la facilité que je leur avais donnée de se voir en par-

ticulier, l'avaient entraînée dans une inconstance qui n'était pas excusable. Il fallait bien
cependant, continua-t-elle, que vous ne fussiez
pas entièrement effacé de mon cœur : je n'entendais rien dire qui eût rapport à vous, sans
un trouble et une émotion que le comte d'Aumale remarquait avec douleur : il n'était pas si
sûr de ma tendresse qu'il ne craignît un retour pour vous, si je vous revoyais, ou que
j'eusse lieu d'espérer d'être à vous. Je ne fus
pas long-temps sans m'apercevoir que ses inquiétudes étaient bien fondées : à peine étais-je
engagée avec lui, que l'on reçut la nouvelle
de la révolte de mon père. Le duc Guillaume
n'en parut point alarmé; il songea seulement à
en prévenir les suites. Il se rendit à la tête
de ses troupes, et me laissa auprès de la duchesse, avec la même liberté que si je n'avais
pas été fille d'un prince qui lui déclarait la
guerre. Le comte d'Aumale se trouva obligé de
le suivre : il partit outré de jalousie; il s'était
aperçu que je n'étais occupée que de vous, et
des périls où vous alliez être exposé, et que je
n'avais qu'une légère attention pour ce qui le
regardait. Je répondais d'une manière si contrainte à ses plaintes, que, bien loin de le rassurer, je le confirmais dans la pensée que l'espérance de vous revoir et d'être à vous s'était

emparée de mon cœur, et en avait effacé le peu
d'impression qu'il pouvait y avoir faite. Il avait
raison de le croire : sa présence m'importunait ;
je ne pouvais lui pardonner de m'avoir engagée
à vous manquer. Son départ, au lieu de m'affliger, me donna de la joie ; j'étais, en quelque
façon, soulagée de pouvoir m'abandonner sans
contrainte aux tendres sentimens que j'avais
pour vous, et au repentir de ma légèreté. Je
résolus de rompre entièrement avec le comte
d'Aumale. Il m'écrivit plusieurs lettres aux-
quelles je ne fis point de réponse ; je voulais le
préparer, par ce silence, à mon changement.
Je me flattai de voir régner mon père ; mais je
n'étais sensible au plaisir que me donnaient de
si grandes espérances, que par rapport à vous.
Je ne jouis pas long-temps d'un espoir si flatteur ; je me vis réduite à pleurer les malheurs
de ma famille, trop heureuse encore de n'a-
voir rien à craindre pour vos jours. Le duc
Guillaume me fit dire que je pouvais aller trouver le comte mon père, à Boulogne, où il s'é-
tait retiré. Ce fut pour moi une sorte de consolation de partir avant le retour du comte
d'Aumale. Le plaisir de vous revoir m'a d'a-
bord fait oublier que j'étais coupable à votre
égard ; je me suis abandonnée à toute ma tendresse. Mademoiselle d'Hiesme cessa de parler,

parce qu'on la vint avertir que le comte d'Arque
se trouvait très-mal.

Cette nouvelle, dont nous fûmes alarmés,
nous obligea de nous rendre promptement auprès de lui. Nous le trouvâmes qui sortait d'une
faiblesse dont on avait eu peine à le tirer : une
fièvre violente suivit cette faiblesse ; et, deux
jours après, on désespéra de sa vie. Je pas-
sai ces deux jours sans avoir aucune conversation particulière avec mademoiselle d'Hiesme ;
elle ne quittait point la chambre de son père.
Les sujets d'affliction que nous avions se con-
fondaient avec celui du péril où on le croyait.
J'étais si peu d'accord avec moi-même, que
je n'étais point fâché de ne point trouver d'occasion d'entretenir mademoiselle d'Hiesme ; il
n'y avait rien de décidé en moi, que l'amour
et la douleur. L'aveu qu'elle m'avait fait, en
me prouvant son véritable retour pour moi, dés-
armait ma colère ; je sentais que, malgré tous
les efforts que je faisais pour la haïr, je ne pouvais y réussir ; j'étais honteux de ma faiblesse,
sans la pouvoir surmonter ; tout mon désir de
vengeance tomba sur le comte d'Aumale. Un
nouveau malheur acheva de m'attendrir pour
mademoiselle d'Hiesme ; son père, se voyant
à l'extrémité, m'appela : Je meurs, me dit-il
en me tendant la main ; et je meurs avec le

regret de n'avoir pu jouir de la satisfaction
d'accomplir la parole que je vous ai donnée de
vous faire épouser ma fille. Je connais trop votre cœur, pour craindre que la triste situation
où elle se trouve puisse changer vos desseins
pour elle. Je suis tranquille sur cela, et je compte
que vous n'abandonnerez ni la mère ni la fille;
je me repose sur vous de tout ce qui les regarde; j'espère qu'elles retrouveront en vous ce
qu'elles perdent en moi. La faiblesse où il était
ne lui permit pas d'en dire davantage; et, peu
de momens après, il mourut. Le comte de Boulogne emmena madame la comtesse d'Arque et
mademoiselle d'Hiesme dans une maison religieuse, où elles souhaitèrent qu'on les condui-
sît. Je fus vivement touché de la mort du comte
d'Arque; ce qu'il m'avait dit en mourant ne
me fit plus trouver honteux le dessein d'épouser sa fille; je sentais que je ne pouvais vivre
sans elle; mon amour me fit regarder ma faiblesse comme un devoir auquel je ne pouvais
manquer avec honneur.

Après quelques jours, que je laissai passer,
par bienséance, sans voir mademoiselle d'Hiesme, je demandai à lui parler; elle vint seule
me trouver, parce que la comtesse sa mère était
dans son lit, d'où elle n'avait pas été en état de
sortir depuis la perte qu'elle avait faite. Made-

moiselle d'Hiesme me parut, malgré sa douleur,
d'une beauté à éblouir ; le grand deuil où elle
était relevait encore son éclat ordinaire ; toujours plus aveuglé par ce même amour, je la
trouvai plus digne que jamais de ce que je voulais faire pour elle ; je me fis une loi de ne pas
même lui nommer le nom du comte d'Aumale :
heureux si j'avais pu lui faire oublier ce qui
s'était passé entre elle et lui, aussi-bien que
je l'oubliais ! Mais, lorsque je lui proposai de
l'épouser : Non, me dit-elle, c'est en me refusant à vous que je veux vous prouver que je
vous aime plus que je n'ai jamais fait ; plus jalouse de votre gloire que je n'ai été de la mienne,
je ne consentirai point que vous la ternissiez en
épousant une personne qui s'est mise hors d'é-
tat de prétendre à ce bonheur ; ma conduite
est toute tracée, parce que je sens que je ne
compte plus sur rien d'heureux ; je vais, en
m'enfermant dans cette maison pour toujours,
ne plus songer qu'à mener une vie aussi triste
que raisonnable ; je ne veux point conserver une
liberté dont je ne pourrais plus vous rendre le
maître. La résolution de mademoiselle d'Hiesme
me fit trembler : je n'oubliai rien pour l'en détourner ; je tentai tout inutilement. Jamais douleur n'a été si vive que la mienne : toutes les
fois que je me représentais cette princesse dans

une grande jeunesse, d'une beauté surprenante,
qui se sacrifiait si cruellement aux regrets de
m'avoir fait une offense que je lui pardonnais,
j'étais prêt à perdre la raison. Elle me fit dire
qu'elle ne voulait plus me voir; qu'elle était
trop contente de penser que l'engagement qu'elle
allait prendre, en me prouvant toute sa tendresse, assurait ma fortune; que son parti était
pris, et que je ne devais me flatter d'aucun
changement. Je ne perdis cependant l'espérance
que lorsqu'elle renonça publiquement au monde.
Je repassai en France; je fus long-temps dans
une affliction si violente, que je ne comprends
pas comment j'ai pu la soutenir sans mourir.
J'appris que le comte d'Aumale avait été tué; sa
mort dissipa ma haine, et ne me laissa pour lui
que des sentimens de pitié. Toujours pénétré de
mes chagrins, je m'imaginai qu'en changeant
de climat, ils s'adouciraient. Le bruit de l'embarquement des Tancrède pour la Sicile me détermina à quitter la France; j'obtins de Henri Ier.
la permission de les aller joindre : le sort m'a
conduit ici; l'amitié que j'ai prise pour vous, et
celle que je me flatte que vous avez pour moi,
est le seul soulagement dont j'ai été capable depuis que j'ai perdu mademoiselle d'Hiesme.

Les Tancrède, qui entrèrent dans la chambre

de Mendoce, l'empêchèrent de répondre aux discours obligeans du comte d'Eu. Ces fameux guerriers, impatiens d'aller où la gloire et les périls
les attendaient, avaient si fort pressé les répara-
tions nécessaires à leur flotte, qu'elle était en
état de faire voile, et qu'ils venaient prier Mendoce de trouver bon qu'ils se séparassent. Ils
furent agréablement surpris, lorsqu'il leur dit
qu'il voulait s'embarquer avec eux pour passer
en Sicile. Les pleurs et les prières de dona Isabelle ne purent le détourner de ce dessein.

Pendant que Mendoce allait chercher dans les
occupations de la guerre à effacer de son cœur
et de son esprit les charmes de la comtesse de
Savoie, cette princesse était arrivée à Turin, où
elle s'applaudissait d'avoir eu assez de fermeté
pour se mettre hors de portée de voir un prince
qui ne lui était toujours que trop cher. Les
règles austères du devoir qu'elle avait suivies
satisfaisaient sa raison, sans calmer les troubles
de son cœur : elle se croyait la plus malheureuse
personne du monde, et elle le devint bientôt.
En effet, Édouard, son frère, depuis qu'il était
monté sur le trône d'Angleterre, avait eu un règne assez tranquille ; le comte de Godwin, dont
il avait épousé la fille, troubla cette tranquillité,
et jeta, par sa révolte, le royaume dans le malheur d'une guerre civile. Ce seigneur assembla

une armée, que l'inconstance naturelle de la
nation rendit bientôt considérable. Édouard, en
cette occasion, écrivit au comte de Savoie, qu'il
le priait de lui envoyer des troupes. Non-seulement ce comte lui en accorda; mais il voulut, en
marchant à leur tête, signaler son amitié pour son
beau-frère, et satisfaire l'humeur guerrière qui
l'avait animé toute sa vie, et que l'âge n'avait
point encore éteinte en lui. Comme il prévoyait
que son voyage pourrait être long, il jugea à propos de nommer un tuteur aux enfans qu'il avait
de son premier mariage, et un régent pour gouverner ses états en son absence. Son choix pour
ces deux importans emplois tomba sur le comte
de Pancallier, un des plus grands seigneurs de
Savoie, digne à la vérité de ce choix par sa valeur intrépide, et sa capacité au maniement des
affaires, si ses grandes qualités n'avaient été ef-
facées par la noirceur de son âme. Son ambition
lui avait fait déguiser jusqu'alors sa férocité,
sous les dehors trompeurs d'une vertu austère;
mais sa cruauté naturelle, après s'être contrainte
quelque temps, n'en parut que plus funeste et
plus impétueuse aussitôt qu'il cessa de la retenir. Le comte de Savoie, après lui avoir donné
ses derniers ordres, partit pour passer en Angleterre. La comtesse sentit une affliction si vive
de ce départ, qu'elle en était surprise elle-même;

il semblait que quelque chose l'avertissait au
fond du cœur que cette absence lui serait funeste : ce pressentiment ne fut que trop vrai;
le cœur du comte de Pancallier, inaccessible à
la pitié, ne le fut pas à l'amour.

Obligé par les ordres du comte de Savoie de
ne rien décider sans en faire part à la comtesse,
il avait souvent des entretiens particuliers avec
elle, pour l'informer de ce qui se passait : il
ne fut pas moins enchanté de son esprit qu'il
l'était déjà de sa beauté. Les sentimens que
cette princesse avait dans le cœur répandaient
un air de douceur sur son visage et dans toutes
ses actions qui acheva de le perdre; il en devint passionnément amoureux. Comme il était
né avec une hardiesse qui allait jusqu'à l'insolence, sans aucun égard pour le rang de la
comtesse, il ne balança pas à prendre le parti
de lui déclarer sa passion. Cet aveu fut reçu
avec tant de hauteur et de fierté, que, pour
peu qu'il lui fût resté de raison, il se serait re-
penti de sa témérité, et aurait cessé d'offenser
une personne qu'il ne devait regarder qu'avec
respect; mais, plein d'une présomption qui le
rendait haïssable, il crut que la comtesse ne serait pas toujours si sévère, et qu'il l'engagerait,
par sa persévérance, à répondre à sa passion.
Dans cette pensée, il continua d'importuner

cette princesse d'un amour qui lui était odieux ;
il lassa un jour si fort sa patience, qu'elle le
menaça d'en avertir le comte de Savoie. Éloignez-vous de mes yeux, lui dit-elle, et ne me
forcez pas à en venir à cette extrémité, et à
vous faire servir d'exemple aux sujets insolens
qui s'oublient. Le comte de Pancallier, que ce
discours rendit furieux, perdit toute considération : Les sujets comme moi, madame, lui
dit-il, lorsqu'ils s'oublient, ne sont pas aisés à
punir ; ils font même quelquefois repentir ceux
qui les menacent et qui les traitent avec tant
de mépris. Il quitta la princesse en finissant
ce discours, si troublé et si outré de colère,
qu'il fit trembler tous ceux qui le virent sortir
de son appartement. Il était encore dans ces
premiers mouvemens de fureur, lorsqu'il reçut
un courrier du comte de Savoie : ce prince lui
mandait que les troubles d'Angleterre étaient
sur le point d'être pacifiés, qu'il espérait pouvoir revenir incessamment dans ses états. Cette
nouvelle fit frémir le comte de Pancallier ; et,
suivant le génie ordinaire des méchans, qui
craignent encore plus qu'ils ne se font craindre, il crut qu'après la menace que lui avait
faite la comtesse il était perdu, s'il ne la pré-
venait en la perdant elle-même. Il avait pour
héritier un neveu de même nom que lui ; il

avait élevé ce neveu avec de grands soins : le
jeune Pancallier était le seigneur de Savoie le
plus beau et le mieux fait. Les charmes de sa
personne étaient tout son mérite; son oncle le
trouva propre, par la simplicité de son esprit,
à exécuter les horribles desseins que son amour
méprisé lui inspirait. Livré à ses passions abo-
minables, la crainte qu'il avait des menaces de
la comtesse, la frayeur qu'il avait du retour du
comte et le dessein de vengeance qui s'était em-
paré de cette âme barbare, ne le firent pas balancer sur le choix de la victime. Il conclut la
perte de la princesse par le sacrifice de son neveu; il ne s'en fit pas même le moindre scrupule. Il le fit venir dans son cabinet, où, après
lui avoir remis devant les yeux avec quel amour
de père il avait pris soin de son éducation : Je
ne veux pas borner là mon amitié pour vous,
lui dit-il; j'ai une proposition à vous faire,
qui sans doute vous sera agréable, et qui est
une marque de ma confiance : la comtesse a du
goût pour vous, continua-t-il, je m'en suis
aperçu; votre peu d'expérience vous a sans
doute empêché de le remarquer; n'oubliez rien
pour la persuader que vous êtes fort amoureux
d'elle; ne craignez point de lui déplaire en
vous déclarant son amant; vous ne sauriez faire
de faute en suivant mes conseils; songez que

votre fortune est attachée au bonheur de vous faire aimer de cette princesse ; surtout, ajouta-t-il, que les avis que je vous donne sur cela soient un secret impénétrable à tout le monde.

Moins on a d'esprit, plus on a d'amour-propre et de confiance. Le jeune Pancallier donna dans le piége ; il témoigna à son oncle combien il était sensible à ses bontés, et il lui promit d'y répondre par une obéissance aveugle : il le fit avec si peu de ménagement, que toute la cour s'aperçut qu'il était amoureux de la comtesse. Comme elle n'avait nulle attention pour tout ce qui n'avait pas rapport à Mendoce, elle n'en faisait aucune sur les actions du jeune Pancallier ; elle n'avait garde de s'imaginer qu'il voulût paraître son amant ; elle était si éloignée de le penser, qu'elle le traitait avec plus de bonté que les autres seigneurs de son âge, lui sachant gré du zèle et de l'assiduité qu'il avait à lui faire sa cour. Cette conduite de la comtesse ne fut attribuée, par ceux qui voyaient de près ce qui se passait, qu'à l'ignorance où elle était des extravagances du neveu du régent ; mais ceux qui n'étaient pas à portée d'approcher souvent de cette princesse, ne lui rendaient pas la même justice : s'ils ne crurent pas le jeune Pancallier heureux, ils crurent du moins qu'il était souffert. Les discours qu'on tenait sur cela eurent

le sort de toutes les nouvelles qui s'augmentent
à mesure que différentes personnes les racon-
tent; et, par un effet du malheur de la comtesse,
elle passa jusqu'à Mendoce de la manière du
monde la plus cruelle.

Il était en Sicile, où il rendait son nom aussi
fameux que celui de Tancrède. Plus plein de
sa passion que jamais, il confiait un jour au
comte d'Eu, en se promenant avec lui, que le
désir de revoir encore une fois en sa vie la comtesse s'était saisi de lui avec tant de violence,
qu'il était résolu, quelque chose qu'il en pût
arriver, dès que la campagne serait finie, d'aller inconnu à Turin. Le comte d'Eu promit
de l'accompagner. Ils parlaient ensemble des
moyens d'exécuter ce dessein, lorsqu'ils furent
abordés par un Français nouvellement arrivé.
Le comte d'Eu s'informa de lui, avec empressement, des nouvelles de la cour de France :
cet homme, après avoir satisfait sa curiosité
sur cette cour, parla de celle de Savoie où il
avait passé ; et, sans attendre qu'on lui fît aucune question, il dit que le comte de Savoie
était en Angleterre; que jamais il n'avait rien
vu de si surprenant que la beauté de la comtesse. Cet homme, du caractère de la plupart
des gens qui veulent paraître informés, aux
dépens souvent de la vérité, dit qu'on ne par-

lait que des amours de cette princesse avec le
neveu du régent. Ce discours imprudent causa
à Mendoce un saisissement si violent, que le
comte d'Eu en fut effrayé; il prit un prétexte
pour se séparer du Français; il ramena Mendoce chez lui. Que ne dit point ce prince lorsqu'il y fut arrivé! Il voulait partir pour arra-
cher la vie à ce rival, qui lui ôtait le cœur de la
comtesse; un moment après, il se reprochait,
comme une faiblesse honteuse à lui, de paraître
si sensible à l'infidélité de cette princesse. Je
dois la mépriser, disait-il au comte d'Eu; l'idée
que j'avais de sa vertu me la faisait aimer encore plus que sa beauté; je la croyais différente des autres femmes : mais, puisqu'elle en
a les faiblesses, et que, sans aucun ménagement pour elle-même, elle me préfère un indigne rival, je n'aurai pas de peine à vaincre
mon amour. Mendoce se flattait vainement d'y
trouver tant de facilité; le dépit, la douleur et
la jalousie se succédaient tour à tour dans son
cœur. Vous vous abandonnez à une trop grande
affliction, lui disait le comte d'Eu; je ne puis
en approuver l'excès : la comtesse de Savoie
vous sert en vous trahissant; elle vous donne
lieu de vous guérir d'une passion qui n'a pas
eu le temps de prendre de profondes racines.
Vous avez raison, mon cher comte, interrompit

Mendoce, et je devrais me trouver trop heureux que la comtesse de Savoie, par son ingratitude, me délivre d'un amour qui aurait fait toujours le tourment de ma vie. Mais, je l'avoue à ma honte, les charmes de cette princesse balancent encore dans mon cœur les sujets que j'ai de me plaindre d'elle; il faut cependant travailler à les oublier; ma gloire y est intéressée : mais cet effort n'est pas l'ouvrage d'un moment; le temps seul peut effacer des impressions si vives. L'entretien de Mendoce et du comte d'Eu fut interrompu par dom Ramir; il venait avertir Mendoce qu'on se préparait à attaquer les ennemis : cette nouvelle suspendit en lui toute autre pensée que celles que lui inspirait son courage; il se rendit en diligence, avec le comte d'Eu, auprès de Maniasse. Le comte d'Eu fit voir, en cette occasion, que la valeur la plus héroïque a toujours été le partage de la nation française. Les Tancrède, par leurs actions brillantes, parurent mériter dès lors cette prodigieuse fortune où ils parvinrent dans la suite; Mendoce seul pouvait leur être comparé, s'il ne les surpassait. Les Sarrasins prirent la fuite; peu des leurs échappèrent à la fureur des Grecs; le gain de cette bataille fut suivi de la prise de Messine et de presque toute la Sicile. La rapidité de cette conquête fit grand

21*

bruit en Savoie ; Mendoce y avait trop de part
pour n'être pas cité dans toutes les relations
qui venaient de ce pays-là à Turin : on y parlait
de lui comme d'un héros. Tout ce que la comtesse entendait dire de Mendoce redonnait à
ses sentimens la vivacité que l'absence avait en
quelque manière affaiblie ; elle ne pouvait s'empêcher de ressentir une joie secrète de la gloire
qu'il s'était acquise ; son amour-propre était
flatté de penser qu'elle avait touché le cœur
d'un homme qui, en toutes façons, paraissait
si fort au-dessus des autres.

Le comte de Pancallier s'intéressait peu aux
nouvelles publiques ; l'esprit rempli de sa vengeance, et d'en presser l'exécution avant le retour du comte de Savoie, il s'enferma un matin
avec son neveu. Vous êtes trop heureux, lui
dit-il; on vous aime, à n'en pouvoir douter ;
profitez des sentimens qu'on a pour vous ; ob-
tenez par votre hardiesse les dernières faveurs
de la comtesse ; forcez-la à ne rien refuser à
vos désirs ; on ne traite pas l'amour avec les
princesses comme avec les autres femmes : il
faut tout oser quand on est sûr de plaire ; le
respect les importune ; elles y sont trop accou-
tumées. Comme il leur est difficile de trouver
des occasions, la comtesse vous pardonnera aisément tout ce que vous entreprendrez pour

lui en donner une de contenter sa passion et la
vôtre. Trouvez moyen, continua-t-il, de vous
cacher le soir dans sa chambre ; et, lorsque les
femmes de cette princesse seront retirées, vous
paraîtrez à ses yeux ; je laisse à votre amour,
ajouta-t-il avec un ris forcé, le soin du reste de
l'aventure.

Le jeune Pancallier saisit avec transport le
pernicieux conseil de son oncle ; il l'assura qu'il
ne manquerait ni d'amour ni de hardiesse pour
l'exécuter ; que ce serait dès le soir même, parce
qu'il avait appris que la comtesse ferait une
promenade, d'où elle ne reviendrait que fort
tard, et que cette petite absence favoriserait
son dessein. Il dit ensuite à son oncle la manière dont il imaginait de se placer pour n'être
point surpris ; après quoi ils se séparèrent. Le
comte de Pancallier, charmé d'avoir trouvé tant
de crédulité dans son malheureux neveu, attendit avec impatience la fin de la journée ; il
fit avertir les principaux seigneurs de la cour
de se rendre auprès de lui pour une affaire importante qui regardait le service du comte de
Savoie ; et, à l'heure fatale, marquée pour
porter les derniers coups à la comtesse, il leur
ordonna de le suivre dans l'appartement de
cette princesse. Je veux que vous soyez témoins,
leur dit-il, qu'il n'y a rien de sacré pour moi,

lorsqu'il s'agit de venger l'honneur du comte
de Savoie, notre souverain : en finissant ce discours, il fit enfoncer la porte de la chambre
de la comtesse ; ses femmes ne venaient que
d'en sortir. Le jeune Pancallier n'avait encore
osé se montrer ; il fut aussi épouvanté que
cette princesse du bruit qui se faisait et du
nombre de gens qu'ils entendaient entrer dans
cette chambre ; mais son cruel oncle ne lui
donna pas le temps de faire réflexion sur ce qui
se passait ; il alla lever la portière où il savait
qu'il devait être caché : Meurs , traitre , lui
dit-il , en lui enfonçant son poignard dans le
cœur, et que la juste punition de ton audace
fasse trembler désormais tous ceux qui voudraient t'imiter. Pour vous, madame, ajouta-t-il,
en se tournant du côté du lit de la comtesse ,
qui , à demi évanouie de frayeur , avait ouvert
son rideau , souffrez que nous nous assurions
de vous , en attendant que le comte de Savoie,
qui seul a droit de disposer de votre sort ,
nous ait fait savoir ses volontés. Pendant ce
discours, l'étonnement et la consternation étaient
peints sur les visages de tous les spectateurs de
cette sanglante tragédie ; les seigneurs qui en
étaient témoins avaient peine à approuver la
cruauté du comte de Pancallier ; ils ne pouvaient
s'empêcher d'être attendris du malheur de la

comtesse ; mais, comme toutes les apparences la faisaient croire coupable, personne n'osa paraître s'intéresser pour elle. On transporta cette princesse dans un autre corps-de-logis du palais, où elle fut gardée avec beaucoup d'exactitude : on ne laissa auprès d'elle que ceux qui étaient absolument nécessaires à son service ; Émilie fut de ce nombre.

La comtesse s'était laissé conduire dans ce nouvel appartement avec l'insensibilité d'une personne qui a entièrement perdu l'usage des sens et de la raison. On la mit dans son lit ; elle y fut long-temps sans reprendre ses esprits : enfin, revenant un peu de ce trouble affreux, elle regarda Émilie qui, à genoux devant son lit, fondait en larmes : Ah ! Émilie, lui dit-elle, quelle horrible aventure est la mienne ! puis-je, sans mourir, y penser ? Je parais convaincue d'un commerce criminel, moi qui n'ai jamais eu le moindre dessein contraire à la vertu ! Pourquoi, continua – t - elle, le jeune Pancallier s'est-il trouvé dans ma chambre ? Pourquoi son oncle en est-il informé, et l'a-t-il fait mourir avec tant de fureur ? Enfin, quel est le motif qui les a fait agir l'un et l'autre ? C'est un mystère que je ne puis démêler ; je comprends seulement que jamais destinée n'a été si malheureuse que la mienne. Qui pourra

prouver mon innocence au comte de Savoie ?
Tout ce que je dirai sera suspect. Le jeune Pancallier aurait pu me justifier ; sa mort, en
m'ôtant cette espérance, me livre à la haine
du régent, que je n'ai que trop irrité. Je paraîtrai coupable aux yeux d'un mari et de toute
l'Europe ; et, ce qui ajoute encore à ma douleur, Mendoce pourra me soupçonner. Cette
réflexion la toucha si vivement, qu'elle n'eut pas
la force de parler davantage. Elle garda un
morne silence, qui fit craindre cent fois à
Émilie que cette princesse ne pût, sans expirer,
soutenir l'excès de son affliction : cette fille employa inutilement son esprit et toute son adresse
pour l'empêcher de s'abandonner au désespoir.
Tout ce qu'Émilie disait était à peine écouté
de la comtesse ; elle passa plusieurs jours dans
un accablement qui lui tint lieu de quelque
repos. Enfin, le courrier que le comte de Pancallier avait envoyé en Angleterre, revint, et
lui apporta une réponse telle qu'il la souhaitait.

La douleur et la colère du roi d'Angleterre
avaient été grandes en recevant sa lettre ; mais
celles du comte de Savoie avaient passé les
bornes de la raison. Sa jalousie naturelle, animée par un sentiment de gloire, lui fit penser
qu'il ne pourrait trop promptement et avec trop
de rigueur punir une personne par qui il croyait

avoir reçu un affront si sensible. L'action du
comte de Pancallier était une preuve contre
elle, qui ne laissait aucun doute qu'elle ne fût
coupable. Il allait mander qu'on la fit mourir,
si le roi d'Angleterre, qui avait conservé plus
de sang-froid, ne lui avait représenté qu'il ne
fallait pas suivre ce premier mouvement ; que,
puisque le déshonneur avait été public, la punition devait l'être, et qu'il devait suffire à son
honneur outragé d'abandonner la comtesse à la
rigueur de la loi établie en Lombardie et en
Savoie, qui condamnait toutes les femmes sur-
prises comme l'avait été cette princesse, à mourir, s'il ne se présentait pas un chevalier, qui,
en combattant son accusateur, la justifiât par
le sort des armes. Le comte de Savoie se rendit
aux raisons du roi d'Angleterre, avec d'autant
plus de facilité, qu'il savait que la valeur du
comte de Pancallier était redoutable ; qu'il était
bien persuadé que personne n'oserait entreprendre la défense de la comtesse, et qu'ainsi
sa vengeance n'en était pas moins sûre pour
être différée. Il n'accorda que trois mois à la
justification de cette princesse, quoique la loi
lui en accordât davantage ; et il résolut de ne
quitter l'Angleterre pour retourner à Turin,
que lorsque ses ordres seraient exécutés.

Le comte de Pancallier, que son crime avait

rendu encore plus farouche, se fit un barbare
plaisir d'aller lui-même annoncer à la comtesse
un si terrible arrêt : il n'attendit pas sa réponse ;
il sortit pour le rendre public. Quelque préparée
que fût la comtesse au plus funeste événement,
une condamnation si prompte la surprit. La tendresse que le comte de Savoie avait paru avoir
pour elle, lui avait fait croire qu'il n'en viendrait point à cette extrémité, sans lui avoir parlé,
et sans avoir examiné par lui-même si elle était
véritablement coupable. L'horreur de son sup-
plice, et la honte qui y était attachée, la firent
frémir. Émilie fit un effort sur sa propre douleur, pour adoucir celle de la comtesse, et pour
lui donner des espérances qu'elle n'avait peut-
être pas elle-même. Rassurez-vous, madame,
lui disait-elle, et croyez que, malgré ceux qui
veulent ternir votre réputation, votre innocence
trouvera des défenseurs. Ce discours fit peu
d'impression sur l'esprit de cette princesse; elle
se croyait trop malheureuse pour espérer que
quelqu'un voulût s'exposer pour elle. Il y avait
cependant des momens où il ne lui paraissait pas
impossible que Mendoce vînt à son secours; mais
elle s'arrêtait peu sur cette pensée; mille raisons
la détruisaient. Je ne dois point juger des sentimens de Mendoce par les miens; tout ce qui
m'est revenu de lui a contribué à rendre inutiles

les efforts que ma raison faisait pour surmonter
ma passion ; et ce qu'il entendra dire de moi me
fera paraître à ses yeux, non-seulement indigne
de son attachement, mais même de son souvenir.
Madame, lui répondit Émilie, dans la situation
malheureuse où vous êtes, vous ne devez songer
qu'à sauver votre vie et à confondre vos ennemis , qui osent vous accuser d'une façon si in-
jurieuse ; il ne vous est pas permis de n'en pas
chercher les moyens ; je n'en vois point de plus
sûr que celui d'avoir recours à Mendoce ; c'est
le seul homme que vous connaissiez , qui ait une
vertu assez noble pour une pareille entreprise ;
vous ne devez vous faire aucun scrupule de lui
écrire , puisqu'il s'agit de votre gloire ; je me
charge de lui faire tenir votre lettre. La comtesse avait bien de la peine à se résoudre de
suivre le conseil d'Émilie ; elle craignait de faire
une démarche inutile , et que Mendoce , déjà
trop prévenu contre elle sur les bruits publics ,
n'ajoutât pas foi à ce qu'elle lui manderait
pour les détruire. Enfin , l'image affreuse d'une
mort qui la déshonorerait , et les persécutions
d'Émilie qui augmentaient tous les jours, la dé-
terminèrent , quoique avec peu d'espérance de
succès, à écrire à Mendoce.

Ce prince éprouvait de son côté d'autres re-
vers de la fortune. Il était parti de Sicile , sur

la nouvelle qu'il avait reçue que les Tolède,
profitant de son absence, s'étaient emparés
d'une partie de ses états, et qu'ils avaient mis
le siége devant Carthagène. Mendoce, accompagné du comte d'Eu, qui n'avait point voulu
l'abandonner, était entré dans la place : ainsi
il ignorait les derniers malheurs de la comtesse
de Savoie. Le discours qu'on lui avait tenu
contre elle en Sicile était demeuré profondé-
ment gravé dans son âme, et y avait jeté tout
le trouble imaginable ; mais le penchant naturel
qui nous porte presque toujours à nous flatter
dans nos malheurs, lui faisait quelquefois soupçonner ce bruit de fausseté. Le désespoir de
n'être point en liberté d'aller s'en éclaircir lui
faisait négliger le soin de sa vie, et avait encore augmenté sa valeur ; on le regardait comme
un homme extraordinaire. Le comte d'Eu lui
faisait souvent des reproches de ce qu'il s'exposait trop légèrement, sans le persuader de
prendre à l'avenir plus de précaution. Un jour
que Mendoce rentrait dans la ville, au retour
d'une sortie où il avait fait des actions surprenantes, on lui dit qu'un prisonnier demandait
à lui parler : il ordonna qu'on le fît entrer. Son
étonnement ne se put exprimer lorsqu'il reconnut ce prisonnier pour un écuyer de la comtesse, qui était frère d'Émilie. Ce jeune homme,

zélé pour sa princesse, n'ayant point trouvé
Mendoce en Sicile, où sa sœur l'avait envoyé,
était venu le chercher dans ses états; et, ayant
appris que ce prince était dans Carthagène, il
avait eu l'adresse de se mêler avec les ennemis,
et de se faire prendre prisonnier à la sortie qu'a-
vait faite Mendoce. Il fit à ce prince le récit de
la cruelle aventure de la comtesse; et il lui dit
tout ce qu'il crut devoir le persuader de l'horrible injustice de l'accusation qu'on lui faisait.
Il lui donna ensuite la lettre de cette princesse,
et il n'oublia rien pour l'engager à la secourir.

Mendoce se trouvait agité dans ce moment
de mouvemens si violens, causés par l'amour et
la jalousie, qu'il n'écoutait qu'à peine ce qu'on
lui disait, et qu'il ne daigna pas lire la lettre.
Il se fit dans son esprit une confusion, qui ne
lui laissa rien voir que les apparences du crime
de la comtesse, et qui lui ferma les yeux sur
tout ce qui le pouvait porter à la pitié. Saisi
de dépit et de colère : Allez, dit-il au frère
d'Émilie, rendez compte de la situation où vous
me trouvez; elle me force à refuser ce qu'on
souhaite de moi, et à vous dire qu'il faut chercher un autre défenseur. Partez, continua-t-il,
ne perdez pas un moment. En finissant ce
discours, sans vouloir l'écouter davantage, il
le remit entre les mains d'un officier, à qui il

ordonna de le conduire en sûreté hors de la ville. Mendoce était si transporté qu'il ne se reconnaissait plus lui-même ; son trouble était si grand, que le comte d'Eu était entré dans sa chambre, et lui en avait déjà demandé plusieurs fois la cause, sans qu'il y eût fait aucune attention ; il aperçut enfin ce prince, et il fit un effort sur la violence de ses passions, pour lui conter ce qu'il venait d'apprendre de la comtesse de Savoie. En refusant de combattre pour elle, continua Mendoce, sans donner le temps au comte d'Eu de lui répondre, j'ai montré que l'amour n'a plus de pouvoir sur moi, lorsqu'il n'est plus soutenu par l'estime ; la comtesse s'est rendue indigne de celle que j'avais pour elle : les soupçons qu'on m'avait donnés sur sa conduite sont trop cruellement confirmés ; je ne saurais plus douter que l'ingrate n'ait oublié, pour un autre, ces raisons d'honneur et de bienséance dont elle s'est défendue contre moi. Hélas ! lorsque ses rigueurs faisaient toutes mes craintes, je ne pensais pas que j'en serais le seul objet ; et, désespérant de l'obliger jamais à prendre un engagement avec moi, je ne m'étais point imaginé qu'elle en pût prendre avec un autre.

Le comte d'Eu trouvait que la douleur de Mendoce était si juste, qu'il crut en devoir lais-

ser passer les premiers mouvemens avant que
d'entreprendre de le persuader de la modérer ;
il laissait un libre cours à ses plaintes , et se
contentait de s'affliger avec lui. Dans le temps
que Mendoce était le plus animé contre la comtesse , l'envie de savoir comment elle pourrait
s'excuser auprès de lui , et peut-être l'espérance de trouver de nouveaux sujets de la haïr,
lui firent ouvrir la lettre qu'elle lui écrivait,
et il y lut ces mots :

« Le peu d'attachement que j'ai pour la vie
» m'a fait jusqu'ici négliger le soin de la con-
» server ; mais , quand je fais réflexion que ,
» si je la perds , je paraîtrai coupable d'un
» crime dont le simple soupçon me fait horreur,
» je me reproche à moi-même cette indiffé-
» rence ,. et je me détermine enfin à vous faire
» savoir mes malheurs : le frère d'Émilie vous
» en instruira ; je m'en épargne le récit trop
» cruel. Malgré les apparences qui me condam-
» nent aux yeux de tout le monde , j'ose me
» flatter que je ne le serai point par vous ; vous
» savez mes sentimens les plus secrets ; l'aveu
» que vous m'en avez arraché, et dont je me
» suis punie si sévèrement, me justifie auprès
» de vous. Il m'est permis de le rappeler dans
» l'état où je suis ; il doit vous engager à prendre
» ma défense ; mais d'affreuses idées me persua-

» dent que, peut-être, il ne sera plus temps,
» et qu'une mort indigne de ma vie préviendra
» votre secours. Qui aurait pu croire qu'une fin
» si funeste terminerait des jours qui étaient si
» tranquilles, avant que je vous eusse vu? Ne
» refusez pas des larmes à une destinée si peu
» méritée et si malheureuse, et n'oubliez jamais
» que je vous donne aujourd'hui la plus forte
» preuve de confiance et d'estime que, pendant
» sa vie et en mourant, pouvait vous donner la
» comtesse de Savoie. »

Cette lettre fit sur Mendoce un effet bien dif-
férent de celui qu'il en avait attendu; il en fut
si attendri, qu'il ne put s'empêcher de répandre
des larmes. À peine eut-il la force d'achever de
la lire; elle lui tomba des mains. Si elle ne lui
ôta pas entièrement sa jalousie, elle lui fit du
moins regarder, avec étonnement, que cette jalousie l'eût aveuglé au point de lui faire envisager, sans frémir, la mort d'une personne qu'il
avait aimée si passionnément, et qu'il n'aimait
encore que trop pour son repos. Il se reprochait
sa dureté; l'action qu'il venait de faire lui parut
blesser les lois de l'honneur. Plus il réfléchissait
sur ce que lui mandait la comtesse, et plus il
trouvait que, quelque chose qui lui en pût coû-
ter, il devait la tirer du péril où elle était. Je
serais indigne de vivre, disait-il au comte d'Eu,

si j'abandonnais une princesse qui a recours à
moi. La crainte de hasarder, par mon absence,
de perdre mes états, ne doit point me faire
balancer un moment. Le comte d'Eu, non-seulement ne s'opposa point à la résolution de
Mendoce, mais il en facilita même l'exécution,
en lui disant qu'il pouvait lui confier la défense
de Carthagène, et qu'il devait être assuré que,
s'il n'était pas assez heureux pour la lui conserver, il pouvait compter du moins qu'il s'enseve-
lirait sous ses ruines avant que de la laisser
passer à ses ennemis.

Mendoce, pénétré de reconnaissance, embrassa le comte d'Eu; et, après lui avoir demandé pardon de ce qu'il allait abuser de son
amitié, il prit avec lui les mesures nécessaires
pour son départ. Elles furent, de faire répandre le bruit qu'il allait s'absenter pendant
quelques jours pour une négociation secrète qui
pouvait terminer la guerre, et de laisser au
comte d'Eu un ordre pour commander en son
absence. Il ne voulut mener dans son voyage
qu'un seul homme avec lui; ce ne put être
dom Ramir; il avait été blessé quelques jours
auparavant.

Les assiégés firent une sortie : comme elle
n'était que pour favoriser celle de Mendoce, elle
ne fut ni difficile ni dangereuse. Ce prince fit,

pour se rendre en Savoie, toute la diligence que
peut faire un amant qui court assurer les jours
de ce qu'il aime. Il laissa l'Espagnol qu'il avait
avec lui, à cinq ou six lieues de Turin : il jugeait à propos d'y entrer seul. Son impatience
lui permit à peine, lorsqu'il y fut arrivé, de
descendre de cheval pour se rendre au palais; il
espérait trouver le moyen de parler à Émilie ou
à son frère, avant que de combattre le comte
de Pancallier. Comme il marchait dans le palais
avec quelque sorte d'inquiétude d'être reconnu
de quelque autre que de ceux qu'il cherchait,
en traversant une galerie, il vit paraître une
foule de monde qui lui sembla venir à lui; il
songeait à l'éviter, lorsqu'il aperçut une porte
à demi ouverte; il s'y jeta, et, par un effet du
hasard, c'était précisément le lieu où l'on amenait la comtesse; le terme fixé pour sa justification expirait, et elle venait satisfaire aux devoirs
que sa vertu et la religion exigeaient d'elle.
Mendoce était placé derrière un rideau dans
l'embrasure d'une fenêtre. Le spectacle qui s'offrit à lui mit sa constance à la dernière épreuve : il vit la comtesse entrer avec un air modeste
et une douleur courageuse, qui semblaient
faire voir l'innocence de son âme, et le mépris
qu'elle avait pour la vie. Elle demeura seule
avec celui qu'elle avait choisi pour la préparer

à la mort ; la certitude qu'elle croyait avoir de
n'être entendue que de lui, la faisait parler assez haut ; ainsi, Mendoce, sans le vouloir, fut
forcé d'apprendre les secrets les plus cachés de
cette princesse, et il fut convaincu, par ce qu'il
entendit, qu'elle ne se reprochait rien que la
tendresse qu'elle avait eue pour lui, et dont,
malgré les sujets qu'elle croyait avoir de s'en
plaindre, elle s'accusait encore dans ces tristes
momens. Je pardonne au comte de Savoie, ajouta-t-elle enfin à ce qu'elle venait de dire, l'injustice de ma mort ; je ne me crois pas entièrement innocente à son égard, puisque j'ai eu
pour un autre des sentimens que je ne devais
avoir que pour lui ; et c'est à cette faute invo-
lontaire et qu'il ignore, que je sacrifie ma vie à
celui de qui je la tiens.

Pendant que la comtesse parlait, Mendoce
pensa vingt fois ouvrir le rideau et s'aller jeter,
transporté d'amour, d'admiration et de joie,
aux genoux de cette princesse : le respect pour
ce qui se passait, et la crainte de se rendre inutile à la défense des jours de la comtesse, furent
seuls capables de l'arrêter. Il profita du trouble
et de la confusion, lorsqu'on la ramena dans
son appartement, pour sortir sans être remarqué.

On avait dressé, dans le milieu de la place

22

qui était devant le palais, une colonne de marbre blanc, où était attaché une espèce de bou-
clier, sur lequel celui qui demandait le combat
devait écrire son nom. Mendoce, ne voulant point
y faire mettre le sien, fit seulement écrire qu'un
chevalier se déclarait défenseur de la comtesse
de Savoie; et aussitôt il alla dans un endroit
écarté de la ville, où il avait laissé ses armes.
Pendant qu'il les reprend avec beaucoup de diligence, la joie publique avait déjà annoncé au
comte de Pancallier le secours imprévu qui arrivait à la comtesse. Sa fierté ne se démentit
point en cette occasion; son esprit, peu susceptible des préventions de ce temps-là, ne lui fit
point appréhender une preuve remise au sort
des armes. Persuadé que la valeur et non la justice décidait, il se prépara à soutenir son crime
sans crainte et sans remords; il méprisa même
un ennemi qui ne voulait pas se nommer, et,
sans faire sur cela les difficultés qu'il aurait pu
faire, il ordonna que, selon l'usage, on deman-
dât à la comtesse si elle remettait ses intérêts
au chevalier inconnu qui offrait de les soutenir.
Cette princesse, bien loin de ressentir de la joie
de ce qu'il se trouvait enfin un homme assez
généreux pour prendre son parti, ne put s'empêcher d'en soupirer et d'hésiter sur sa réponse;
mais aussitôt, se faisant un crime des raisons

qui la portaient à cette incertitude et à souhaiter la mort, elle accepta un secours qu'elle eût
peut-être refusé, si elle avait osé s'abandonner
aux mouvemens de la douleur et du désespoir
secret que toute sa vertu avait peine à vaincre.
Voulant même, par un témoignage public, réparer le peu de satisfaction qu'elle avait laissé
voir, elle tira de son doigt une bague, et, en la
remettant à celui qui était chargé de savoir sa
volonté, elle lui ordonna de la porter à son protecteur, et de le prier de sa part de la recevoir,
non-seulement comme un aveu qu'elle faisait de
lui, mais aussi comme le présage assuré de la
victoire dont son innocence lui répondait.

Peu de momens après le consentement de la
comtesse, on vint la prendre pour la conduire
au lieu où, selon ce qui était porté par la loi,
elle devait être témoin de la décision de son sort.
La honte de paraître en public d'une façon si
indigne d'elle répandait sur son visage une rou-
geur qui ne servait qu'à augmenter sa beauté,
sans diminuer cet air de noblesse qui lui était
naturel. Il s'éleva un murmure d'admiration en
la voyant paraître, qui ne cessa que lorsque les
juges du camp eurent fait donner le signal d'un
combat où la valeur et le courage firent voir ce
qu'ils ont de grand et d'admirable. La victoire
demeura long-temps incertaine ; enfin Mendoce,

irrité de trouver tant de résistance, pressa si
vivement le comte de Pancallier, qu'il le fit
tomber à ses pieds mortellement blessé. Tout le
monde applaudit par de grands cris à la victoire
de Mendoce, et aussitôt les principaux seigneurs
de Savoie s'approchèrent pour entendre le comte
de Pancallier, qui avait fait signe qu'il voulait parler : il déclara publiquement sa trahison. A peine
avait-il justifié la comtesse par le récit de tous
ses crimes, que le peuple furieux se jeta sur lui,
et, par toutes sortes de cruautés et d'indignités,
rendit sa mort aussi terrible que devait l'être
celle d'un aussi méchant homme.

Pendant que le peuple marquait à la comtesse, par l'ardeur de la venger, son zèle et
son attachement, et que toute la cour, dont
elle était adorée, la reconduisait en triomphe
au palais, Mendoce disparut; et, malgré tous
les soins que l'on prit, par les ordres de la
comtesse, pour en apprendre des nouvelles,
on ne put y réussir. Elle fut véritablement fâchée de ne point connaître celui à qui elle avait
de si grandes obligations, et de ne pouvoir lui
en témoigner sa reconnaissance. On fit partir
un homme considérable pour porter au comte
de Savoie, en Angleterre, une nouvelle qui le
devait combler de joie. La comtesse s'était trouvée, dans le cours de cette journée, dans des

situations si violentes, qu'il était bien juste
qu'on la laissât enfin à elle-même : elle s'enferma avec Émilie dans son cabinet. Dès qu'elle
se vit seule avec elle, et qu'elle fit réflexion
sur le peu de joie que lui donnait un changement si avantageux, quels reproches ne se
fit-elle point ! Je suis justifiée, Émilie, disait-
elle, et je ne suis pas contente ; je dois la vie
et l'honneur à un autre qu'à Mendoce ; il ne
m'a pas même jugée digne de sa pitié ; il ne
s'est fait un fantôme d'obligation et de devoir
que pour m'abandonner. Je vois combien je me
suis trompée, quand j'ai cru lui avoir inspiré
les mêmes sentimens que j'avais pour lui ; et
cependant je suis dans un état où je ne puis
m'en consoler ni le haïr. Ces tristes réflexions
étaient suivies d'un torrent de larmes. Madame,
lui dit Émilie, le ciel a permis que Mendoce,
par un procédé si cruel, vous donnât lieu de
vous guérir d'une passion qui vous rendait malheureuse. Oui, Émilie, interrompit la comtesse,
je surmonterai ces égaremens de mon cœur ; les
mépris de Mendoce et ma vertu m'en assurent ;
je vais du moins prendre toutes les apparences
de la raison, et ne plus parler d'une faiblesse
dont je sens toute la honte.

Mendoce n'était pas dans un état plus tranquille : après l'aveu du comte de Pancallier, il

s'était d'abord livré à la joie d'avoir assuré
les jours d'une personne qu'il adorait, et rendu
à sa vertu tout son éclat; mais cette joie fut
bientôt troublée par la dure nécessité de partir
sans lui parler. Il ne pouvait, après sa victoire,
en chercher les moyens sans être reconnu ; et
il ne pouvait l'être sans exposer la comtesse à
de nouveaux soupçons, qui auraient pu être
très-dangereux pour elle. Ces réflexions le dé-
terminèrent à se faire la cruelle violence de
partir sans la voir, et à saisir ces premiers
momens de confusion, où on ne faisait pas encore attention à lui, pour sortir de Turin. Lorsqu'il eut rejoint l'Espagnol au lieu où il lui avait
ordonné de l'attendre, il ne put résister à l'envie d'écrire par lui à la comtesse. Il trouvait
une sorte de consolation à ne pas laisser ignorer à cette princesse qu'elle ne devait son triomphe qu'à ce même amour qui l'obligeait à
s'éloigner d'elle. Il instruisit l'Espagnol des pré-
cautions qu'il fallait qu'il prît, non-seulement
pour rendre sa lettre en secret à Émilie, mais
aussi pour éviter qu'on pût penser qu'elle vînt
de sa part. Pour plus de sûreté, il lui ordonna
de laisser passer deux ou trois jours, et de
prendre un long détour pour aller à Turin.
L'espérance qu'avait Mendoce d'y revenir un
jour lui-même, et celle que sa lettre, qui ap-

prendrait à la comtesse ce qu'il venait de faire
pour elle, effacerait de son esprit l'impression
désavantageuse que son refus y aurait pu faire,
adoucirent un peu sa douleur, et lui donnèrent
la force d'aller à Carthagène où son honneur
l'appelait.

Cependant le comte d'Eu avait défendu cette
place avec autant de gloire que de bonheur.
Les ennemis, informés de l'absence de Mendoce,
voulurent en profiter; ils donnèrent un assaut.
Dans le fort de la mêlée, le comte de Tolède
fut fait prisonnier, et les ennemis obligés de se
retirer avec une perte considérable. Privés de
leur chef, ils ne pressèrent plus le siége avec
la même ardeur. Le comte d'Eu crut ne pas
manquer à l'amitié qu'il avait pour Mendoce,
en cherchant à adoucir la prison du comte de
Tolède, et à la lui rendre supportable; touché
même des grandes qualités qu'il remarqua en
lui, et de sa valeur dont il avait été témoin,
il forma le dessein de finir, par son mariage
avec dona Isabelle, une guerre qui n'était fondée que sur une haine héréditaire qui n'avait
que trop duré. Il en parla au comte de Tolède,
et lui dit qu'il emploierait tout le crédit que son
amitié lui devait donner sur l'esprit de Mendoce, pour le porter par cette alliance à la réu-
nion de leurs maisons. L'état où se trouvait le

comte de Tolède, et ce qu'il avait entendu dire
du mérite de dona Isabelle, rendaient cette proposition trop avantageuse pour n'être pas écou-
tée avec plaisir. On convint d'une suspension
d'armes jusqu'au retour de Mendoce : il fut
plus prompt que le comte d'Eu ne l'avait espéré. Mendoce, pénétré des obligations qu'il
avait à ce prince, lui en témoigna, en arrivant,
toute sa reconnaissance dans les termes les plus
tendres. Il lui rendit compte de l'heureux succès de son voyage, et de la façon singulière et
touchante dont il avait appris qu'il était toujours aimé de la comtesse de Savoie. Le comte
d'Eu oublia dans ce moment ses chagrins, pour
prendre part à la satisfaction de son ami. Il
lui parla ensuite du comte de Tolède, et de l'envie qu'il avait de voir finir leurs inimitiés par
une paix solide. Mendoce devait trop au comte
d'Eu, pour n'être pas charmé de trouver une
occasion de lui faire connaître le pouvoir qu'il
avait sur lui : il le rendit maître absolu de ses
intérêts. Dona Isabelle, de son côté, sacrifia
à la tendresse qu'elle avait pour son frère, la
répugnance qu'elle se sentait pour un nouvel
engagement. Le comte de Tolède et Mendoce
oublièrent qu'ils avaient été ennemis ; l'amitié
prit facilement la place de la haine dans le
cœur de deux hommes déjà si prévenus d'es-

time l'un pour l'autre. Le mariage de dona Isabelle, qui assurait la paix, causa une joie générale : elle partit aussitôt après, pour suivre
son mari dans ses états. Les soins importans
dont Mendoce avait dû être occupé n'avaient
pu le distraire un moment du souvenir de la
comtesse de Savoie. Plus tourmenté que jamais
de l'envie de la voir et des obstacles qui s'y
opposaient, il s'abandonnait au chagrin le plus
vif. A ces agitations se joignait l'impatience de
savoir comment elle aurait reçu sa lettre : celui qu'il en avait chargé ne revenait point,
et ce retardement lui donnait des inquiétudes
mortelles. Mille craintes s'emparaient de son
esprit : celle qui le frappait le plus, était que
cet homme n'eût fait quelque imprudence ; il
lui paraissait qu'il en avait fait une lui-même
d'écrire à la comtesse; tout le désespérait; il ne
savait à quoi se résoudre. Le comte d'Eu, pour
terminer l'incertitude où il le voyait, lui proposa de venir avec lui à la cour de Henri Ier.,
où il se croyait obligé de retourner : Vous y trouverez peut-être, lui dit-il, une occasion d'aller à
celle de Savoie, sans que ce voyage puisse être
suspect; du moins vous serez plus à portée en
France d'apprendre des nouvelles de la comtesse.
Mendoce se laissa d'autant plus aisément persuader par les discours de ce prince, qu'il trou-

vait que ce serait toujours un grand adoucissement à ses peines de ne point quitter un ami
qu'il aimait tendrement, et avec qui il en pouvait parler. La veille de son départ, lorsqu'il
ne l'espérait plus, l'Espagnol qu'il avait envoyé
à Turin arriva, et lui donna un nouveau sujet
de s'affliger, en lui rapportant sa lettre qu'on
n'avait pas voulu recevoir. Cet homme dit à
Mendoce qu'un malheur imprévu l'avait empêché d'exécuter ses ordres aussi promptement
qu'il l'aurait souhaité; que, pour y satisfaire,
trois jours après qu'il l'eut laissé, sans faire attention au mauvais temps, il s'était mis dans
une barque dans le dessein de repasser le Pô;
que cette barque avait eu le sort de plusieurs
autres qui avaient péri; qu'on l'avait retiré de
l'eau presque mort, et porté dans une maison
près du rivage, où une maladie violente, causée
sans doute par cet accident, l'avait retenu pendant près d'un mois; que, aussitôt que ses forces le lui avaient pu permettre, il s'était rendu
à Turin; qu'il avait trouvé l'occasion de donner à Émilie la lettre dont il était chargé;
que, peu de momens après, elle la lui avait
rapportée avec un ordre exprès de la comtesse de
repartir sur-le-champ : il ajouta que, lorsqu'il
sortait de la ville, le comte de Savoie y arrivait.

Mendoce écoutait impatiemment ce récit, et,

sans faire réflexion que le refus qu'avait fait la comtesse de recevoir sa lettre pouvait n'avoir point d'autre cause que l'opinion où elle était qu'il lui avait refusé son secours, il se livrait aux plus cruelles pensées que puisse avoir un amant qui croit que la personne qu'il aime ne veut plus entendre parler de lui. Dans cette douloureuse situation, il partit avec le comte d'Eu, sans avoir aucun dessein bien formé. Il arrivait en même temps des événemens si favorables pour lui, que, quand il en eût été le maître, il n'eût pas pu les disposer autrement.

Henri Ier., toujours jaloux de la puissance du duc Guillaume, et ne se trouvant pas en état de l'abaisser, songea du moins à lui ôter l'espérance de la couronne d'Angleterre, en appuyant auprès d'Édouard les intérêts d'un jeune prince de son sang, que l'empereur avait élevé et renvoyé depuis peu auprès de lui. Le comte d'Eu, avec Mendoce qui ne se faisait pas connaître, arriva dans cette conjoncture à la cour de Henri Ier.; il parut au roi que personne n'était plus propre que le comte d'Eu à conduire avec succès l'importante négociation qu'il voulait commencer en Angleterre. Le même jour que ce prince reçut les ordres du roi, et qu'il accepta l'emploi dont il le chargeait, on apprit en France la nouvelle que le comte de

Savoie était mort, et que la comtesse, qui n'a-
vait point d'enfans, avait voulu, en retournant
auprès du roi, son frère, quitter une cour où
elle avait essuyé de si sensibles déplaisirs. A
cette nouvelle, tous les sentimens de Mendoce
changèrent ; et, sans savoir si ce qu'il souhaitait
lui serait heureux ou funeste, il eut une impatience extrême de suivre le comte d'Eu en Angleterre, et il ne cessa point de le presser et de
le prier de partir, jusqu'au moment qu'ils s'embarquèrent ensemble à Calais ; mais plus Mendoce approchait de Londres, plus ses craintes et
ses agitations renaissaient. Dès le soir même
qu'il y fut arrivé, il se déroba des gens du comte
d'Eu ; et, habillé le plus simplement qu'il lui
fut possible, il se rendit à l'appartement de la
comtesse de Savoie. Il lui fit dire qu'un homme
de la suite de l'ambassadeur de France prenait
la liberté de lui demander une audience particulière. La comtesse, qui ne pouvait comprendre ce que cet homme pouvait avoir à lui
dire, envoya Émilie pour le savoir ; mais Émilie n'eut pas sitôt jeté les yeux sur lui, que,
sans lui parler, elle rentra brusquement dans
la chambre : il la suivit avec un trouble qui ne
peut être comparé qu'à celui de la comtesse,
lorsqu'elle le reconnut. Quoi ! dit-elle avec un
ton animé de colère, et voulant entrer dans son

cabinet pour le fuir, Mendoce ose se présenter
devant moi? Oui, madame, lui dit-il, en se jetant à ses genoux et en l'arrêtant malgré elle;
mais il ne vous importunera pas long-temps;
je ne veux que remettre entre vos mains ce témoignage de votre confiance. En disant cela, il
lui présenta la bague qu'il avait reçue d'elle. La
vue de cette bague fit démêler en un moment
à la comtesse toute la vérité, et la tira d'erreur.
Un nouveau trouble s'éleva dans son âme; elle
demeura quelque temps interdite, sans songer
à faire relever Mendoce, qui était toujours à
ses genoux, et sans avoir la force de lui rien
dire. Rompant enfin un silence qui ne causait
pas moins d'étonnement que de crainte à ce
prince : Ah! Mendoce, lui dit-elle, en le regardant avec des yeux pleins de douceur et de charmes, c'est donc à vous que je dois et ma vie et ma
gloire? Non, madame, lui dit-il, vous ne devez
rien qu'à vous-même; je n'ai d'autre avantage
que d'avoir puni votre ennemi. A ce court
éclaircissement succéda, entre ces deux personnes qui s'aimaient, une de ces conversations
douces et animées qu'on imagine facilement, et
qu'il n'est pas aisé de rapporter. Ils parlèrent
de tous les événemens extraordinaires de leur
vie depuis qu'ils s'étaient connus : les soupirs
et les larmes interrompirent souvent leurs dis-

cours. Enfin, la comtesse, qui n'avait plus de
devoir qui combattît son inclination, et qui ne
se reprochait plus la passion qu'elle avait pour
Mendoce, la lui avoua sans scrupule. Charmés
du plaisir de se voir et d'être en liberté de se
rendre compte de leurs moindres pensées, ils
passèrent plusieurs jours dans l'état du monde
le plus heureux. La comtesse apprit au roi, son
frère, les obligations qu'elle avait à Mendoce;
il entra dans sa reconnaissance en approuvant
le dessein où elle était de l'épouser aussitôt que
la bienséance le pût permettre. Ce mariage se
fit avec toute la magnificence possible.

La négociation que le comte d'Eu traitait en
Angleterre fut aussi funeste à ce prince qu'elle
avait été favorable à Mendoce. Le duc Guillaume se servit de ce prétexte, lorsque, après la
mort d'Édouard, il monta sur le trône d'Angleterre, pour satisfaire sa haine en terminant
les jours du comte d'Eu par une mort tragi-
que, comme toutes les histoires le rapportent.

FIN DE LA COMTESSE DE SAVOIE.

HISTOIRE

D'AMÉNOPHIS,

PRINCE DE LIBYE.

HISTOIRE
D'AMÉNOPHIS,
PRINCE DE LIBYE.

Un historien fameux a écrit les aventures d'une
reine de Libye qui, par un seul accouchement,
se vit mère de sept princes. Je ne m'étendrai
pas sur cette histoire surprenante; je me con-
tenterai d'en rapporter une seule circonstance
nécessaire au sujet que j'ai entrepris de traiter.
L'oracle de Jupiter-Ammon ayant déclaré qu'A-
donisthus, celui de tous les fils de la reine,
qu'elle aimait le plus, serait roi avant tous ses
autres frères, la reine, qui craignait que cette
prédiction ne donnât de la jalousie aux frères
de ce prince, aima mieux se priver de sa vue,
que de le laisser exposé au malheur que cette
jalousie lui pourrait attirer : elle le fit partir
de Libye pour aller chercher dans les pays
étrangers à avancer, par quelque grande action,
l'effet de l'oracle, ou du moins à s'en rendre
digne.

Le départ d'Adonisthus fut reçu diversement

dans la cour du roi de Libye; les uns louèrent la courageuse résolution de ce jeune prince; les autres la trouvèrent trop indiscrète et trop téméraire; quelques-uns appréhendèrent qu'il n'y eût sous cette résolution des intrigues secrètes de la reine avec les étrangers, pour lui assurer le royaume au préjudice de tous ses autres frères; presque tous ces princes, sans faire aucune réflexion sur les suites, eurent beaucoup de joie de son éloignement; le seul Aménophis en eut un véritable chagrin. Ce n'était pas qu'il eût aucune affection particulière pour Adonisthus; mais, comme il était né avec les plus grandes et les plus nobles inclinations qu'un prince puisse avoir, il était affligé que son frère se mit sitôt dans le chemin d'acquérir de la gloire, pendant qu'il se voyait en quelque manière éloigné de l'imiter, parce que la reine, dont toute la tendresse était pour Adonisthus, ne voulait pas permettre que les autres princes, ses fils, fissent de semblables entreprises, où peut-être ils eussent effacé Adonisthus.

Aménophis passait tristement ses jours avec le regret de languir dans une honteuse oisiveté; il ne prenait plus aucune part aux plaisirs de la cour; il était toujours dans les forêts, où la chasse faisait son unique occupation, moins pour se divertir, que pour se préparer et s'ac-

coutumer à soutenir de bonne heure de plus
grandes fatigues. Un jour qu'il se trouva seul,
fort éloigné de tous ceux qui l'avaient suivi,
il arriva en rêvant jusque sur le bord de la
mer; elle était encore enflée et agitée d'une furieuse tempête : il s'arrêta, et il promenait ses
regards sur les flots, sans dessein et sans attention, lorsqu'une planche du débris d'un
vaisseau, poussée par une vague impétueuse,
jeta presque à ses pieds un homme qui était sur
cette planche et qu'il crut mort. La compassion
le fit approcher, et il s'aperçut qu'il respirait
encore. La pâleur de son visage n'empêcha pas
Aménophis d'y remarquer je ne sais quel air
de noblesse qui lui fit souhaiter de le pouvoir
secourir utilement; il le fit, et l'infortuné étranger revint insensiblement à lui. Il regarda Aménophis avec des yeux où la mort était encore
peinte, et où elle n'empêchait pas la reconnaissance de paraître. Qui que vous soyez, dit-
il au prince, vous venez de sauver la vie au
plus malheureux des hommes. Je croirai que
les dieux sont las de me persécuter, s'ils dai-
gnent quelque jour me mettre en état de la
perdre pour vous.

Ce discours, la physionomie noble de l'étranger, ses habits même qui, tout mouillés qu'ils
étaient, laissaient voir de la magnificence, aug-

mentèrent l'attention et la curiosité d'Aménophis, et, voyant arriver de ses gens écartés par la chasse, il fit donner un cheval à l'inconnu, et il l'obligea à venir avec lui à une maison de campagne où il avait accoutumé de coucher assez souvent. Les premiers jours qu'ils passèrent ensemble leur inspirèrent de l'estime l'un pour l'autre ; et cette estime fut suivie de l'envie de se connaître.

Aménophis ne lui cacha point qu'il était fils du roi de Libye : Prince, lui dit alors Ménécrate (c'était le nom de l'étranger), je ne vous laisserai pas ignorer plus long-temps que vos secours sont tombés sur un homme qui, par sa naissance, n'en est pas indigne, et qui, par ses malheurs, les mérite d'un cœur aussi généreux que le vôtre.

Je suis fils du roi de l'île du Soleil. Les infortunes de ce prince sont aussi connues que l'est cette île, où, de tous les côtés du monde, on vient adorer le soleil ; je ne sais, ajouta-t-il, si elles sont parvenues jusqu'à vous, ou s'il est possible que vous les ignoriez. Aménophis lui avoua qu'il en avait entendu parler fort confusément, et qu'il lui ferait plaisir de les lui apprendre. Alors Ménécrate reprit ainsi la parole :

L'île du Soleil, où, comme je vous l'ai dit, presque tous les peuples qui adorent le soleil

envoient tous les ans faire des sacrifices, était
gouvernée par deux puissances; le roi avait le
commandement des armées et la disposition des
emplois et des dignités ; le grand-prêtre du soleil exerçait souverainement toutes les autres
parties du gouvernement. Jusqu'à nos derniers
temps ces deux puissances avaient été si bien
unies, que rien n'était comparable au repos et à
la félicité dont jouissaient les peuples de cette
île. La fortune s'est lassée de leur être si favorable; elle a élevé à la dignité de grand-prêtre
un homme également dangereux par ses vices
et par ses vertus. Cet homme, qui s'appelle
Philocoris, a beaucoup d'esprit, et autant de
connaissance des sciences que s'il avait passé
toute sa vie dans l'étude. On dit que c'est un
des hommes du monde les mieux faits, aussi
séduisant par la beauté et par les grâces de sa
personne, que par les charmes de son esprit. Il
avait à peine vingt-cinq ans, lorsqu'il fut élevé
à cette haute dignité par le suffrage de tous les
peuples, que son éloquence avait éblouis dans
les fréquentes harangues qu'il leur faisait. Jusqu'alors il avait si bien imité les apparences
de la vertu, qu'on ne le soupçonnait pas même
de connaître les vices. Il en avait pourtant
beaucoup : une ambition sans bornes, un or-
gueil insurmontable, et un si furieux déregle-

ment dans ses mœurs, que, quoique par les
lois de notre religion il lui fût permis d'avoir
trois femmes légitimes, ses passions insensées
ne pouvaient pas s'y fixer; il cherchait tous les
jours des maîtresses nouvelles. Il en était venu
à un tel excès de désordres, qu'il faisait enlever
dans l'île les plus belles personnes que les ministres de ses passions pouvaient découvrir, et
il les tenait enfermées dans le palais du Soleil,
pour servir à ses déréglemens. Le roi Zénotras,
mon père, crut qu'il ne lui était pas permis
de souffrir tant de vices impunis; il en parla
au grand-prêtre, qui lui répondit avec tant
d'insolence, que le roi entreprit de le faire dé-
poser. Il y trouva des difficultés invincibles, et
les affaires s'aigrirent à tel point qu'il fut obligé de lever des troupes.

Le grand-prêtre trouva plus de scélérats pour
le défendre, que le roi mon père n'eut de sujets
fidèles pour lui obéir. Philocoris répandit parmi
le peuple un faux oracle rendu par le Soleil, à
ce qu'il disait; cet oracle déclarait que le Soleil
voulait que son île fût libre, et que les peuples
n'y reconnussent aucune autre autorité que la
sienne. Ce fut là le signal d'une révolte générale; le peu de troupes fidèles qui combattaient
pour le roi furent massacrées avec lui; la reine
ma mère eut un semblable sort, et je n'aurais

pas échappé au glaive cruel du grand-prêtre,
quoique je n'eusse que huit ans, si un fidèle
sujet du roi et de la reine ne m'eût enlevé, et
s'il ne m'eût mis dans une barque qui me conduisit secrètement dans une autre île où j'ai
été élevé. Aussitôt que je fus parvenu à l'âge de
raison, je n'ai songé qu'à venger le sang de
mes parens, et qu'à punir leurs meurtriers;
j'ai couru inutilement dans diverses îles de nos
mers fort éloignées de cette contrée; j'y ai
trouvé beaucoup de compassion et fort peu de
secours; enfin j'arrivai au royaume de Chypre,
dont le roi, généreux et sensible à la gloire,
voulut bien me donner une flotte pour recon-
quérir l'île du Soleil. Ma navigation a été très-
longue. Il a semblé que les dieux me refusaient
l'abord de cette île; je l'ai vue plusieurs fois
sans en pouvoir approcher; mais, m'étant rendu maître de quelques vaisseaux qui en sor-
taient, j'en appris des nouvelles qui me font
horreur. L'indigne Philocoris, devenu souverain
et maître absolu, a exigé de ses malheureux sujets un tribut jusqu'à présent inouï. Il les a obligés à courir les mers comme des pirates pour
lui amener, des pays les plus éloignés, les plus
belles personnes qu'ils peuvent rencontrer, et
il a autorisé cette impiété par de nouveaux mys-
tères de religion qu'il a inventés. J'ai pourtant

su que la plupart des grands et le peuple com-
mencent à être détrompés, et qu'ils voient avec
horreur les désordres de leur tyran. Une tempête furieuse m'a poursuivi pendant plusieurs
jours; j'ai vu périr et submerger toute la flotte
qui m'accompagnait; j'ai été jeté sur le bord de
la mer, où je commence à croire que les dieux
veulent me protéger, puisqu'ils m'ont fait rencontrer dans le prince de Libye les secours que
j'y trouve.

Aménophis rêva long-temps après avoir entendu ce récit, et Ménécrate ne savait à quoi at-
tribuer un silence si extraordinaire, lorsque ce
prince, sortant de sa rêverie, l'embrassa et le
pria de vouloir bien n'apprendre à personne
qu'à lui ce qu'il venait de lui raconter. Vous
m'êtes envoyé par les dieux, lui dit-il, pour me
déterminer au parti qu'il y a long-temps que j'ai
résolu de prendre.

La vie obscure que je mène ici dans les dé-
lices d'une vie oisive, me fait honte; je voulais
aller chercher la gloire et les aventures qui
peuvent donner un nom célèbre, et je ne savais
de quel côté tourner mes pas; ce sera présentement vers l'île du Soleil. Je ne vous cacherai
pas qu'il faut que ce soit à l'insu du roi mon
père et de la reine ma mère; mais ne craignez
point que le secours que je veux vous donner en

soit moins prompt, ni peut-être moins utile.
Je ne vous promets pas des flottes ni des armées, mais je vous promets un nombre choisi
des plus braves et des plus fidèles hommes de
la Libye; ils me suivront partout où je voudrai
les mener; et ce que vous venez de me dire de
la disposition où sont les peuples de l'île du Soleil me fait penser que nous réussirons mieux à
détrôner le tyran, si nous y arrivons sans lui
donner aucun sujet d'ombrage.

Ces deux princes convinrent de toutes les
mesures qu'ils devaient prendre, et de garder
un profond secret de leur dessein. Ménécrate
demeura inconnu dans la maison de campagne
où Aménophis le laissa, et ce prince conduisit
si heureusement son entreprise, qu'au bout de
quelques jours il fut assuré de deux cents jeunes Libyens résolus à se dérober de leur patrie
pour le suivre. Ayant fait préparer un vaisseau
dont les pilotes ignorèrent l'usage qu'on en voulait faire, il partit avec Ménécrate et ses braves
Libyens. Ils firent voile vers l'île du Soleil, où,
au bout d'un mois de navigation heureuse, ils
prirent port, tous également inconnus, et sous
le prétexte de faire des sacrifices au Soleil,
comme c'était la coutume. Ils jugèrent à propos
de se disperser dans l'île en différens endroits,
pour jeter en plus de lieux les bruits que dans

la suite il leur serait nécessaire de répandre ;
ils convinrent d'un rendez-vous pour se donner
de leurs nouvelles, et d'un signal pour se rassembler lorsqu'il en serait besoin.

Ménécrate mena Aménophis à un château qui
était peu éloigné de la capitale de l'île. Ce château appartenait à Crisotas, ce vertueux sujet
qui avait sauvé Ménécrate. Il avait reçu de
temps en temps des nouvelles de ce prince. Il
savait qu'il était parti de Chypre avec une flotte
puissante ; il l'attendait avec beaucoup d'impatience ; mais il fut extrêmement surpris lorsque
Ménécrate, se faisant connaître à lui, lui raconta que sa flotte était perdue, et qu'il n'arrivait qu'avec deux cents hommes, que cet ami,
qu'il lui montra en lui présentant Aménophis,
lui avait donnés. Crisotas versait des larmes de
joie en embrassant Ménécrate : Prince infortuné, lui dit-il, venez-vous vous livrer au
meurtrier de votre maison ? Qu'espérez-vous que
deux cents hommes puissent faire contre un
tyran qui en a plus de vingt mille toujours sous
les armes ? Il est vrai que les peuples commen-
cent à se désabuser ; il est vrai aussi que le
palais du Soleil est devenu un lieu rempli de
toutes sortes de honteuses voluptés ; mais les
peuples, qui le savent, et qui en ont horreur, ne laissent pas d'être attachés au grand-

prêtre par une infinité d'intérêts différens.

Crisotas, lui répondit Ménécrate, pourvu que vous nous donniez vos conseils, nous espérons tout de notre courage et de la justice des dieux. Voyant que Crisotas considérait avec une extrême attention Aménophis, et qu'il paraissait surpris de l'air de grandeur et des charmes qui étaient répandus sur toute sa personne, il ne crut pas lui devoir cacher la naissance de ce prince. Crisotas, après avoir loué leur amitié, les pria l'un et l'autre de s'abandonner à sa conduite et de se tenir enfermés chez lui, jusqu'à ce qu'il eût été réveiller le courage et le zèle des anciens serviteurs de Zénotras ; et, partant peu de jours après, il laissa ces deux princes dans son château.

Après son départ, Ménécrate et Aménophis passèrent les premiers jours de leur solitude sans s'ennuyer. La femme de Crisotas, quoique avancée en âge, était encore aimable par ses manières et par son esprit ; Célidonie, sa fille, sans avoir un beauté parfaite, plaisait infiniment ; elle était petite, mais sa taille était si proportionnée, et ses façons de penser et de s'exprimer si vives et si piquantes, que les beautés les plus régulières ne l'effaçaient pas ; ses cheveux étaient blonds ; elle avait le plus beau teint et les plus belles dents du monde.

On admirait d'autres personnes auprès d'elle ;
mais on n'aimait qu'elle : les qualités de son
âme étaient au-dessus des charmes de sa personne. Les deux princes passaient des jours
entiers avec elle ; elle les instruisait des par-
ticularités de l'histoire de l'île. Aménophis, à
son tour, lui contait les aventures de la cour
de Libye, le dessein qu'il avait déjà formé,
avant que de connaître Ménécrate, de chercher à acquérir de la gloire dans les pays
étrangers. De semblables entretiens n'amusè-
rent pas long-temps Aménophis ; il était naturellement vif et ennemi du repos. Pour
Ménécrate, il s'occupait, sans s'en apercevoir,
et plus même qu'il ne voulait, du plaisir de
voir et d'entretenir Célidonie ; mais Aménophis,
ne trouvant rien qui fixât ses pensées, se remit
dans le goût de la chasse. Il suivait un jour un
cerf qu'il avait lancé aux environs du château
de Crisotas, et n'était accompagné que d'Anaxaras, Libyen qui avait toute sa confiance, lorsque la chasse le menant dans des campagnes où il
n'avait point encore couru, le conduisit dans un
bois dont la beauté et la magnificence des routes
le surprirent. Il n'y fut pas long-temps sans
être arrêté par un vaste enclos qui lui donna de
la curiosité ; il oublia sa chasse et suivit long-
temps le tour des murailles, pour voir s'il n'y

découvrirait pas quelque entrée. Le hasard lui
fit apercevoir une porte que la négligence d'un
jardinier avait laissée entr'ouverte : il mit pied
à terre ; et, donnant son cheval à Anaxaras,
il entra dans les plus beaux jardins du monde.
La fraîcheur d'une infinité de fontaines jaillis-
santes, la beauté des arbres toujours verts, et
la grande quantité de fleurs qui semblaient naître sous ses pas, lui causèrent un étonnement
qui l'engagea à marcher toujours, sans savoir
où il allait. Il entra dans une salle d'orangers,
où, sur un gazon vert et semé de fleurs, entre
quatre myrtes, qui semblaient former une espèce de lit, il vit une jeune beauté endormie.
Il en approcha, avec une émotion dont il ne
connaissait pas la cause ; il craignit de la réveiller ; ses nouveaux sentimens le rendant ti-
mide et comme immobile, il la considéra long-
temps ; il s'oubliait lui-même, et il ne savait
ce qu'il devait souhaiter ou craindre ; cependant
il était plein d'admiration et de désirs. Une esclave, qui apparemment avait accompagné cette
belle personne, et qui s'était éloignée, de peur
de troubler son repos, revint en marchant doucement, et sans être aperçue d'Aménophis. Elle
fut effrayée de voir un homme assez audacieux
pour être entré dans les lieux sacrés ; cependant
comme elle vit que la jeune personne n'était

point éveillée, elle se contenta de se mettre
entre elle et Aménophis, à qui elle dit d'une
voix basse : Téméraire! ignorez-vous où vous
êtes, et que la mort est le prix d'une telle hardiesse? Parlant ainsi, elle le poussa hors de la
salle d'orangers. Il était si troublé et si saisi de
mouvemens inconnus, que, sans répondre à
cette esclave, peut-être même sans entendre ce
qu'elle lui disait, il se laissa conduire où elle
voulut. Dès qu'elle fut derrière une palissade,
où elle crut lui pouvoir parler plus sûrement,
elle lui demanda qui il était. Je ne sais, dit-il,
et j'ignore où je suis. Vous êtes, lui dit cette
esclave, dans les jardins délicieux du grand-
prêtre. Il n'est permis à aucun mortel d'y entrer,
vous vous exposez à une mort cruelle, et vous
exposez en même temps à une disgrâce terrible
la beauté que vous avez vue endormie. Appre-
nez-moi, continua-t-elle, qui vous a ouvert
l'entrée de ces lieux. Je vois que vous êtes étranger, et j'ai pitié du péril où votre imprudence
vous a fait tomber. Aménophis, un peu revenu
à lui, raconta à l'esclave la manière dont il était
parvenu jusque dans cet endroit où elle l'avait
trouvé. Il lui demanda ensuite, avec empressement, si c'était une femme du souverain pontife qu'il venait de voir. L'esclave lui apprit
que c'était une étrangère que des pirates avaient

enlevée et présentée depuis peu au grand-prêtre, qui en était devenu éperdument amoureux.
Il lui fit en même temps beaucoup de questions,
à quoi l'esclave allait répondre, quand elle entendit du bruit, qui lui donna à peine le temps
de dire à Aménophis de fuir promptement, s'il
ne voulait se perdre, et perdre la beauté qu'il
venait de voir.

La crainte d'exposer une personne qui venait
de faire une si vive impression sur son cœur,
lui fit prendre le parti de se retirer. Il fut assez
heureux pour retrouver la même porte par où
il était entré. Dès qu'il eut rejoint son fidèle Libyen, il le regarda sans lui rien dire, il reprit
son cheval, et, sans s'informer de ce qu'était
devenue la chasse : Anaxaras, lui dit-il, où
veux-tu que nous allions? Anaxaras, étonné de
ce discours, lui demanda d'où venait le trouble
où il le voyait, et ce qui lui était arrivé. Mon
cher Anaxaras, répondit le prince, je ne puis te
le dire. Je suis le plus amoureux des hommes,
et je ne me connais plus. Seigneur, dit Anaxaras, songez-vous que vous êtes venu ici pour
détrôner un tyran, et non pas pour vous livrer
à l'amour? Ah! reprit Aménophis, cet amour
précipitera la perte de ce tyran. Je le hais,
non-seulement comme un usurpateur, mais
encore comme un rival qui possède ce que

j'adore. Il s'abandonna ensuite à des rêveries,
qu'Anaxaras n'osa interrompre. Ils arrivèrent
fort tard au château de Crisotas ; on commençait à s'inquiéter de ne point voir Aménophis.
Il se montra un moment, et, sur le prétexte de
sa lassitude, il se retira aussitôt dans son appartement avec Anaxaras. Il passa toute la nuit
dans l'agitation que donne une nouvelle passion, et sans pouvoir parler d'autre chose que
de ce qu'il avait vu ; il dépeignit à ce favori
l'air, le visage et la taille de l'esclave qu'il avait
entretenue, et il le conjura de s'informer qui
elle était, et de tâcher de trouver accès auprès
d'elle.

Anaxaras s'acquitta de cette commission, avec
tant d'adresse, qu'il lia un commerce assez particulier avec elle. Peu scrupuleux dans ces
sortes d'intrigues, qu'il ne craignait pas qui
eussent de trop longues suites, il y a apparence qu'il lui persuada qu'il l'aimait. Quoi qu'il
en soit, l'esclave était jolie ; elle se plaisait à
entretenir Anaxaras, et bientôt elle ne lui cacha
rien de tout ce qu'elle savait. Il apprit, par
elle, que l'étrangère, qui donnait à Aménophis une curiosité si vive, s'appelait Cléorise,
qu'elle était insensible à la passion du grand-
prêtre, qu'elle ne savait si cette insensibilité
n'était point causée par quelque autre passion,

dont elle pouvait être prévenue; car, ajouta l'esclave, Philocoris est le plus aimable et le mieux
fait de tous les hommes, et je n'ai vu aucune
femme lui résister. On ignore qui est celle-ci;
elle passe les jours à soupirer, et je suis la seule
à qui elle daigne quelquefois parler; mais je
n'ai encore osé lui faire aucune question, ni
sur son cœur, ni sur sa fortune. Anaxaras la
pria de faire en sorte qu'Aménophis pût revoir
encore Cléorise. L'esclave lui répondit, que ce
ne pourrait être que le jour de la fête du Soleil;
que ce jour-là elle placerait son ami dans le
temple, en un lieu d'où il pourrait considérer
cet objet de sa curiosité; qu'il ne lui était pas
possible de faire rien davantage. Anaxaras rendit compte de toute cette conversation au prince
de Libye, qui attendit avec impatience le jour
de la fête du Soleil.

Cependant Crisotas, qui était allé parcourir
toute l'île et ranimer le courage et le zèle de ce
qui était resté de sujets fidèles, vint retrouver
les deux jeunes princes. Il leur dit qu'il avait
confié le secret de la vie de Ménécrate à plusieurs des plus considérables de l'île; qu'il espérait que, lorsque l'occasion s'offrirait de se
déclarer, ce prince se trouverait le plus fort;
mais qu'il croyait qu'il ne fallait rien précipiter; et que, avant d'attaquer l'usurpateur, il

24.

fallait prendre des mesures si justes et si certaines, qu'on fût assuré de le détrôner.

Ménécrate et Aménophis, tout impatiens qu'ils étaient de signaler leur courage, ne furent point fâchés de ce petit retardement. Ménécrate devenait tous les jours plus amoureux, et il appréhendait que l'embarras de l'entreprise qu'il méditait ne lui ôtât les moyens d'achever de gagner le cœur de la fille de Crisotas, à qui il se faisait déjà un plaisir de pouvoir offrir la moitié de son trône s'il y remontait. Aménophis souhaitait aussi de connaître mieux Cléorise, qu'il aimait déjà si passionnément, et il était bien aise, avant que de se jeter dans le tumulte des armes, de prendre quelques mesures pour empêcher que cette étrangère ne lui fût enlevée.

Cependant le jour de la fête du Soleil arriva, et le grand-prêtre, qui espérait que sa magnificence ferait sur le cœur de sa nouvelle maîtresse ce que ses soins et ses assiduités n'avaient pu faire encore, voulut rendre cette fête plus éclatante qu'elle n'avait jamais été.

Au milieu de la ville du Soleil est une grande et magnifique place, dont le temple du Soleil fait une des faces; derrière ce temple est le palais du souverain pontife; les trois autres faces de la place sont ornées d'une colonnade de

marbre et de jaspe ; cette colonnade soutient de
longues et de larges terrasses, avec des balus-
trades de porphyre à hauteur d'appui ; les maisons qui sont derrière cette colonnade sont de
marbre, avec de grandes fenêtres, toutes de
symétrie, ouvertes sur les terrasses ; la place
sert aux jeux et aux combats qui se donnent le
jour de la fête. Cette fête commence le matin
par un auguste sacrifice que le grand-prêtre fait
lui-même. On peut croire que le temple du Soleil, où l'on arrive par une place si magnifique,
est encore plus superbe et plus orné que la place ;
l'or et les pierres précieuses y éclatent de tous
côtés ; l'autel surtout en est si couvert, qu'il
est impossible de le regarder sans en être ébloui.
Il est élevé sur six marches de porphyre, sous
une espèce de dôme d'or, soutenu de quatre co-
lonnes du plus beau lapis que la nature ait jamais produit. Ce dôme est chargé en dedans
et en dehors d'une infinité de diamans qui jet-
tent leurs feux sur l'autel, sur lequel il n'y a
qu'un seul brasier d'un feu toujours ardent et
brillant, pour représenter le Soleil.

La jeune esclave n'oublia pas la parole qu'elle
avait donnée à Anaxaras ; elle le fit placer avec
Aménophis vis-à-vis d'une tribune qui regardait sur l'autel. Ils n'eurent pas de peine à croire
que ce serait là que Cléorise serait placée. La

tribune était ornée avec tant de soins, et elle était tendue d'un brocard d'or si riche, qu'ils comprirent aisément que c'était le lieu d'où l'amoureux grand-prêtre voulait être regardé par sa nouvelle maîtresse. Ils virent, peu de temps après, des esclaves qui vinrent répandre des eaux de senteur et brûler des parfums dans cette tribune, et ils jugèrent que la véritable divinité du grand-prêtre allait bientôt arriver; mais dans le moment qu'Aménophis, inquiet et troublé par des agitations extraordinaires, tenait ses yeux attachés sur le lieu où il l'attendait, une grille dorée en façon de jalousie tomba, et ferma toute l'ouverture de la tribune.

Cette aventure imprévue causa au prince de Libye un saisissement si violent qu'il en pâlit. Il s'appuya sur Anaxaras, et il attacha ses yeux sur cette fatale grille avec tant d'application, qu'on eût cru qu'il perçait à travers, et qu'il voyait tout ce que sa seule imagination lui représentait.

Il s'était paré avec tant de soins, et il avait tâché de relever sa bonne mine naturelle par des habits si riches, que tout le monde le regardait avec admiration, et que le grand-prêtre lui-même, lorsqu'il approcha de l'autel, ne put s'empêcher de jeter plusieurs fois les yeux sur lui. Le souverain pontife était beau, quoiqu'il

ne fût plus dans sa première jeunesse; il avait
la taille haute et majestueuse; il portait sur sa
tête un de ces chapeaux en pointe, dont les
rois de Perse se couronnaient; il avait sur ses
épaules et autour de sa poitrine une large bande
de pourpre brodée d'or, sur laquelle étaient ap-
pliqués les douze signes du zodiaque, taillés chacun d'une seule pierre fine : elles étaient toutes
de couleurs différentes. Rien n'était si beau, ni
si digne d'être vu, que l'habillement et que le
prince qui le portait; mais il ne fut regardé
ni d'Aménophis, ni de Cléorise, de qui Aménophis et lui souhaitaient également d'être re-
gardés. Elle s'était assise derrière la jalousie de
sa tribune, et le hasard avait fait qu'elle avait
d'abord jeté les yeux sur le prince de Libye. Il
lui parut si bien fait, qu'elle les y arrêta quelque temps sans croire qu'elle eût ni plaisir ni
attention à le considérer. Elle s'aperçut, peu de
temps après, qu'il ne détournait pas les yeux
de dessus la tribune; elle en rougit comme s'il
eût pu voir qu'elle le regardait. Elle voulut
tourner les yeux d'un autre côté, et elle les ramena aussitôt sur le même objet. Il lui sembla
que c'était par aversion pour le grand-prêtre,
qui lui était odieux, et qu'elle ne voulait point
regarder. Elle se contenta de cette raison, qu'elle
se dit à elle-même, et, pendant tout le temps

que dura le sacrifice, elle ne leva pas les yeux de dessus lui.

Heureux Aménophis, s'il eût pu s'en apercevoir! Il sortit du temple après que la cérémonie fut achevée, et il se plaignit si douloureusement à Anaxaras de son malheur, qu'Anaxaras en fut touché, et qu'après l'avoir prié d'aller l'attendre chez Crisotas, il alla conjurer l'esclave de faire en sorte qu'Aménophis pût entrer dans le palais pour y voir la beauté qui lui avait été cachée dans le temple. L'esclave trouva long-temps que ce qu'Anaxaras proposait était impossible : enfin, elle se souvint qu'il y avait sous le temple des souterrains qui communiquaient au palais du grand-prêtre; que la clef de ces souterrains était entre les mains d'un officier du temple, sur qui elle avait beaucoup de pouvoir, parce que c'était elle qui avait eu le crédit de lui faire donner son emploi.

Elle dit à Anaxaras que le souverain pontife passerait huit jours dans son palais du temple, suivant la coutume; qu'elle verrait si, pendant ce temps-là, il était possible qu'elle procurât à son ami la dangereuse satisfaction qu'il souhaitait, et que le lendemain elle lui en rendrait compte.

Anaxaras rendit presque la vie au prince de Libye, quand il lui porta cette nouvelle.

Les amans se flattent aisément; et, quoique
l'esclave n'eût encore rien promis de positif,
Aménophis ne voulut pas douter un moment
qu'elle ne fît tout ce qu'il espérait qu'elle ferait : Je puis donc, charmante Cléorise, disait-
il dans les transports de sa joie, me flatter du
plaisir de vous voir! il ne me paraît pas même
impossible que je puisse vous apprendre que je
vous adore; mais, hélas! reprenait-il aussitôt,
je vous trouverai peut-être si prévenue pour un
autre, que je ne serai pas plus heureux que le
grand-prêtre : il n'importe; que je vous voie
et je mourrai sans regret.

Le lendemain l'esclave instruisit Anaxaras de
tout ce qu'Aménophis et lui, dans trois ou quatre jours, auraient à faire pour entrer secrètement dans une des galeries du palais, où Cléorise avait accoutumé de se promener une partie
de la nuit. Cette galerie, qui terminait l'appartement où le grand-prêtre avait logé cette étrangère, était ornée de statues qui représentaient
d'un côté les héros de la Grèce, et de l'autre
les grands princes qui avaient gouverné les
Perses depuis Cyrus.

Les statues étaient si artistement incrustées
de marbre de différentes couleurs, et revêtues
de lames d'or, d'argent et d'acier, pour représenter des cuirasses, qu'on eût dit que

c'était de véritables hommes vivans et armés.

Il manquait d'un côté la statue de Diomède, et de l'autre celle du grand Artaxercès, que les ouvriers achevaient, et dont les places étaient préparées ; l'ingénieuse esclave, devenue hardie par l'envie de plaire à Anaxaras, imagina qu'Aménophis et lui pourraient se couvrir, l'un d'armes grecques et l'autre d'armes persiques, et qu'ils se placeraient dans les deux endroits destinés aux statues qui manquaient ; qu'elle amènerait auprès d'eux l'étrangère qu'ils voulaient voir, et avec qui elle avait accoutumé de venir toutes les nuits se promener dans cette galerie. Elle était assurée de les faire entrer par le souterrain, et, après avoir donné à Anaxaras toutes les instructions qu'elle crut nécessaires, elle le pria seulement de lui répondre de la discrétion et de la sagesse de son ami, comme elle se répondait de celle d'Anaxaras.

Il faut avoir aimé, et il faut s'être trouvé dans des inquiétudes et dans des impatiences semblables à celles du prince de Libye, pour pouvoir dépeindre et pour concevoir la joie qu'il eut lorsqu'Anaxaras vint lui apprendre tout ce que l'esclave lui avait dit. Il ne trouva rien de difficile dans l'entreprise. Il employa deux ou trois Libyens à faire faire en leur présence des armes sur le modèle qu'Anaxaras avait donné : ces Libyens firent aux ouvriers des présens si considérables, et ils s'attachèrent si assidûment à les voir travailler, qu'en deux jours Aménophis eut tout ce qui lui était nécessaire pour son dessein.

Il ne passa pas ces deux jours sans impatience et sans inquiétude ; mais, comme l'espérance, quand elle entre dans l'esprit d'un amant, y fait presque autant d'impression que la félicité même, Aménophis, qui se croyait assuré qu'il verrait bientôt Cléorise, avait une joie douce qui lui avait rendu tous les charmes de la conversation.

Il y avait plusieurs jours que Ménécrate s'était aperçu du changement d'humeur du prince de Libye, et qu'il cherchait l'occasion de lui en demander la cause. Aménophis ne lui donna pas la peine d'attendre long-temps cette occasion ; il vint le trouver, et lui parla de tant de choses différentes, et avec une ouverture de cœur et d'esprit si parfaite, que Ménécrate crut qu'il pouvait lui demander ce qui l'avait obligé de paraître si rêveur depuis quelque temps. Aménophis rougit. Je vous avoue, dit-il à Ménécrate, que la honte d'être si long-temps inutile à vos intérêts m'avait jeté dans une espèce de tristesse et d'abattement dont je ne voulais

point cependant que vous vous aperçussiez.
Mais je viens d'entretenir Crisotas, et tout ce
qu'il m'a dit de la disposition où sont les esprits
des grands et du peuple, me donne une satisfaction que je ne puis vous exprimer. Ils atten-
dent avec impatience le moment de se déclarer
pour vous, et j'ai fait convenir Crisotas qu'il
n'est plus permis de différer, et qu'il faut,
avant la fin des fêtes du Soleil, accabler le tyran ou être accablé par lui. Songez, prince,
continua-t-il, qu'en remontant sur un trône
qui est si légitimement dû à vos vertus et à
votre naissance, vous serez en état de rendre
libres tant d'innocentes beautés que votre ennemi tient captives. Songez vous-même, prince,
lui répondit Ménécrate, que si je règne ce sera
par vous, et que ce sera vous qui disposerez
de tout ce que la fortune mettra en mon pouvoir. Puis-je vous demander, continua Ménécrate, si vous êtes mieux informé que moi de
tout ce qui se passe au dedans de ces murs où
Philocoris jouit tranquillement de ses crimes?
J'ignore s'il y a quelque beauté qui soit digne
de votre attention : on m'a parlé d'une étrangère qu'on appelle Cléorise; on dit que c'est une
des plus surprenantes beautés qu'on ait jamais
vues, et dont le grand-prêtre est fort amoureux : vous serait-elle connue? Aménophis se

trouva embarrassé à cette question ; il ne voulait
pas avouer qu'il était amoureux : il craignait
de se trahir en parlant de Cléorise, et cependant il en voulait parler ; et, quoique Ménécrate l'assurât qu'il n'en savait rien de plus
particulier que ce qu'il avait déjà dit, il ne
laissa pas de lui faire encore plusieurs questions ; et il les fit avec tant de trouble et d'a-
gitation, que Ménécrate ne douta plus qu'il n'en
fût amoureux, sans pouvoir comprendre comment il avait pu le devenir : mais, ne voulant
pas augmenter l'embarras où il voyait déjà son
ami, en lui faisant apercevoir qu'il commençait
à pénétrer les secrets de son cœur, pour détourner la conversation, il parla de sa passion
pour Célidonie, et du bonheur dont il se flattait
de ne lui être pas entièrement indifférent ; et,
regardant Aménophis : Plût aux dieux, lui dit-
il, que vous fussiez amoureux aussi-bien que
moi ! et que le même jour qui me mettra en
état de couronner Célidonie pût vous rendre
possesseur de quelque autre personne aussi tendrement aimée de vous que Célidonie l'est de
moi ! Mon cher Ménécrate, dit Aménophis en
l'embrassant, je vois que vous lisez trop dans
mon cœur. Contentez-vous de savoir que je suis
amoureux, et que, si mon bonheur ne dépend
pas entièrement de vous, vous pourrez du

moins y contribuer beaucoup, si le ciel favorise
la justice de notre entreprise.

Ces deux princes, depuis cette conversation,
ne se quittèrent presque plus, et Aménophis
ne fit plus un mystère à son ami de l'aventure
qui l'avait rendu amoureux de Cléorise. Cependant le prince de Libye, qui ne doutait pas
qu'en entrant dans le palais du grand-prêtre
de la manière dont il devait y être introduit, il
n'y eût quelque danger à courir, ne voulut pas
en faire confidence à Ménécrate, de peur qu'il
n'eût envie de partager le péril avec lui.

Enfin arriva cette nuit où la jeune esclave
avait promis de le faire entrer avec Anaxaras
dans la galerie : les armes furent portées chez
cet officier du temple, nommé Créon, que l'esclave avait disposé à faire tout ce qu'on souhaitait. Elle lui avait même dit que le déguisement
des deux hommes qu'elle introduirait par le
souterrain, dans l'appartement de Cléorise, se
faisait par l'ordre du grand-prêtre. Ainsi le ministre du temple ne fut point étonné lorsqu'A-
ménophis et Anaxaras vinrent chez lui, et qu'ils
se travestirent l'un en Diomède et l'autre en
Artaxercès. Il admira la bonne mine du prince
de Libye, qui choisit le personnage de Diomède ;
et, comme il lui sembla qu'Anaxaras, qui s'ha-
billait en Artaxercès, témoignait quelque défé-

rence pour Aménophis, ce fut à Anaxaras qu'il s'adressa pour lui demander si, dans le divertissement qu'il s'imaginait que le grand-prêtre voulait donner, ils seraient les seuls acteurs.

Jamais Anaxaras ne fut si surpris et si charmé, qu'il le fut à cette question : la fortune, qui, lorsqu'elle veut se mêler des affaires humaines, contribue à leur succès plus que la prudence la plus éclairée, offrait à Anaxaras ce qu'il n'eût jamais osé espérer. Il avait fait venir autour du palais, à l'insu d'Aménophis, un grand nombre de Libyens, à qui il avait dit d'avoir des armes cachées, et de se tenir prêts à forcer quelque porte du palais, au premier bruit qu'ils entendraient. Il ne savait de quel avantage lui pourrait être cette précaution, ni quels secours il pourrait tirer de ces Libyens, si Aménophis et lui étaient découverts, et si le grand-prêtre les faisait arrêter ; il jugeait même sans peine, que, s'ils étaient surpris, il pourrait les faire punir sur-le-champ de leur témérité, sans qu'il se fît dans le palais aucun mouvement, ni aucun bruit qui servît de signal aux Libyens : cependant, comme il pouvait arriver telle occasion où le secours de ces Libyens ne leur serait pas inutile, il avait jugé à propos de les faire venir.

La question que lui fit l'officier du temple lui inspira une vue très-avantageuse, dont il se servit en homme d'esprit ; il répondit à Créon qu'Aménophis n'avait pas le secret de la fête ; que lui seul en était chargé ; il dit aussi à Créon qu'il y avait à sa porte deux ou trois hommes qu'il fallait qu'il fît entrer, sans qu'Aménophis s'en aperçût. Créon sortit avec Anaxaras, qui fit signe à deux des trois Libyens d'approcher. Il leur parla en présence de Créon ; et, sans que Créon comprît le véritable sens de ce qu'il leur disait, il leur fit entendre ce qu'ils avaient à faire.

A peine Anaxaras était revenu joindre Aménophis, que la jeune esclave vint les trouver, et qu'elle leur dit de la suivre. Elle les conduisit par une longue voûte, où ils n'étaient éclairés que d'un flambeau qu'elle portait, et les mena à un petit escalier dérobé, qui était à un coin de la galerie où elle les fit entrer. Voilà, leur dit-elle, en leur montrant les deux places des statues, celles qu'il faut que vous occupiez. J'espère que, comme la nuit est fort avancée, et qu'il y a déjà du temps que le grand-prêtre s'est retiré, vous ne passerez pas encore une heure sans voir arriver Cléorise, que je vais même presser de venir ici, comme elle a accoutumé de faire toutes les nuits. L'esclave s'approcha d'Anaxaras : Vous voyez, lui dit-elle, à quoi je m'expose pour vous. Elle ne lui donna pas le

temps de répondre, se hâtant d'aller le long des
deux côtés de la galerie, allumer des lampes
magnifiques, qui répandirent une lumière aussi
brillante que le jour.

Le prince de Libye et Anaxaras, en occupant
chacun la place d'une statue, et en se regardant, sans oser se parler, n'étaient pas l'un et
l'autre sans inquiétude, quoique bien différente.
Aménophis, dans l'impatience de voir Cléorise,
n'était agité que de son amour, et Anaxaras
tremblait du péril où un amour indiscret exposait ce prince, dont la vie lui était plus chère
que la sienne.

Il y avait déjà quelque temps qu'ils étaient
livrés à leurs réflexions, lorsque Cléorise, appuyée sur la jeune esclave, entra dans la galerie. Elle était dans un déshabillé magnifique,
jaune et argent, qui, en marquant sa taille, en
laissait voir toute la beauté, aussi-bien que celle
de sa gorge et de ses bras. Ses cheveux, du plus
beau noir du monde, étaient relevés négligem-
ment, et attachés sur le haut de sa tête, par un
tissu jaune et argent. La perfection de ses traits
était accompagnée de toutes les grâces de l'enfance et des charmes de la plus brillante jeunesse. L'esclave, lui aidant à marcher, la conduisit d'abord du côté où était Anaxaras.

Cléorise ne s'aperçut pas qu'il y avait une statue de plus qu'à l'ordinaire; elle passa sans attention, et s'assit sur un lit de repos qui était au bout de la galerie. Elle soupira, et regardant tristement l'esclave, qui était debout à côté d'elle : Ma chère Péritée, lui dit-elle, vous êtes la seule personne, dans ces horribles lieux, pour qui je n'ai point senti d'aversion; il me semble que vous êtes digne d'une fortune plus heureuse que celle que vous avez ici, et d'un séjour où il y aurait plus d'innocence. Ne pourrions-nous point, vous et moi, sortir de notre captivité? Madame, lui dit Péritée, je suis née dans le palais du grand-prêtre; je ne connais nul autre bonheur que celui d'y vivre honorée des bontés du souverain. Plût au ciel que vous puissiez n'être pas insensible aux sentimens qu'il a pour vous! vous vous feriez un destin dont les plus grandes princesses seraient jalouses. Je sais, poursuivit-elle, que vos charmes ont fait une si vive impression sur le cœur du grand-prêtre, que je ne doute pas qu'il ne renonce à toutes les volages amours qui l'ont occupé jusqu'ici, et que vos vertus ne l'engagent à s'attacher à vous par des nœuds légitimes. Vous savez qu'il est en même temps roi et grand-prêtre : Ah! madame, pourquoi ne voulez-vous pas être reine de l'île du Soleil? Que plutôt, s'écria Cléorise, ce divin Soleil, adoré de tant de peuples, se retire à jamais de dessus nous!

Aménophis entendait toute cette conversation. Il n'avait pu s'empêcher de tourner la tête toute entière du côté de Cléorise, et il avait fait trembler Anaxaras et Péritée. Cléorise, tout occupée de ses ennuis, n'avait pas aperçu le mouvement de tête d'Aménophis; mais, comme elle tourna, un peu après, les yeux de son côté, et qu'en même temps, l'idée de l'inconnu qu'elle avait considéré avec tant d'attention dans le temple, se présenta à elle, elle cessa de parler à Péritée. Elle regarda cette nouvelle statue de Diomède, et, se tournant du côté de l'esclave, en la lui montrant : Depuis quand, lui dit-elle, cette place, qui était vide, a-t-elle été remplie. La jeune esclave, un peu interdite, lui répondit que la statue n'avait été placée que le jour même. Cléorise, par un mouvement dont elle ne fut pas la maîtresse, s'approcha pour la considérer de plus près. L'amour même aurait de la peine à décrire ce qui se passait alors dans le cœur d'Aménophis. Il fut si troublé, en voyant Cléorise si près de lui, que, ne pouvant soutenir le feu de ses regards, il se jeta à ses genoux; et, par ce transport, il lui causa une frayeur qui lui fit faire de grands cris.

O dieux! dit-elle tout éperdue, et voulant

s'éloigner ; où suis-je ! et que vois-je ! Vous voyez,
lui dit Aménophis, l'homme du monde le plus
amoureux. Cléorise, alarmée du déguisement
et du discours d'un inconnu, au milieu de la
nuit, dans un palais où tout lui était suspect,
arracha avec violence sa robe que tenait Aménophis, et, sans balancer ni l'écouter davantage,
elle courut pour gagner son appartement, d'où
plusieurs esclaves, attirées par ses cris, en-
traient déjà dans la galerie. Elles ne furent pas
moins effrayées que Cléorise de voir Aménophis,
qu'elles prenaient pour une statue, s'animer et
marcher ; elles remplirent le palais d'alarmes ;
le bruit en vint jusqu'au grand-prêtre. Il était
alors dans un entretien qui lui donnait beaucoup
d'inquiétude : un de ses favoris lui apprenait
qu'il se tramait une conspiration contre lui ;
qu'on disait qu'il y avait dans l'ile un fils du feu
roi ; que les peuples, amoureux de la nouveau-
té, paraissaient charmés de cette fable, et que,
depuis le jour de la fête du Soleil, il s'était fait
plusieurs assemblées secrètes chez les plus considérables de l'ile.

Le grand-prêtre fut interrompu dans cette
conversation par les cris qui venaient du côté de
l'appartement de Cléorise. Il craignit que ce ne
fût le commencement de la trahison dont on venait de lui parler. Il y courut, suivi de ce qu'il

put ramasser de ses gardes ; il trouva Cléorise
dans sa chambre, où elle n'était pas encore remise de son premier trouble : son silence et les
restes de frayeur qui paraissaient dans ses yeux,
augmentèrent celle que le grand-prêtre avait
déjà. Les esclaves voulurent lui apprendre la
cause de ce trouble, et elles ne firent que l'embarrasser et que l'étonner davantage, en lui ra-
contant que l'une des statues de la galerie s'était
animée. Il voulut entrer dans cette galerie, et,
comme il traversait un grand salon qui y conduisait, il trouva Aménophis. La surprise fut égale
entre eux. Aménophis reconnut le grand-prêtre ;
et le grand-prêtre, qui n'avait pas ajouté foi aux
discours des esclaves, ne laissa pas d'être alarmé
de voir un inconnu, au milieu de la nuit, dans
l'appartement de Cléorise, couvert de tous les or-
nemens qui l'avaient fait prendre pour une statue.

Il se tourna du côté de ses gardes ; il leur ordonnait de se saisir d'Aménophis, lorsque ce
prince, à la vue du grand-prêtre, se sentit enflammer de tous les mouvemens d'indignation,
de haine et de colère que peuvent inspirer l'a-
mour contre un rival, et l'amitié contre l'usurpateur du trône d'un ami ; et, sans considérer
qu'il était seul, il lança la javeline qu'il avait à
la main gauche : peu s'en fallut que le grand-
prêtre ne fût blessé. Aménophis, tirant en

même temps son sabre, s'élança au milieu des
gardes qui s'avançaient pour le saisir et pour
couvrir le grand-prêtre.

A voir les coups terribles qu'Aménophis portait, et à entendre le bruit des armes qui re-
tentissait dans tout le palais, on eût cru que
c'était Dioméde lui-même qui combattait encore
une fois contre le dieu Mars. Déjà le sang des
soldats qu'il avait abattus coulait à grands flots,
et le grand-prêtre effrayé s'était retiré pour faire
venir un nouveau renfort contre un seul homme.
Il espérait qu'il allait bientôt s'en rendre maitre,
et que ce redoutable guerrier, contre qui tous
les coups qu'on portait semblaient inutiles, serait bientôt accablé par sa propre lassitude, et
par le nombre des ennemis qui l'avaient environné de tous côtés.

Cependant, Anaxaras qui avait vu qu'Aménophis, au lieu de songer à se retirer, suivait
Cléorise, et qui ne douta pas que cette hardiesse
ne le précipitât dans le plus grand des périls, était
allé en diligence à la maison de cet officier
du temple qui les avait introduits. Il appela
les Libyens qu'il avait fait croire qui devaient
entrer dans la fête qui se donnait; il leur ordonna de se saisir de la maison de Créon et des
gens qui y étaient : ce ne fut pas une chose
difficile à exécuter pour eux.

Anaxaras laissant seulement trois ou quatre hommes pour demeurer maîtres du passage, fit entrer tous les autres Libyens qui étaient répandus au dehors; et, leur ayant dit le danger où il croyait qu'était leur prince, il les conduisit jusque dans le salon. Aménophis, entouré de corps morts, ne pouvait presque plus soutenir ses armes, et il allait tomber entre les mains de son ennemi, sans le secours imprévu qu'Anaxaras amena.

Ce secours n'était pas proportionné au nombre prodigieux de soldats du grand-prêtre, qui se pressaient tous autour d'Aménophis; mais leur frayeur fut si grande, à la vue de cette troupe d'étrangers qui venaient fondre sur eux, dans un lieu où ils ne croyaient pas qu'il fût possible de trouver aucun accès, que, s'imaginant dans cette aventure quelque chose de surnaturel, ils prirent la fuite, et la plupart se précipitèrent par les fenêtres.

Au bruit de tout ce qui se passait dans le palais, les amis de Crisotas s'assemblèrent. Ménécrate lui-même, à qui un Libyen courut donner avis du péril où était Aménophis, vint avec Crisotas, non-seulement pour secourir son ami, mais pour profiter du tumulte déjà commencé, et pour faire déclarer le peuple pendant que les troupes du grand-prêtre étaient occupées au dedans.

Ménécrate, moins ardent pour regagner son
trône que pour secourir Aménophis, laissa Crisotas agir dans la ville; et, malgré les conseils
et les prières de ce sage et fidèle sujet, il se
jeta avec un nouveau renfort de Libyens dans
le même souterrain par où les autres avaient
déjà pénétré. Le grand-prêtre, malgré ce désordre affreux, n'avait pas laissé d'être occupé
de son amour et d'y donner ses premières pensées. Il était retourné dans la chambre de Cléorise, et, se croyant déjà maître du téméraire
mortel qui avait pu surmonter tant de barrières
et d'obstacles pour entrer jusque dans les lieux
les plus secrets du palais, en rassurant la belle
Cléorise, il tâchait de s'éclaircir si elle n'avait
point quelque part à la témérité de l'inconnu ;
mais le nouveau tumulte qui s'excita à l'arrivée
de Ménécrate interrompit bientôt cette jalouse
curiosité. Les cris que poussaient au dehors les
gens de Crisotas avaient rassemblé une grande
partie du peuple. Le bruit répandu parmi ce
peuple que le fils de leur véritable roi était vivant, qu'il attaquait les portes du palais pour
en chasser l'usurpateur et pour remonter sur le
trône, faisait grossir à tout moment la foule
des ennemis du grand-prêtre, et il fut obligé
lui-même de prendre les armes, après avoir
conduit Cléorise dans un autre appartement

plus éloigné du lieu où le premier combat s'était
donné.

Anaxaras et Ménécrate, que l'amour ne trou-
blait pas comme Aménophis, entendirent le bruit
qui se faisait au dehors, et ils ne doutèrent pas
que Crisotas et leurs amis ne fussent aux mains
avec les troupes du grand-prêtre. Ils rassemblèrent autour d'eux les Libyens qui les suivaient,
et ils obligèrent Aménophis, qui voulait chercher
Cléorise, à venir plutôt avec eux pour tâcher
de se rendre maîtres du palais, et de s'assurer
ainsi non-seulement de Cléorise, mais de toutes
les personnes qui y étaient. Ce ne fut pas sans
donner plusieurs combats qu'ils trouvèrent
moyen de descendre dans les cours de ce palais. Les gardes du grand-prêtre, épars de
tous côtés, et s'animant les uns les autres à
défendre leur souverain, disputaient aux Libyens tous les passages et toutes les avenues
par où on pouvait y pénétrer; mais, comme
à chaque moment le trouble et l'épouvante
augmentaient, enfin, Aménophis, Ménécrate,
Anaxaras et les Libyens arrivèrent à la porte
qu'attaquait Crisotas avec ses amis et la plus
grande partie du peuple, qui s'était jointe à
lui. Les princes et les braves guerriers qui les
secondaient, chargèrent avec tant d'impétuo-
sité ceux qui, au dedans du palais, défendaient

cette porte, que, malgré le grand-prêtre qui
y combattait en personne, ils ne purent soutenir le nouvel effort qu'on faisait contre eux.
Ils crurent que le palais avait été forcé de tous
côtés ; et, laissant la porte dont ils avaient long-
temps défendu l'entrée, ils reculèrent pour sauver le grand-prêtre, ou du moins pour vendre
chèrement leur vie ; mais aussitôt ils virent cet
infortuné tyran, que le désespoir obligeait à se
précipiter au milieu des armes de ses ennemis,
tomber mort d'un coup de sabre de la main
d'Aménophis.

Ceux qui, un moment auparavant, ne res-
piraient que la fureur et la vengeance, au péril
même de leur vie, ne voulurent plus la disputer ;
ils implorèrent la miséricorde des vainqueurs.

Crisotas, qui entra en même temps avec sa
troupe, et qui vit Ménécrate victorieux, s'a-
vança pour le montrer au peuple, et pour le
prier de pardonner à ceux qui se rendaient à
lui. Généreux Crisotas, lui dit Ménécrate, c'est
à votre fidélité et à la valeur d'Aménophis que
je dois le succès inespéré de ce grand jour ; me
préservent les dieux de le souiller par une barbare sévérité ! Je pardonne à tous mes sujets
leur aveuglement passé. Le peuple accourait de
toutes parts pour se jeter aux pieds de son nouveau roi, et de toutes parts les troupes de l'u-

surpateur mettaient bas les armes et tâchaient
de mériter leur grâce par leur prompt retour
dans l'obéissance.

Le jour commençait à paraître ; Ménécrate
avait ordonné qu'on enlevât le corps du grand-
prêtre, et que, tout indigne que ses crimes
l'avaient rendu des honneurs de la sépulture,
on ne laissât pas de lui en donner une telle que
son ancienne dignité le méritait. Ce grand exemple de modération et de clémence acheva de gagner tous les cœurs. Aménophis, après avoir
embrassé son ami, voulut le quitter pour retourner dans les appartemens où il croyait qu'il
trouverait Cléorise. Anaxaras s'aperçut que le
sang coulait sur ses armes, et il connut que ce
prince était blessé. Il le pria de trouver bon
qu'on le désarmât ; mais Aménophis que son
amour soutenait : Non, Anaxaras, dit-il, il
n'est pas encore temps de songer à moi ; son-
geons à chercher Cléorise à qui nous avons
donné une si violente frayeur. Et en même
temps, il tourna ses pas vers un grand escalier
qui s'avançait au milieu du principal corps de
logis du palais. Il montait avec précipitation,
tout affaibli qu'il était et par ses blessures et
par la perte de son sang. Anaxaras, qui voulait
lui aider à se soutenir, avait peine à marcher
aussi vite que lui. Ils entrèrent dans l'apparte-

ment de Cléorise, ils traversèrent tous les autres appartemens, ils revinrent dans la galerie,
ils ne virent partout que du sang, des morts,
des esclaves fugitives et tremblantes. Ils ne purent même rencontrer Péritée; ils s'informèrent
où elle pourrait être, et ce qu'était devenue
Cléorise : personne ne put leur en apprendre
des nouvelles. Ils retournèrent plusieurs fois
aux mêmes endroits qu'ils avaient déjà visités,
et commençant alors à désespérer de trouver ce
qu'ils cherchaient, Aménophis se sentit affaiblir; les forces lui manquèrent, et il s'appuyait
déjà à demi évanoui sur Anaxaras, lorsque Ménécrate, suivi de Crisotas, arriva. Sa douleur fut
extrême à la vue d'Aménophis qu'il crut mourant : O dieux! s'écria-t-il, de quoi me servira
la couronne que vous me rendez, si vous me la
faites acheter au prix de la vie d'un prince
pour qui je voudrais sacrifier la mienne!

Anaxaras, quoique troublé de l'état où il
voyait Aménophis, ne laissa pas de dire à Ménécrate qu'il croyait qu'au lieu de plaindre ce
prince, il fallait songer à le secourir. On le
désarma; on visita ses blessures : quoiqu'elles
fussent grandes, elles ne parurent pas mortelles; en même temps, il poussa de longs soupirs qui firent connaître qu'il vivait. Ménécrate
le fit mettre dans un lit magnifique, et qui se

trouva être celui même de Cléorise. Les remèdes qu'on lui fit lui rendirent toute sa connaissance : il vit Ménécrate triste et affligé ; et,
lui tendant la main : Mon cher prince, lui
dit-il, soyez heureux, et que mes malheurs
n'empoisonnent pas vos prospérités. En disant
ces mots, il jeta ses regards sur toute la chambre ; il crut que ce devait être celle de Cléorise ;
il appela Anaxaras, et il lui ordonna de s'en informer. Anaxaras, qui avait trouvé une esclave
à qui il avait parlé de Péritée, et qui lui avait
déjà dit que c'était l'appartement de Cléorise,
en assura Aménophis, et en même temps il lui
fit espérer qu'on la retrouverait.

La flatteuse idée de se voir dans des lieux et
dans la même chambre où Cléorise avait passé
tant de jours, ranima un peu Aménophis, et
l'espérance qu'on lui donnait, toute incertaine
qu'elle était, le fit résoudre à souffrir qu'on le
laissât seul pour prendre un peu de repos. Ménécrate, s'approchant de lui, l'assura qu'il allait donner des ordres si précis, et employer
tant de diligence à faire chercher Cléorise,
qu'il osait lui répondre qu'on la trouverait. Ce
prince exécuta sur-le-champ ce qu'il venait de
promettre, et aussitôt, se laissant conduire par
les conseils de Crisotas, il se rendit dans le
temple, où tout le peuple était assemblé. Il fit

faire des sacrifices; il monta ensuite à cheval
pour se faire voir à ses nouveaux sujets et pour
se hâter d'aller lui-même porter à Célidonie les
premières nouvelles du grand événement qui
allait la placer sur le trône. Il le dit à Crisotas;
il voulut bien lui laisser croire que c'était la
reconnaissance des grands services qu'il recevait de lui qui l'obligeait à jeter les yeux sur sa
fille, pour partager avec elle sa couronne.

Crisotas, comblé de joie et pénétré de reconnaissance, l'accompagna à l'appartement de Célidonie, à qui il apprit les glorieuses pensées
que ce prince avait pour elle. Ménécrate n'eut
pas le temps de faire paraître dans ses discours
le tendre amour que ses actions témoignaient
assez; il était environné d'une si grande foule
de sujets avides de le regarder, qu'à peine eut-
il la liberté de demander à Célidonie si l'amour
lui faisait sentir autant de joie que l'ambition
pourrait lui en donner. Célidonie, confuse et
embarrassée devant tant de témoins, ne répondit que par des regards tendres et par une rou-
geur modeste qui parut à Ménécrate plus élo-
quente que les paroles les plus vives. Il souhaita
que Crisotas vînt, avec toute sa famille, demeurer dans le palais. Crisotas se disposa à lui
obéir sur-le-champ, et Ménécrate revint avec
empressement auprès d'Aménophis.

Déjà on commençait à voir rétablir un peu
de calme dans le palais ; les femmes qui avaient
été au nombre des favorites du grand-prêtre
s'étaient toutes rassemblées dans une grande
salle, où elles attendaient la destinée qu'il plairait au vainqueur de leur donner. Ménécrate
voulut qu'on les mît en liberté ; et il ne retint
dans le palais que celles qui étaient esclaves, et
qu'il destinait au service de la nouvelle reine
qu'il allait bientôt donner à l'île du Soleil. Déjà
tout ce petit peuple de ministres et d'officiers
du temple ou du grand-prêtre commençait à se
rassurer et à rentrer chacun dans leur emploi ;
déjà Anaxaras avait parcouru tous les endroits
les plus écartés du palais, pour chercher Cléorise ou Péritée ; déjà, après s'en être informé
à mille personnes différentes, il commençait à
désespérer d'en apprendre des nouvelles, lorsque Péritée elle-même, toute en pleurs, et ren-
trant dans le palais par une fausse porte qui
donnait sur le rivage de la mer, vint se présenter à lui. Ah ! vous vivez, lui dit-elle, et, au
moins, dans cet affreux désordre, les dieux vous
ont conservé, et je ne craindrai plus pour ma
vie, que je remets entre vos mains. Anaxaras,
lui promettant non-seulement toute la protection
qu'elle pouvait désirer, mais lui faisant même
envisager pour elle une fortune considérable

dans le grand changement qui venait d'arriver, lui demanda où était Cléorise, et il l'assura que Cléorise allait être plus considérée dans l'île du Soleil qu'elle ne l'avait jamais été. Péritée lui répondit qu'elle avait beaucoup de choses à lui dire au sujet de Cléorise, mais que le lieu où elle était ne lui permettait pas de commencer une conversation qui demandait beaucoup de temps, et plus encore de secret.

En effet, Péritée vit arriver Ménécrate environné de toute la foule et de toute la pompe qui le faisait connaître pour le roi. Anaxaras s'approcha de lui, et il le pria de donner quelque marque de bonté à Péritée, et de la faire conduire à l'appartement d'Aménophis. Il en expliqua tout bas les raisons au roi, qui, après avoir rassuré la jeune esclave, que sa présence faisait trembler, lui dit d'aller l'attendre dans un des cabinets de l'appartement d'Aménophis, où il pria Crisotas de vouloir bien la conduire lui-même; et, ayant encore quelques ordres à donner, il dit à Anaxaras de demeurer auprès de lui, jusqu'à ce qu'ils pussent retourner ensemble auprès du prince de Libye. L'espérance qu'on avait donnée à ce prince, et sa faiblesse causée par la perte de son sang, ayant suspendu pendant quelque temps la violence de ses agitations, il commençait à s'éveiller, après un sommeil assez

tranquille, qui avait fait beaucoup de bien à ses
blessures, lorsqu'il entendit un peu de bruit
dans le cabinet où Crisotas avait conduit Péritée. Aménophis, l'esprit rempli de Cléorise,
s'imagina que peut-être on venait lui en apprendre des nouvelles; il ordonna à un des Libyens
qui étaient auprès de lui, d'aller savoir ce qui se
faisait dans ce cabinet; et Crisotas, apprenant
que ce prince était éveillé, vint lui-même pour
lui rendre compte de ce qu'il voulait savoir. Il
lui dit que Ménécrate avait trouvé Anaxaras
avec une jeune personne qu'il avait voulu qu'on
amenât dans cet appartement.

Aménophis sentit une grande émotion, et pria
Crisotas de la faire entrer : il reconnut Péritée
aussitôt qu'il la vit; il lui demanda avec empressement des nouvelles de Cléorise. Péritée, qui
commençait à connaître qu'il fallait qu'Aménophis fût d'un rang et d'une naissance plus illustres qu'elle ne se l'était imaginé, lorsque, à la
prière d'Anaxaras, elle lui avait procuré les
moyens d'entrer dans le palais, s'approcha de
lui avec respect. Seigneur, lui dit-elle, quoique
j'ignore encore qui vous êtes, je crois qu'avant
de vous rien dire je devrais vous demander pardon de vous avoir méconnu si long-temps, et de
ne vous avoir pas rendu tous les respects que
je devais; mais si vous voulez que, par mon

obéissance, j'efface toutes mes fautes, ordonnez que je ne sois entendue que de vous ; je pense que ce que j'ai à vous dire mérite d'être tenu secret.

Aménophis pria Crisotas de le laisser avec Péritée, et d'ordonner que personne ne vînt troubler leur conversation ; Péritée alors, se voyant seule, prit la parole de cette sorte : Je crois, dit-elle, que vous savez, seigneur, que Cléorise, livrée au grand-prêtre par des pirates qui avaient accoutumé de lui amener souvent de belles et jeunes personnes, dont ce palais était tout rempli, y était depuis trois ou quatre mois. Le grand-prêtre m'avait attachée à elle ; et, dans les commencemens, j'avais tâché de persuader à Cléorise d'aimer le grand-prêtre, qui était éperdument amoureux d'elle ; mais il y avait déjà quelque temps que, n'ayant pu me défendre de prendre beaucoup d'amitié pour Cléorise, je ne la pressais plus avec la même vivacité que j'avais fait autrefois ; je pensais plutôt à me faire aimer d'elle, qu'à en faire aimer le grand-prêtre. Je puis dire, seigneur, que j'avais gagné une partie de la confiance de cette belle étrangère : elle ne m'avait point appris le lieu de sa naissance, ni le nom de sa famille, mais elle ne me cachait rien de ce qu'elle pensait ; elle ne dissimulait point avec moi l'horreur et l'aversion qu'elle avait pour le grand-prêtre; je croyais que cette horreur était peut-être causée par quelque tendresse secrète qu'elle pouvait avoir eue dans le pays d'où les pirates l'avaient enlevée, mais je n'eus pas long-temps cette pensée.

En effet, son cœur était libre; et elle ne haïssait le grand-prêtre que parce que ses mœurs et sa réputation lui paraissaient indignes du rang qu'il tenait. Je puis dire, seigneur, qu'il n'y avait dans le cœur de Cléorise que de la haine et de la tristesse, jusqu'au jour de la fête du Soleil, où, à la prière d'Anaxaras, je fis ce qui dépendait de moi pour vous donner le moyen de voir et de considérer Cléorise. Dès le soir de ce jour-là même, je la trouvai rêveuse d'une autre façon qu'elle n'avait accoutumé de l'être. Ce n'était plus cet abattement morne qui paraissait dans ses yeux, quand l'ennui et la haine seuls l'occupaient; il me semblait y démêler je ne sais quelle inquiétude, qui, dans sa tristesse, laissait voir un plaisir doux qu'elle trouvait dans ses rêveries. Vous savez ce qu'A-naxaras obtint de moi pour vous; et je pense, seigneur, que vous n'avez point oublié les discours que vous m'entendîtes tenir à Cléorise pendant que vous représentiez la statue de Dio-mède. J'avoue que, me confirmant à tout mo-

16*

ment dans l'opinion que j'avais qu'il se passait
quelque chose de nouveau dans son cœur, piquée d'un peu de curiosité, je voulais l'obliger
à m'en faire un aveu, et je ne la pressais de
répondre à la passion du souverain pontife, que
pour l'engager à m'en découvrir une autre,
que je croyais qui commençait à naître dans son
âme.

Aussitôt qu'elle eut connu le péril où les cris
qu'elle avait faits sans réflexion vous avaient
jeté, elle fut prête, deux ou trois fois, à revenir sur ses pas pour vous sauver, me disait-
elle, par la seule pitié qu'elle avait de votre in-
discrétion. Le tumulte et le désordre devinrent
si affreux, que nous ne sûmes plus, ni elle ni
moi, quel parti nous devions prendre; nous
apprîmes que le grand-prêtre avait été tué, et
qu'on avait proclamé un nouveau roi de l'île. Je
me souviens, seigneur, qu'elle me dit, en rougissant, que c'était peut-être vous, et qu'elle
ne savait si vous lui pardonneriez le danger où
elle vous avait précipité. Comme elle achevait
de me parler, nous voyons entrer dans la chambre où nous étions deux ou trois hommes, que
leurs habillemens nous font connaître pour des
étrangers. Un d'entre eux, déjà avancé en âge,
s'approche d'elle, et aussitôt elle le reconnaît
pour son père. Venez, ma fille, lui dit-il, pro-

fitons des momens que la révolution qui arrive
ici nous donne, pour sortir de cet infâme palais. Les dieux, qui m'ont inspiré de venir dans
cette île, où je ne doutais pas que les pirates
ne vous eussent amenée, ont eux-mêmes fait
naître cette occasion pour vous rendre votre liberté. J'ai un vaisseau tout prêt à partir, sur le
rivage ; suivez-moi ; il faut nous échapper d'ici,
pendant que le désordre qui y règne empêchera
qu'on ne s'aperçoive de votre fuite.

Cléorise, en se disposant à le suivre, me pria
de l'accompagner jusqu'au bord de la mer. Je
voyais bien que la joie d'avoir retrouvé son
père était balancée par la peine de s'éloigner si
promptement de ce palais. Ma chère Péritée,
me dit-elle assez bas pour n'être entendue que
de moi, je voudrais, de tout mon cœur, que tu
voulusses me suivre dans ma patrie, où je par-
tagerais avec toi une fortune assez heureuse que
les dieux m'ont donnée ; mais je t'avoue que je
n'ose t'en prier ; je te conjure, au contraire, de
demeurer ici ; je serais trop ingrate, si je par-
tais sans m'assurer un moyen d'être informée
de la destinée de cet étranger, que tu m'as
dit ne s'être exposé au péril où nous l'avons
laissé, que pour me voir. Ma chère Péritée,
fais-moi savoir, le plus tôt que tu pourras,
s'il est vivant, et si c'est lui qui s'est fait re-

connaître roi de cette île. Je ne sais si je lui
dois souhaiter une si haute fortune ; je veux
croire qu'il la mérite, mais pourtant j'aimerais
mieux qu'avec toutes les vertus dignes du trône,
il ne fût point né pour y monter. Peut-être
que s'il n'était pas roi, et s'il connaissait qui
je suis, il ne me trouverait pas indigne de son
souvenir. Si tu peux le revoir, dis-lui que ses
périls m'ont fait frémir, et que son bonheur ne
me sera jamais indifférent. C'est l'île de Crète
qui est ma patrie, où mon père me mène, et
c'est là que je souhaite que tu fasses tout ton
possible pour me donner incessamment de tes
nouvelles ; mon père s'appelle Arimante, et il
est un des premiers d'une des républiques de
notre île.

Voilà, seigneur, ce que me disait Cléorise,
lorsque nous nous sommes trouvées au bord de
la mer, où Arimante, nous donnant à peine le
temps de nous embrasser, l'a obligée de monter
sur son vaisseau, que j'ai vu partir aussitôt,
et que j'ai accompagné de mes regards aussi
long-temps que j'ai pu, en versant beaucoup de
larmes.

Ah ! Péritée, dit Aménophis, lorsqu'elle eut
cessé de parler, que de sujets de joie et d'affliction vous me donnez en même temps ! Grands
dieux ! ajouta-t-il, il est donc possible que Cléo-

rise ait eu quelque attention sur moi! mais vous
me l'enlevez dans le moment même que vous me
donnez le plaisir de le savoir ; et vous me mettez hors d'état de la suivre! Aménophis allait
continuer ses tendres plaintes, lorsque le roi
entra dans sa chambre; et, voyant Péritée, de
qui Anaxaras avait eu le temps de lui parler
assez au long, il se hâta de lui demander si
Cléorise était dans le palais. Aménophis, ne
voyant qu'Anaxaras auprès du roi, leur dit tout
ce que Péritée venait de lui apprendre. Au nom
des dieux, ajouta-t-il, en regardant Ménécrate,
daignez, prince, avoir pitié de mon impatience,
et faites partir un vaisseau pour aller à l'île de
Crète, en attendant que mes blessures me per-
mettent de m'y rendre moi-même. Ma chère Péritée, ajouta-t-il en la regardant, oserai-je vous
prier de monter sur le vaisseau que je suis assuré que le roi m'accordera, et d'aller vous-
même porter à Cléorise les nouvelles qu'elle
vous a demandées? Je me flatte, continua-t-il,
qu'Anaxaras voudra bien vous suivre, et que le
roi vous fera accompagner par autant de femmes
que vous le souhaiterez, afin que ce voyage
vous devienne moins ennuyeux, quand vous aurez avec vous les personnes avec qui vous avez
accoutumé de vivre.

Péritée et Anaxaras répondirent presque en

même temps qu'ils étaient prêts d'obéir. Ménécrate donna les ordres qui étaient nécessaires
au prompt départ du vaisseau qu'Aménophis
demandait; et en même temps il eut soin d'en
faire préparer d'autres, pour porter le prince
de Libye, aussitôt qu'il serait en état de supporter les fatigues d'un voyage. Tous les mouvemens que le départ d'Anaxaras et de Péritée, et les préparatifs qui se faisaient pour
celui d'Aménophis, donnèrent à ce prince pendant deux ou trois jours, auraient été capables de nuire beaucoup à ses blessures, si son
amour ne lui avait fait trouver dans ces mouvemens mêmes une joie qui avança plus sa guérison que n'eût fait une tranquillité plus indo-
lente. Anaxaras, impatient de rendre au prince
de Libye un service que, par la connaissance
qu'il avait des sentimens de ce prince, il regardait comme le plus important qu'il lui pût rendre, dès qu'il eut reçu ses derniers ordres, se
hâta de partir avec Péritée, quoique la mer
émue et les vents contraires fissent craindre au
pilote quelque tempête prochaine; il espéra que
les dieux favoriseraient son voyage, et que son
départ procurerait du moins à Aménophis un
repos qu'il croyait nécessaire pour assurer les
jours de ce prince.

Pendant qu'Aménophis gardait encore le lit,

Ménécrate voulut être uni à Célidonie, comme son amour l'en pressait, et comme il l'avait promis à Crisotas. Il se servit du prétexte de l'état où était le prince de Libye, pour retrancher toutes les cérémonies dont la pompe aurait retardé son bonheur. Il épousa l'aimable Célidonie, et son bonheur augmenta encore sa passion. Le nouveau roi et la nouvelle reine, aussi charmés l'un de l'autre qu'ils le pouvaient être, passaient dans la chambre d'Aménophis tout le temps qu'ils pouvaient dérober aux affaires et aux devoirs de leur rang.

Aménophis se trouva en état de marcher plus tôt qu'on ne l'avait espéré, et, tout languissant qu'il était encore, il pressa le roi de consentir à son départ. Ménécrate, devenu heureux, ne voulait pas retarder le bonheur d'un prince à qui il croyait devoir sa couronne. Il fit faire tant de diligence, qu'Aménophis, lorsqu'il voulut absolument partir, trouva une flotte toute prête pour l'accompagner. Tous les Libyens qui étaient venus avec lui se rassemblèrent, et la plus grande partie des jeunes gens de la cour de Ménécrate se joignirent à eux, pour le suivre à l'île de Crète. On ne savait pas quel était le dessein qui le menait; on croyait qu'il allait entreprendre la conquête de cette île, et que, comme il était venu ramener Ménécrate dans l'île du Soleil, et lui rendre son royaume, il allait en chercher un autre pour lui-même.

Ménécrate, l'accompagnant sur le port le jour qui avait été choisi pour son embarquement, lui témoigna qu'il avait beaucoup de regret de ne pouvoir pas le suivre; mais, lui dit-il, vous me promettez que, aussitôt que vous aurez obtenu Cléorise, que sans doute Arimante ne vous refusera pas, et que je lui fais demander pour vous par mes ambassadeurs qui vous accompagnent, vous reviendrez ici avec elle partager avec Célidonie et moi le trône que nous vous devons. Vous régnerez ici avec nous, jusqu'à ce qu'il plaise aux dieux de vous donner le royaume de vos pères, ou d'accorder à votre valeur une occasion d'en conquérir un autre.

Aménophis répondit à Ménécrate avec tous les témoignages de tendresse et de reconnaissance dignes de deux princes aussi vertueux, et lui promit que, à moins que la mort ne rompît tous ses desseins, il reviendrait, ou possesseur de Cléorise, jouir auprès de lui de son bonheur pendant quelque temps, ou mourir désespéré entre les bras de son plus cher ami.

Il partit, et il prit la route de l'île de Crète. La mer paraissait assez calme, et durant plu-

sieurs jours il eut les vents aussi favorables
qu'il pouvait le souhaiter; mais, lorsqu'on l'assurait qu'on allait bientôt découvrir l'île de
Crète, la mer s'enfla tout d'un coup, le ciel
se couvrit d'une épaisse nuit, le tonnerre gronda avec des bruits terribles, et il s'éleva une
des plus furieuses tempêtes que les pilotes eussent jamais vues sur cette mer. Les vaisseaux
du prince de Libye se choquèrent et s'écartè-
rent plusieurs fois les uns des autres; l'art des
matelots fut inutile; la tempête dura pendant
deux jours, et on n'espérait plus de pouvoir se
sauver, lorsque, vers le soir, le vaisseau du
prince de Libye fut jeté contre un écueil, où la
mer le laissa renversé sur un banc de sable.
Cet écueil, inconnu à tous les matelots, était
comme une espèce d'île élevée sur un rocher,
et inhabitée, quoiqu'on y vît quelques arbres
assez verts. Autour de ce rocher il s'était formé
un petit rivage de sable que la mer y avait jeté:
Aménophis et les Libyens qui étaient avec lui
descendirent sur ce sable; et, après avoir relevé
leur vaisseau qu'ils amarrèrent le mieux qu'il
leur fut possible, ils prirent la résolution de
camper sur le gravier où ils étaient descendus,
et d'y faire des signaux pour rassembler les autres vaisseaux de leur flotte, s'ils n'avaient
pas été engloutis dans les flots. Une nuit tran-

quille succéda à la tempête des deux jours pré-
cédens; le ciel fut clair et serein, et la lune
brillante qui éclairait la mer et l'écueil donna
envie à Aménophis de chercher quelque chemin qui pût le conduire au sommet de cet
écueil, pour aller dans un lieu plus solitaire,
passer, dans les douces rêveries que son amour
lui inspirait, le temps que les Libyens fatigués
employaient à dormir. Il trouva un sentier
étroit et escarpé qui le mena à une petite plaine
qui faisait comme une plate-forme sur le rocher; il la traversa toute entière, et il vit au
bas, de l'autre côté de l'écueil, un vaisseau qui
apparemment avait couru la même fortune que
le sien. Il ne put pas démêler si c'était un de
ceux de sa flotte, et il chercha inutilement quelque sentier pour descendre de ce côté-là jusqu'à
la mer.

Comme il retournait sur ses pas, il aperçut,
entre cinq ou six gros arbres, une lumière qui
semblait sortir de la terre; il y alla, et, en approchant des arbres, il vit quelques hommes
étendus sur l'herbe et accablés de sommeil et de
fatigue; il ne voulut pas troubler leur repos; il
s'avança jusqu'à une pointe de rocher qui s'é-
levait au milieu des arbres, et d'où, par une
manière d'embouchure assez étroite et basse,
sortait la clarté qui l'avait attiré jusque-là. Il

avança la tête dans l'ouverture de cette grotte,
et aussitôt il eut envie d'y entrer. Il y avait,
vers une des extrémités de la grotte, une lampe
placée à terre; elle était faite avec tant d'art,
qu'elle jetait beaucoup de lumière dans une partie de l'endroit où elle était, et l'autre partie
n'était point éclairée; en sorte que, lorsqu'on
était derrière la lampe, on voyait parfaitement
ce qui se passait au delà, et on n'était point vu.

Aménophis, en marchant doucement vers
cette lampe, ne laissa pas d'apercevoir qu'il y
y avait deux personnes qui étaient couchées
dans l'endroit obscur sur des tapis, dont il y
avait apparence qu'on leur avait fait comme une
espèce de lit; il tâchait de regarder et de démêler qui pouvaient être ces personnes, sans
les éveiller, lorsqu'il entendit que l'une d'elles,
appelant l'autre d'une voix basse et tremblante,
et néanmoins fort distincte, dit : O dieux! ma
chère Éridice, éveille-toi! Aménophis, à ces
mots, s'arrêta dans l'endroit obscur de la grotte,
sans faire aucun mouvement et sans être aperçu
davantage. Hélas! continua la même personne,
je crois que l'ombre de ce malheureux étranger,
dont je t'ai parlé, vient de se présenter à moi;
je me flattais vainement que ce pouvait être lui
qui s'était fait roi de l'île du Soleil, par la
grande révolution que je t'ai racontée; il me

semblait qu'il n'y avait rien de si grand, ni de si élevé à quoi il ne pût prétendre ; j'ignore encore quel il est, et je ne lui ai jamais parlé qu'un seul instant dans ce jour malheureux qui sans doute a été le dernier de sa vie.

Cette Éridice, à qui Aménophis entendait adresser ces paroles, où il lui paraissait qu'il avait beaucoup de part, ne répondit rien ; elle était si troublée de la prétendue apparition, que, sans écouter, elle se couvrait la tête d'un de ses bras, et de l'autre elle tirait le tapis qui était étendu sur elle pour se garantir contre le fantôme. Hélas ! reprit l'autre personne, je sentais pour cet inconnu des mouvemens dans mon cœur que je ne crains plus de t'avouer et de m'avouer à moi-même. C'est moi, Éridice, qui suis cause de son malheur ; je n'en puis douter. Qu'il me parut d'amour dans ses regards, lorsque, vêtu en Diomède, il se jeta à mes pieds !

Aménophis trouvait tant de plaisir dans les discours que la fausse idée de sa mort faisait tenir à cette personne, que, quoiqu'il ne lui fût plus possible de ne pas reconnaître Cléorise, et quoiqu'il eût une extrême impatience de la rassurer en la tirant d'erreur, il trouvait quelque chose de si flatteur pour lui à entendre dire par elle-même qu'il en était aimé, qu'il avait peine à interrompre des plaintes qui l'assuraient de son bonheur.

Mais, enfin, les larmes que répandait Cléorise le firent sortir de cette espèce de ravissement; et, tout transporté d'amour et de joie, il fit quelques pas, et, se jetant à genoux auprès d'elle : Je ne suis point mort, dit-il, belle Cléorise ; je m'étais embarqué pour vous aller trouver dans l'île de Crète, où l'on m'avait dit que votre père vous conduisait : la même tempête qui vous a jetée ici, m'y a amené ; ce sont les dieux qui veulent favoriser le plus tendre et le plus respectueux amant du monde. Divine Cléorise, continua-t-il, en connaissant qu'elle était plus effrayée de le voir lui-même qu'elle ne l'avait paru lorsqu'elle avait cru ne voir que son ombre, ne direz-vous rien à cet amant même à qui vous venez de faire entendre des choses si glorieuses pour lui, quand vous avez cru qu'il ne vivait plus? Cléorise, étonnée, confuse, et se reprochant comme des crimes tout ce qu'elle venait de faire connaître si innocemment, n'avait pas la force de regarder Aménophis, qui avait tourné la lampe sur elle afin d'avoir le plaisir de la considérer. Elle détournait les yeux ; elle soupirait ; elle versait des larmes, et son silence accablait Aménophis de crainte et de tristesse. Cruelle ! lui dit-il, pourquoi refusez-vous même de me regarder ? Craignez-vous que, par ma naissance, je ne sois indigne de vous ? Je ne suis pas roi de l'île du Soleil ; mais je suis fils du roi de Libye, et c'est l'amour que vous m'avez inspiré qui m'a donné occasion, en punissant votre ravisseur, de faire remonter le prince Ménécrate sur le trône de son père. Que Ménécrate est heureux ! il aime, et il est aimé ! Pour moi, je renonce à la vie, puisqu'elle me fait perdre cette tendresse que l'opinion de ma mort vous avait inspirée ; et je vais vous sacrifier le reste de mes jours, que votre indifférence rendrait trop infortunés.

Il se leva, et Cléorise, alarmée de son désespoir, l'arrêta avec une vivacité qui ne permit pas à ce prince de douter de l'intérêt qu'elle prenait à sa vie. Ah ! prince, lui dit-elle, n'êtes-vous pas satisfait de la honte que vous m'inspirez, quand je songe à tout ce que la douleur que j'avais de votre perte vous a fait entendre malgré moi ? voulez-vous en un même moment me faire mourir de confusion et de désespoir ? vivez, si vous m'aimez ; et oubliez ce que je vous ai dit, si vous m'estimez ; du moins ne me demandez jamais de le dire. Éridice qui, tantôt effrayée quand elle avait cru voir une ombre, et tantôt agitée d'inquiétude et de crainte quand

elle connaissait que cette ombre était un homme
vivant, et que cet homme était un prince amoureux de Cléorise, commença à reprendre ses
esprits, et elle voulut aider Cléorise dans l'embarras où elle la voyait.

Éridice avait élevé Cléorise. Cléorise n'avait
jamais vu sa mère, et elle avait pour cette femme
la même affection qu'elle eût eue pour une véritable mère. Ma fille, lui dit Éridice, vous ne
pouvez plus rétracter ce que vous avez dit; il
n'est plus possible que ce prince, qui l'a entendu, l'ignore; songez seulement au lieu où vous
êtes; et songez qu'il est à craindre qu'Arimante,
votre père, s'il entrait ici pendant qu'un étranger est auprès de vous, ne soupçonnât votre
vertu. Ah! dit alors Aménophis, je n'ai point
pour Cléorise des sentimens que je doive craindre de faire connaître à un père. Il n'importe,
répondit Cléorise; au nom des dieux, prince,
éloignez-vous; et, s'il est vrai que vous ayez
pour moi des pensées que vous n'appréhendiez
pas que mon père désapprouve, attendez un autre temps pour les lui faire connaître, et gar-
dez-en le secret jusqu'à ce qu'Arimante soit
retourné dans l'île de Crète, et que vous y
soyez aussi, puisque votre dessein était de
vous y rendre. Si vous m'aimez, ma gloire
doit vous être chère; et que penserait-on d'une

entrevue telle que celle-ci, si elle était connue?

Aménophis voulut lui répondre; mais elle le conjura avec tant d'instance et d'autorité de sortir, qu'il fallut obéir; elle lui ordonna même de ne chercher à la revoir que dans l'île de Crète, dont elle lui dit que son père devait reprendre la route le lendemain, les vents, qui les en avaient éloignés, n'étant plus contraires. Aménophis, se contentant de l'assurer qu'il y serait aussitôt qu'elle, sortit de la grotte avec le moins de bruit qu'il lui fut possible, et il ne fut pas plus aperçu en sortant qu'il ne l'avait été en entrant. Le prince de Libye, plus amoureux qu'il n'avait jamais été, et plus heureux qu'il n'eût osé l'espérer, arriva au bord de la mer, où ses gens lui avaient préparé une espèce de tente qu'ils avaient faite avec une partie des voiles de leur vaisseau : il y entra, et se coucha sur un lit qu'on lui avait dressé; mais l'image de ce qui venait de se passer, la joie et l'amour agitèrent son sommeil de tant de pensées différentes, qu'il ne put pas être long, et qu'il acheva la nuit en s'entretenant des plus douces idées qu'une passion violente et satisfaite puisse donner aux âmes qui en sont véritablement occupées.

Aussitôt que le jour parut, ce prince vint sur le bord de la mer, où, comme si le ciel se fût

intéressé à favoriser ses désirs, il vit sa flotte,
que les signaux qu'il avait fait faire pendant la
nuit, avaient déjà toute rassemblée autour du
rocher où son vaisseau avait échoué. La plupart
des officiers, qui reconnurent le vaisseau du
prince, et qui apprirent qu'il était lui-même sur
le rocher, descendirent dans des esquifs pour
recevoir ses ordres. Dans un de ces esquifs, il
vit son fidèle Anaxaras, qui lui apprit que le
vaisseau dans lequel Péritée et lui s'étaient em-
barqués s'était ouvert dans le fort de la tempête;
que l'infortunée Péritée et tous ceux qui étaient
dans le même vaisseau avaient été submergés;
que lui seul, s'étant abandonné aux flots, avait
été reçu dans un des autres vaisseaux de la
flotte que la tempête avait battue et dispersée.
Je ne sais, ajouta Anaxaras, quel présage il
faut tirer des obstacles qu'il m'a semblé que les
dieux mettaient à mon arrivée dans l'île de
Crète; mais je la voyais, et j'étais prêt à entrer
dans un des ports de cette île, lorsque des vents
furieux, qui m'en ont chassé, m'ont porté dans
des mers inconnues, d'où lorsque les pilotes tâchaient de reprendre la route de l'île de Crète,
je me suis vu attaqué par une seconde tempête,
qui est la même dont vous avez été battu. J'ai
vu périr l'aimable Péritée, et je vous avoue,
seigneur, que sa perte m'a empêché de goûter le

plaisir d'être sauvé moi-même. Aménophis embrassa Anaxaras, il donna quelques larmes au
souvenir de Péritée, et en même temps voulant
apprendre à Anaxaras l'aventure inespérée qui
lui avait fait revoir Cléorise : Il n'est pas juste,
lui dit-il, que les dieux nous donnent un bonheur sans aucun mélange d'adversité. La perte
de Péritée est un malheur qui m'afflige sensiblement ; mais, Anaxaras, quand vous saurez les
faveurs que j'ai reçues ici du ciel, vous avouerez
que je lui dois plus d'actions de grâces que de
plaintes. Alors Aménophis, s'éloignant du reste
de la troupe avec Anaxaras, pour n'être entendu
que de lui, lui raconta ce qui lui était arrivé la
nuit sur le haut du rocher ; et aussitôt il lui
ordonna de faire appareiller ses vaisseaux le
mieux qu'il lui serait possible, afin de reprendre promptement la route de l'île de Crète.

Pendant que chacun travaillait avec beaucoup de diligence à réparer ce que la tempête
avait gâté, Aménophis, tournant toujours ses
yeux du côté de l'endroit fortuné où il avait vu
Cléorise, se laissa insensiblement conduire par
sa rêverie dans le sentier qui menait au haut
du rocher ; il y remonta ; il jeta les yeux sur
cette touffe d'arbres et sur la grotte où Cléorise
avait passé la nuit ; il n'osait en approcher,
de peur de lui déplaire. Ce ne fut que lorsqu'il

crut apercevoir qu'il n'y avait plus personne
dans la grotte, qu'il y entra ; il semblait y
chercher encore Cléorise ; de là il voulut revoir
l'autre extrémité de la petite plaine, et il aperçut un vaisseau qui voguait déja en pleine mer ;
il ne douta pas que ce ne fût celui d'Arimante,
et il revint promptement à sa flotte pour en
presser le départ.

Au bout de quelques jours, il arriva à l'île
de Crète ; il y prit port avec les ambassadeurs
de Ménécrate. Il est aisé de penser que la première chose qu'il fit, ce fut de demander des
nouvelles d'Arimante. On lui répondit qu'il y
avait déjà quelques mois qu'il était parti pour
aller à l'île du Soleil chercher sa fille, que des
pirates avaient enlevée ; et on lui dit qu'on ne
doutait pas qu'il ne dût bientôt revenir avec
elle, parce qu'on avait su qu'il l'avait retrouvée
dans l'île du Soleil, et que la révolution qui
y était arrivée l'avait mis en état d'en partir
sans aucune opposition.

Quelque espérance qu'on donnât au prince
de Libye du prompt retour d'Arimante, et
quoiqu'il se dît à lui-même qu'il n'y avait pas
lieu de douter qu'il ne revînt bientôt dans sa
patrie, ce prince ne laissait pas d'être inquiet
et de s'abandonner à une tristesse qu'Anaxaras
ne pouvait s'empêcher de condamner. Anaxaras

était de quelques années plus âgé qu'Aménophis; et il aimait la gloire d'Aménophis comme il serait à souhaiter que tous les favoris aimassent celle des princes qui les honorent de leur confiance. De quoi vous affligez-vous? lui dit-il un jour, et qu'attendez-vous de cette passion qui vous a déjà fait courir de si grands dangers, depuis le peu de temps que vous êtes sorti de Libye ? Je prétends , mon cher Anaxaras, ajouta le prince, me faire connaître à Arimante par les ambassadeurs de Ménécrate qui m'accompagnent , et j'espère qu'Arimante ne me refusera pas Cléorise , avec qui je veux qu'un nœud éternel m'unisse. Je vois, poursuivit-il , que cette résolution t'étonne; mais ne t'y oppose pas, tu le ferais inutilement. Anaxaras, n'osant contredire trop ouvertement le dessein du prince de Libye, et voulant néanmoins le ramener à des sentimens plus dignes de lui , feignit d'applaudir à sa résolution. Le lendemain de cette conversation , Anaxaras alla passer presque tout le jour à Gortyne , l'une des principales villes de l'île de Crète.

La passion n'avait jamais été si tendre et si violente qu'elle l'était alors dans le cœur d'Aménophis. Il se promenait seul sur le bord de la mer , où, s'abandonnant aux transports de son amour , son cœur en fut si pressé qu'il fut

contraint de laisser couler quelques larmes.
Mais ces larmes n'étaient pas de celles que la
douleur seule fait répandre ; elles étaient mêlées
de douceur et de charmes qui ne se trouvent que
dans l'amour. Anaxaras , qui arrivait de Gortyne , interrompit sa rêverie : Seigneur, dit-il
à ce prince en l'abordant, comme je crois que
votre amour n'a pas éteint en vous la noble
impatience que vous avez toujours eue d'acquérir de la gloire , je viens vous rendre compte de
ce que j'ai appris, et vous montrer l'occasion la
plus favorable qui puisse jamais s'offrir à vous
pour faire voler d'ici jusqu'en Libye le bruit
de vos exploits. Je pense que si Cléorise elle-
même était en Crète , elle vous donnerait les
mêmes conseils que je prends la liberté de vous
donner : je suis même persuadé qu'elle serait
fâchée de vous trouver ici , et de voir que vous
auriez méprisé des occasions de gloire qui sem-
blent se présenter à vous. Aménophis attentif,
et sentant renaître en lui des mouvemens de
son courage , regardait Anaxaras sans l'interrompre ; et Anaxaras, devenu plus hardi, reprit
ainsi son discours : Seigneur , il est arrivé des
ambassadeurs du roi de Chypre pour implorer
en faveur de leur maître la pitié et la générosité
des Crétois. L'infortuné roi de Chypre est prêt
à être détrôné par un prince son sujet , qui

s'est révolté, et qui a engagé dans son crime
la plus grande partie des Chypriotes. Le roi de
Chypre s'était marié dans un âge fort avancé,
quoique d'un autre mariage il eût déjà un fils.
La princesse qu'il épousa lui donna une fille
un an après leur mariage. Il eut l'indiscrète
curiosité de consulter un célèbre astrologue sur
la destinée de cette fille, deux ou trois jours
après qu'elle fut venue au monde. L'astrologue
lui dit qu'elle ferait passer le royaume dans une
famille étrangère. Le roi, quoiqu'il aimât tendrement la reine sa femme, ne put néanmoins
s'empêcher de se souvenir qu'il avait un fils
qu'il avait élevé pour être son successeur ; il
fit mourir l'infortunée fille dont il était père,
et qui n'avait encore vécu que huit jours. La
reine, en apprenant cette mort, fut si saisie
de douleur qu'elle mourut peu de jours après.
Il ne songea plus qu'à conserver le seul héritier
qu'il avait, et qui lui était devenu encore plus
cher par les deux pertes que l'envie de le faire
régner lui avait causées.

Les dieux l'ont puni de l'affection trop barbare qu'il avait témoignée pour son fils en sa-
crifiant sa fille. Il y a quelques mois que ce fils
est mort, par un accident que les peuples ont
regardé comme un châtiment des dieux sur le
père. Aussitôt qu'il s'est trouvé sans héritier,

un prince son sujet s'est élevé contre lui, et a
voulu se faire reconnaître légitime successeur
de la couronne, prétendant y avoir droit comme
étant descendu de la race royale. Le roi, pour
prévenir les suites d'une prétention chiméri-
que, a dit que sa fille était vivante ; mais,
comme il n'a pu la faire paraître, et comme
tout le monde s'est souvenu de l'avoir vue morte,
les déclarations du roi n'ont fait qu'irriter ses
ennemis, et qu'en augmenter le nombre. Le
roi a voulu faire arrêter prisonnier le prince rebelle, et cette entreprise a achevé de le perdre.
Le prince a pris les armes ; il a trouvé plus de
faveur dans l'esprit des sujets que le roi même.
On dit que le roi a été obligé de se renfermer
dans Macarie, d'où il a envoyé ici pour y demander du secours. La république lui en a accordé ; mais il n'y a point d'apparence que ce
secours puisse être prêt assez tôt.

Qu'il serait glorieux pour vous, seigneur, si
vous pouviez vous résoudre à partir dès aujour-
d'hui pour aller vous rendre l'arbitre de la couronne de Chypre ! Et pourquoi, ajouta Anaxaras,
ne vous y résoudriez-vous pas ? En peu de jours
vous aurez fini cette expédition, et vous reviendrez ici mettre aux pieds de Cléorise les
lauriers dont vous vous serez chargé. Elle arrivera pendant que vous serez en Chypre. Vous

pouvez laisser les ambassadeurs de Ménécrate
pour attendre cet heureux objet de votre tendresse, et pour la préparer à vous recevoir après
votre victoire.

Aménophis rêva long-temps avant que de répondre à Anaxaras. Ce dernier espérait de trouver dans la guerre de Chypre de quoi occuper
Aménophis, et le guérir d'une passion qu'il
appréhendait qui ne fît tort à sa gloire. Ce vertueux favori, à qui on ne pouvait reprocher
qu'un peu trop de sévérité dans l'amour de la
gloire, et qu'une espèce de dureté noble qui ne
lui permettait jamais de dissimuler la vérité,
était inquiet du trop long silence d'Aménophis,
lorsque ce prince l'embrassa, et, comme s'il se
fût éveillé d'un profond sommeil : Oui, mon
cher Anaxaras, lui dit-il, je suivrai la gloire
comme vous le voulez, quoique je ne puisse renoncer à l'amour. Je me souviens que Ménécrate m'a dit que le roi de Chypre lui avait
donné une flotte pour le rétablir dans son
royaume : j'entre dans les obligations de Ménécrate, et je veux, avec la flotte qu'il m'a
confiée, voler au secours du généreux prince
qui avait été touché des malheurs de mon
ami, et à qui il n'a pas tenu que Ménécrate
ne remontât plus tôt sur le trône. Partons dès
cette nuit, mon cher Anaxaras, s'il est pos-

sible. Je vous charge de tous les soins du glorieux dessein que vous m'avez proposé, pendant
que je vais donner mes instructions aux ambassadeurs, que je laisserai ici avec une lettre
pour Cléorise.

Anaxaras fit tant de diligence, et le ciel fut
si favorable à ses bonnes intentions, qu'à l'entrée de la nuit toute la flotte d'Aménophis fut
en état de partir. Aménophis, comme s'il eût
repris de nouvelles forces et une nouvelle ardeur en écrivant à Cléorise, monta sur un vaisseau avec une joie qui semblait promettre la
victoire à ses troupes.

Les ambassadeurs de Chypre partirent avec
lui, et au bout de trois ou quatre jours ils lui
firent prendre terre à la rade de leur île, où il
fit paisiblement sa descente sans que les révoltés
en eussent aucune connaissance. Ils furent
épouvantés au bruit de la marche de son armée;
ils vinrent en grand nombre pour lui livrer
bataille, et ils se campèrent devant lui dans un
poste très-avantageux. Cependant les ambassadeurs du roi de Chypre trouvèrent moyen de
retourner auprès de leur maître dans Macarie,
ville capitale qui avait autrefois donné son nom
à l'île; ils lui apprirent le prompt et grand secours que le prince de Libye lui amenait; ils
lui dirent l'état où ils l'avaient laissé, et le

prodigieux effort que les révoltés faisaient pour
empêcher ce prince de pénétrer plus avant dans
le royaume. Le vieux roi sentit ranimer son
courage et ses espérances, et, malgré les oppo-
sitions de ses plus fidèles serviteurs, il exécuta
la généreuse résolution qu'il prit de marcher
avec le peu de troupes qu'il put ramasser pour
se joindre à Aménophis. Il arriva précisément
lorsque les deux armées étaient déjà aux mains.
Les révoltés étaient en si grand nombre, que
toute la prudence d'Anaxaras et la valeur d'A-
ménophis avaient beaucoup de peine à empêcher que leurs troupes, quoique mieux aguerries
que les autres, ne fussent néanmoins envelop-
pées. Elles l'auraient été, si l'armée du roi,
quoiqu'à peine conduisît-il avec lui deux ou
trois mille hommes, n'eût fait faire aux révoltés un mouvement dont Aménophis profita. Le
combat devint sanglant de toutes parts. Les révoltés, ayant connu que le roi était en personne
à la tête de ses troupes, tournèrent leurs plus
grands efforts contre lui : ils étaient persuadés
que, s'ils pouvaient le faire périr, il n'y aurait
plus personne dans le royaume qui osât s'opposer à eux.

Ce prince, avec un courage de jeune homme,
à l'âge de plus de quatre-vingts ans, s'était engagé au milieu de la troupe où le chef des ré-

voltés combattait ; ils s'attachèrent l'un à l'autre,
et le vieux roi, dont les forces commençaient à
s'épuiser, allait tomber vivant entre les mains
de ses ennemis, déjà même il était sans armes,
lorsque Aménophis arriva, et qu'il opposa au
prince révolté une valeur à laquelle rien n'était
capable de résister. Il écarta tous ceux qui s'é-
taient avancés pour saisir le roi ; il se mit au-
devant lui, il ordonna à Anaxaras d'en avoir
soin ; et, ne songeant plus qu'à vaincre ou mourir, il jeta tant de terreur parmi les révoltés,
qu'aucun n'osait plus tenir devant lui. Le prince, qui était à leur tête, évita long-temps le
combat contre un si redoutable ennemi ; mais
il ne lui fut pas possible de fuir sa destinée :
Aménophis le poursuivit, et, après lui avoir
porté plusieurs coups, le fit tomber demi-mort
à ses pieds. Quelques Libyens, qui avaient toujours suivi Aménophis, voyant le général des
ennemis abattu, se jetèrent sur lui, et, comme
il mourut entre leurs bras, ils lui coupèrent la
tête pour la faire voir à ses soldats et pour les
obliger à se rendre. Ce spectacle fit l'effet qu'ils
avaient attendu ; toute l'armée rebelle se dissipa, et jeta les armes aux pieds du vainqueur.
Aménophis revint fort tard dans son camp, où
Anaxaras avait conduit le roi de Chypre.

Ce roi, délivré et raffermi sur son trône d'une

façon si miraculeuse, fut sur le point d'embrasser les genoux d'Aménophis, lorsqu'il le vit :
Je vous dois, lui dit-il, la vie et la couronne;
je ne vous offre point les restes de cette vie que
peut-être les dieux finiront demain; mais rece-
vez dès aujourd'hui cette couronne que je ne
dois pas espérer de conserver encore long-temps
dans l'âge où je suis. Prenez la place de ce fils
infortuné que les dieux m'ont ôté, et souffrez
que dès demain je vous conduise à Macarie pour
vous faire reconnaître par vos nouveaux sujets.
Je veux moi-même en être le premier, et désormais, abandonnant tous les soins de la royauté,
je ne songerai plus qu'à attendre tranquillement
la mort. Quelque résistance que pût faire Aménophis à des offres si généreuses, il ne détourna
point le roi de Chypre de son dessein. Plus
Aménophis témoignait de modestie et de désin-
téressement, plus le roi se confirma dans sa
résolution. Pendant qu'Aménophis, se laissant
persuader et se promettant qu'au moins Anaxaras ne condamnerait pas l'envie qu'il avait de
partager avec Cléorise une couronne qu'il ne
tenait que des dieux et de sa valeur, marchait
avec le roi de Chypre, et qu'il était déjà à la
vue de Macarie, ce roi reçut un courrier qui
lui apporta des nouvelles dont il ne fit part à
personne; mais on vit sur son visage une joie

nouvelle et extraordinaire; il pressa davantage
sa marche, et arriva dans son palais de Macarie
plus tôt qu'on ne l'attendait.

Peu de momens après qu'il eut laissé Aménophis dans l'appartement royal, qu'il voulut
bien qu'il occupât, il revint le trouver, et il le
pria de venir avec lui dans les jardins, suivi du
seul Anaxaras. Le roi les ayant conduits tous
deux dans une allée où il ne pouvait être entendu de personne, il s'arrêta, et regardant
Aménophis : Prince, lui dit-il, je n'ai point
encore voulu vous dire à quelle condition je
vous donne ma couronne; je craignais que
cette condition ne vous parût difficile à exécuter; je suis délivré de cette crainte à présent, et je vais m'expliquer librement avec
vous : vous ne pouvez être mon fils, soyez mon
gendre. Ma fille n'était pas morte, je l'avais
confiée à un ami fidèle; il vient de me la
ramener; j'ai voulu la voir avant de vous l'offrir;
j'ose croire, prince, que vous ne la trouverez
pas indigne de vous; venez que je vous la présente, afin que je vous fasse voir ensuite l'un
et l'autre à mes peuples. Aménophis, à ces mots
demeura immobile; il pâlit; il voulut répondre
au roi, et il ne trouva point de paroles; enfin,
se reprochant pourtant à lui-même un silence
qui lui faisait honte, et qui jetait le roi dans

un étonnement qu'il était aisé de remarquer :
Seigneur, lui dit-il, les dieux ne m'ont point
fait pour régner, choisissez, pour la princesse
votre fille, un prince digne de vous et digne
d'elle, et souffrez que dès demain je remonte
sur ma flotte pour retourner en des lieux où je
vois bien que le ciel veut que je passe ma vie
sans ambition ; le bonheur que j'ai eu de vous
rendre quelque service me comblera pour toujours d'une gloire que j'estime plus qu'une couronne. Ah ! prince, reprit le roi, quel mortel
déplaisir me donnez-vous ! voyez du moins ma
fille avant que de vous déterminer. Je sais par
Anaxaras, continua-t-il, que le roi et la reine
de Libye n'ont point d'engagement qui s'oppose
au désir que j'ai de vous faire épouser ma fille ;
et le royaume de Chypre, ajouta-t-il, s'il est
trop peu considérable pour votre valeur, est
peut-être assez grand pour une ambition qui ne
serait pas démesurée.

Anaxaras pria le roi de lui permettre d'entretenir Aménophis, et de vouloir bien le laisser
en liberté avec lui : Je vois ce que tu penses,
dit Aménophis à Anaxaras, aussitôt qu'ils furent seuls ; mais n'espère pas que je me rende
à tes raisons ; j'ai acquis assez de gloire ; j'ai
assez sacrifié à l'honneur ; il est temps que j'ac-
corde quelque chose à l'amour ; tu n'as plus rien

à me reprocher. Anaxaras représenta à Aménophis tout ce que sa prudence et son affection lui purent faire imaginer de plus fort pour le détourner d'une passion qui lui faisait mépriser un royaume offert si généreusement. C'est régner, lui disait Aménophis, que de refuser ainsi de monter sur un trône que la victoire semble avoir élevé pour moi. Après tout, je suis jeune encore; et pourquoi, quand je me serai assuré la possession de Cléorise, ne pourrais-je pas aller chercher d'autres royaumes et une nouvelle gloire, avec d'autant plus d'ardeur, que je saurai que je partagerai avec Cléorise tout ce que la fortune me donnera? En parlant ainsi, il marchait à grands pas, et il se trouva au bout d'une allée qui le conduisit à un superbe appartement qui était au milieu des jardins du palais, et que l'on appelait les bains de Vénus. En effet, la fontaine où l'on disait que Vénus s'était baignée était au milieu d'un grand salon où aboutissaient les appartemens de ce petit palais, joints d'un autre côté par un superbe péristyle.

Aménophis et Anaxaras, occupés de ce qu'ils se disaient l'un à l'autre, arrivèrent jusqu'au péristyle, sans avoir remarqué le bâtiment et sans avoir aucune curiosité de le considérer. Ils étaient près à retourner sur leurs pas, lorsque Aménophis aperçut deux personnes qui traver-

saient le péristyle; l'une magnifiquement vêtue
s'appuyait sur l'autre, qui paraissait déjà un
peu avancée en âge. Aménophis jeta les yeux sur
elle; et, n'écoutant plus Anaxaras, il fit un
grand cri, et il courut au-devant de ces personnes qu'Anaxaras n'avait qu'à peine aperçues.
Ah! dit Aménophis en les abordant, quel nouvel enchantement, divine Cléorise, vous a amenée en ces lieux, quand je suis prêt à en partir, et quand je viens de refuser la couronne et
la fille du roi pour me conserver à vous? Cléorise, à ce discours, regarda tendrement Aménophis, et elle lui demanda s'il connaissait cette
princesse qu'il refusait. Je ne la verrai pas même, répondit Aménophis. Mais, poursuivit-il,
aimable Cléorise, ne m'est-il pas permis de voir
Arimante? Où le trouverai-je? et ne me permet-
trez-vous pas d'aller me jeter à ses pieds pour
vous obtenir de lui? Seigneur, répondit Cléorise, Arimante n'est plus mon père, et c'est le
roi qui m'a donné la vie et de qui vous devez
m'obtenir. Souffrez, s'écria Anaxaras, que je
sois le premier qui aille porter au roi la plus
heureuse nouvelle qu'il puisse recevoir : il dit,
et il partit sans attendre leur réponse.

Aménophis était si transporté de joie et d'a-
mour, qu'il ne pouvait faire aucun discours suivi : Cléorise, ayant appelé Arimante, lui dit

d'apprendre au prince de Libye par quelle surprenante aventure elle se trouvait fille d'un roi
de qui même elle n'avait jamais entendu parler
jusqu'alors. Aménophis dit à Arimante qu'il
avait ouï dire que le roi avait fait mourir sa
fille, parce qu'on lui avait prédit qu'elle ferait
régner un étranger. Seigneur, dit Arimante, le
roi n'eut pas la cruauté de faire périr son propre sang ; il fit courir le bruit de la mort de sa
fille ; les cérémonies funèbres qu'il fit faire per-
suadèrent que cette mort était véritable. Le roi,
en me confiant ce précieux dépôt, me pria de
l'adopter. C'est, seigneur, cette aimable Cléorise
que vous voyez. Jusqu'aujourd'hui elle s'est
crue ma fille. Les pirates de l'île du Soleil l'a-
vaient enlevée : vous savez aussi-bien que moi
par quel miracle elle est revenue entre mes
mains ; votre valeur y a beaucoup contribué,
sans le savoir. Le roi, ayant perdu son fils, et
étant réduit aux cruelles extrémités où vous l'a-
vez trouvé, m'avait mandé de ramener secrètement ici la princesse, sa fille. Je l'ai fait, seigneur, avec un secours continuel des dieux. J'ai
traversé tout le pays des révoltés, et il n'y a
que deux jours que je suis arrivé ici, d'où j'en-
voyai en donner avis au roi.

Comme Arimante achevait ce discours, le roi
lui-même arriva avec Anaxaras. Il embrassa

28*

Cléorise et Aménophis, et leur dit que son grand âge ne lui permettait pas d'attendre, pour les rendre heureux, le consentement du roi et de la reine de Libye, et qu'il allait tout ordonner pour cet auguste mariage, qui comblerait sa vieillesse d'une satisfaction parfaite. Pendant les préparatifs qui se faisaient, Aménophis, impatient de faire savoir à Ménécrate tout ce qui lui était arrivé, lui renvoya sa flotte avec des ambassadeurs, pour l'assurer qu'il ne manquait à sa félicité que la présence d'un ami qui lui était infiniment cher. Il envoya d'autres ambassadeurs en Libye, au roi son père et à la reine sa mère, et il permit aux Libyens qui l'avaient suivi de retourner, s'ils le souhaitaient, dans leur patrie. Le bonheur de ce prince ne fut plus différé : le roi, après l'avoir fait couronner roi de Chypre, le conduisit au temple de Vénus, où on l'unit pour toujours à Cléorise. Ce mariage fut encore plus célèbre par la joie et par les applaudissemens des peuples que par la pompe des fêtes et des cérémonies, bien qu'elles fussent plus superbes et plus éclatantes que n'avaient jamais été celles d'aucun roi de Chypre. Aménophis a été un des plus illustres entre tous ceux qui y ont régné.

FIN D'AMÉNOPHIS ET DU TOME TROISIÈME.

TABLE

DES MATIÈRES

CONTENUES DANS CE VOLUME.

———•◆•———

FIN DE LA TABLE DU TOME TROISIÈME.

Imprimé en France
FROC011900060720
24425FR00013B/572